And then?

Édition originale : *Rocked Up*, Metal Blonde Books

Image de couverture : Stocksy
Conception graphique : Marion Rosière
Traduction : Arnold Petit

Collection « New Romance » créée par Hugues de Saint Vincent
et dirigée par Arthur de Saint Vincent
Ouvrage dirigé par Lea Mariani

Pour la présente édition :

Département de Hugo Publishing
34-36, rue La Pérouse
75116 Paris
www.hugoetcie.fr

ISBN : 9782755643374
Dépôt légal : octobre 2019
Imprimé en France par CPI Brodard et Taupin - N° d'impression : 3034661

NEW ROMANCE®

SCOTT MACKENZIE & KARINA HALLE

And then?

Traduit de l'anglais (États-Unis) par Arnold Petit

Hugo Roman

PROLOGUE

Lael

Sept ans plus tôt…

– Il est *tellement* canon !

Je jette un œil à ma copine Shelby qui regarde la couverture du dernier numéro de *Seventeen Magazine* en souriant comme une folle. Elle confirme :

– *Trop* canon !

– Je sais !

Nous sommes en route pour le concert à bord d'une limousine et nous n'avons parlé que de ça durant tout le trajet. En fait, depuis que j'ai entendu résonner pour la première fois la voix de Brad Snyder dans la sono de la maison, je n'ai plus eu que son nom à la bouche. Et ça, c'était avant que je ne voie son visage.

Brad Snyder est le chanteur et guitariste de And Then, un de mes groupes de rock préférés. S'il ne faisait pas partie du groupe et si le groupe n'avait pas signé chez Ramsey Records, le label de mon père, j'en serais quand même fan ! Ils déchirent tout. Le son de leurs guitares est plus agressif que ce qui marche habituellement à la radio et leur musique me parle carrément. Quand je les écoute, je n'ai plus qu'une envie : devenir une rock star !

Bien sûr, mon père pourrait faire de moi une rock star, mais il ne me prend absolument pas au sérieux. D'après lui, je suis encore trop jeune (alors que j'ai quand même quatorze ans) pour savoir ce que je veux vraiment faire de ma vie. Je lui rétorque souvent que Brad avait le même âge quand il l'a découvert, mais il rejette systématiquement cet argument.

Mais ce soir, enfin, je vais voir And Then en live pour la première fois ! J'ai dû supplier papa toute l'année pour qu'il accepte que j'y aille. Comme il dirige leur label, on pourrait penser que j'aurais déjà eu l'occasion de les voir un paquet de fois. Mais ce n'est pas le cas. En plus, chaque fois que le groupe est passé au siège du label – ils sont même venus à la maison –, j'étais en cours.

Mon petit ami Ken n'a pas voulu m'accompagner au concert. Il ne l'avouera jamais, mais je crois qu'il est carrément jaloux de Brad. Je ne peux pas vraiment lui en vouloir. C'est vrai que Ken est mignon mais il n'a que quinze ans. Avant, je trouvais ça cool de sortir avec un garçon plus âgé d'un an, mais sérieusement : il n'est pas Brad Snyder !

De toute façon, même si j'avais la moindre chance d'attirer son attention, Brad est bien trop vieux pour moi : vingt ans, beau gosse, musclé… il n'est pas du genre à se balader torse nu sur scène ou à faire sa rock star sur les photos, avec un filet de sueur qui coule sur ses abdos. Brad est toujours lui-même et ses groupies ont beau prétendre tout savoir de lui, moi je le connais *pour de vrai*.

Papa ne me confie jamais rien sur Brad, pas même avec qui il sort (il semble tout le temps sortir avec des actrices et des chanteuses, jeunes et belles). Mais aussi étrange que cela puisse paraître, j'ai l'impression de connaître Brad intimement. C'est comme si sa musique nous connectait l'un à l'autre – comme si ses chansons m'étaient adressées à moi, et à moi seule. Sous ses apparences de beau gosse se cache un garçon très solitaire et je ne comprends que trop bien ce qu'est la solitude.

Au moins, quand j'en parle, Shelby ne me prend pas pour une cinglée, elle. Si je reste la fan numéro un de Brad, Shelby est au moins la numéro deux – ou trois, maximum. Elle n'est pas aussi obsédée et elle ne ressent pas le même type de connexion que moi avec Brad, mais elle connaît quand même toutes ses chansons par cœur et sa chambre est tapissée de posters de lui.

Mon obsession pour Brad est beaucoup plus subtile que ça, ce qui est certainement étrange vu que papa est en charge de sa carrière. Je n'ai aucun poster dans ma chambre mais j'ai confectionné un cahier spécial dans lequel je colle des articles découpés dans des journaux, ainsi que des partitions – et parfois j'y griffonne des dessins (la plupart me représentant avec Brad) et des paroles que j'ai écrites. Je garde ce cahier sous mon lit – non pas que quiconque puisse avoir envie de me le voler. La plupart du temps, j'ai l'impression que même mon propre père oublie mon existence.

Raison pour laquelle j'ai été très surprise qu'il m'ait offert des tickets VIP. Ce n'est même pas mon anniversaire ! Le seul souci, c'est que papa sera présent ce soir, et Shelby et moi ne serons pas libres d'aller et venir comme on le voudra.

Le concert aura lieu à Hollywood, au Palladium Theater. Nous sommes parties en limousine depuis notre maison à Calabasas. Shelby et moi passons toute la durée du trajet entre crises de rires et de stress.

Bien qu'elle ait déjà posé la question un million de fois, Shelby redemande :

– Tu crois qu'on aura accès aux coulisses ?

– Je crois.

La dernière fois qu'elle l'a demandé, j'ai répondu « peut-être », et la fois d'avant « oui ».

– Et tu crois qu'on pourra rencontrer les gars ?

Par *les gars*, elle veut surtout dire Brad car elle se fiche bien des trois autres membres du groupe, Switch, Calvi et Nick. Je dois dire que je m'en fiche un peu aussi. Ils sont tous plus vieux que Brad et Calvi fait penser à un mafieux italien. Mais ils contribuent tous à l'ADN du groupe, même s'il m'arrive de penser qu'ils pourraient facilement être remplacés par d'autres musiciens. Mais pas Brad. Il est unique. Sans lui, And Then n'existerait pas.

Tortillant mes cheveux autour de mon index, je réponds :

– J'espère que oui.

Mes cheveux blonds sont longs et lisses mais je crève d'envie d'une nouvelle coiffure, quelque chose de plus rebelle. Par exemple une teinture bleue, ma couleur préférée, ou bien une coupe courte façon Miley Cyrus. Mais je sais que papa détesterait. Maman avait de longs cheveux blonds elle aussi, et avant, il me disait souvent combien je lui ressemblais. Mais plus maintenant. Désormais, papa ne parle plus de maman. Elle est morte d'un cancer quand j'avais quatre ans et je n'ai que de très vagues souvenirs d'elle.

La seule chose que je me rappelle, c'est qu'elle m'a emmenée à mon premier cours de danse. Je me souviens du tutu fuchsia et des collants rose pâle avec lesquels elle m'avait habillée. La danse est la seule activité dans laquelle j'ai persévéré. J'aime à penser que c'est ce que maman aurait voulu.

Papa a beau ne jamais en parler, je sais qu'elle lui manque. En tout cas, j'aime à le penser aussi. Il passe tant de temps à travailler d'arrache-pied et à donner des ordres que parfois, il doit se sentir bien seul. J'imagine que la présence de maman le rendait plus humain, au moins un peu.

Shelby sourit de toutes ses dents et se met à geindre :

– Oh mon Dieu ! Et si ton père nous les présente ? Qu'est-ce qu'on dit ? Qu'est-ce qu'on fait ?!

– Tu veux dire qu'est-ce que *toi* tu vas faire ? dis-je, en la regardant de travers.

Je sais très bien ce qu'elle pense ; que je vais me mettre à crier comme une hystérique façon fan des Beatles dans les années soixante. Mais croyez-moi : je contrôle parfaitement mes émotions. Si quelqu'un doit péter les plombs ce soir, ce sera Shelby et pas moi.

– Je vais la jouer cool, dit-elle en essayant d'avoir l'air cool mais en échouant lamentablement.

Tu parles.

Au moment où la limousine arrive à l'arrière de la salle de concert, mon cœur bat si fort que je frôle la crise cardiaque.

Nous sommes dans un lieu où le commun des mortels n'est pas admis. Mes amis de l'école sont loin, derrière les barrières, en train de faire la queue, ou peut-être sont-ils déjà dans la salle. Il est même possible qu'ils fassent le pied de grue près de l'entrée des artistes, dans l'espoir d'entrapercevoir très brièvement l'un des membres du groupe. Mais nous, nous sommes là, à l'intérieur, et ça donne l'impression d'être soi-même une rock star !

Nous remercions le chauffeur de la limousine et je vérifie à nouveau le dernier texto de papa dans lequel il m'informe qu'Arnie, le célèbre manager d'origine anglaise du groupe, nous attendra à l'extérieur, devant l'entrée. Mais je ne vois qu'un videur au cou de taureau et aux cheveux ébouriffés, ainsi que des types aux allures de roadies, en train de fumer leurs clopes.

Tous ces gens ont l'air tellement cool. Comparée à eux, j'ai l'impression d'être une petite fille ! Peut-être qu'ils ne sont personne en particulier, mais je meurs de trouille à l'idée de dire un mot de travers ou bien qu'Arnie ne vienne pas. Pourquoi est-ce lui qui vient nous chercher et non papa ? Je n'en sais rien du tout. Avec Shelby, nous échangeons un regard anxieux qui m'informe qu'elle songe exactement la même chose que moi. Au pire des cas, j'appellerai papa. Où qu'il soit, j'espère qu'il décrochera.

C'est alors que les portes de la limousine s'ouvrent, et la silhouette d'Arnie apparaît devant les lumières fluorescentes. Je ne l'ai rencontré qu'une fois. Il était passé chez nous en coup de vent mais j'arrive à le reconnaître grâce à toutes les photos de lui que j'ai vues sur And Then We Were Fans, un des nombreux sites consacrés au groupe et que je consulte très souvent.

– Lael Ramsey ? demande Arnie, avec un accent anglais à couper à couteau.

Shelby me pointe du doigt, car il semble que je sois sans voix.

Le manager maintient la porte grande ouverte et nous fait signe d'entrer.

– Super ! Après vous !

C'est l'instant de vérité. À présent, je ne suis plus Lael : je commence enfin à devenir celle que j'ai toujours rêvé d'être !

Nous entrons et je lève les yeux vers Arnie qui se met à fouiller dans ses poches.

– J'ai vos passes sur moi. Quelque part en tout cas… qu'est-ce que j'en ai foutu ?

Je glousse et Shelby aussi. Arnie est carrément intimidant. Pas seulement car il est vieux et sage – avec ses lunettes, sa barbe et ses cheveux longs, il a tout l'air d'un vrai sorcier – mais parce que sa réputation le précède. En plus de And Then, il a aussi géré les tournées de U2, des Foo Fighters et de Nine Inch Nails. Ce type est une légende vivante !

Une légende qui me rend si nerveuse que je glousse bêtement ! *Pour avoir l'air cool, on repassera, Lael !* Enfin, il sort de sa poche deux passes plastifiés qu'il nous met à chacune dans la main. Puis il nous regarde tour à tour droit dans les yeux et dit :

– OK, mes chéries : ces passes vous donnent accès à presque tout. Sauf aux loges. À moins qu'on vous invite à y entrer, mais n'y comptez pas trop. En tout cas, on sait que vous êtes de l'équipe Ramsey. Bon, je dois filer et m'assurer que Switch n'est pas encore en train de s'enfiler une tonne de…

Il marque une pause et nous observe encore avant de conclure :

– Une tonne de chocolat.

Tandis qu'il s'éloigne en direction d'un escalier, je retrouve l'usage de ma voix :

– Attendez ! On va où ? Est-ce qu'on peut regarder le concert depuis les coulisses ? Et mon père, il est où ?

– Est-ce qu'on pourra les rencontrer ? ajoute aussitôt Shelby avec espoir et d'une voix haut perchée.

Arnie répond :

– Ton père a du boulot, donc vous serez seules ; oui, vous pouvez mater le concert depuis les coulisses mais je vous préviens : c'est pas le meilleur endroit pour profiter du concert. Et si vous tombez sur le groupe, surtout ne soyez pas timides : dites-leur bonjour !

Là-dessus, il monte les marches et disparaît.

Nous nous regardons et poussons à l'unisson un petit cri extatique.

Les coulisses sont à l'image de ce dont j'ai toujours rêvé – et j'en ai beaucoup rêvé ! Je me suis souvent imaginé déambuler près des backstages, un peu plus âgée qu'aujourd'hui. Dans mon rêve, Brad me repère et s'avance à ma rencontre ; il me demande qui je suis et pourquoi j'ai l'air si triste ; et je lui réponds que si je suis triste, c'est parce que je sais moi aussi ce qu'est la solitude et que, quitte à être seuls, autant qu'on le soit à deux.

Curieusement, dans ce rêve, je fume une cigarette, je porte du rouge à lèvres et mes cheveux sont noirs et coupés au carré. Le parfait croisement entre Amélie Poulain et Uma Thurman dans *Pulp Fiction*. En somme, mon parfait contraire. Mais ce qui importe dans cette fiction, c'est que Brad sait que je le comprends. Il tombe éperdument amoureux de moi, nous nous marions et je deviens la mère de ses enfants. Fin.

Bien sûr, ce n'est qu'un rêve et jamais il ne se réalisera. Et pourtant… si j'étais spéciale ? Si, malgré tout, Brad décelait chez moi quelque chose d'inédit ? Cet espoir – ce *et si* – maintient mon rêve en vie. Rien n'est impossible en ce monde si on y croit très fort.

Toutefois, plus nous explorons les coulisses, plus il me paraît évident que ce rêve restera en l'état. Les lieux bourdonnent d'activité et nous sommes loin d'être les seules filles présentes – juste les plus jeunes.

Tout le monde ici est plus beau, plus mince, plus cool que nous. Je décoche un regard en direction de Shelby, avec sa queue-de-cheval, ses joues roses et pleines, et je comprends seulement à quel point nous sommes jeunes. Des enfants ! Sérieux, pourquoi Brad s'intéresserait-il à moi ?

De son côté, Shelby n'a pas du tout l'air de partager mes doutes. Elle est quasiment en train de sautiller sur place et, après un moment, je suis exactement dans le même état. Plus la peine d'essayer de se la jouer cool. Comment font tous ces gens pour rester aussi stoïques alors que c'est probablement le meilleur moment de toute leur existence ?

Trop effrayées à l'idée de nous perdre, Shelby et moi restons collées l'une à l'autre. Être ici est à la fois excitant et terrifiant. Je reste ébahie devant chaque personne que nous croisons.

C'est alors que j'aperçois Jerry Cantrell, qui se tient un peu à l'écart. Le guitariste d'Alice in Chains en personne ! Une légende !

J'agrippe Shelby par le bras.

– Oh mon Dieu ! C'est *lui* ! C'est Jerry Cantrell !

Mon amie couine de joie :

– Et il va vers le côté de la scène ! Suivons-le !

L'air de rien, nous nous engageons à sa suite. J'ai beau savoir que nos passes nous y autorisent, j'ai l'impression qu'on va nous tomber dessus à tout moment et nous demander de partir.

En plein stress, nous restons près de Jerry un moment jusqu'à ce que je prenne mon courage à deux mains et lui demande si nous pouvons prendre une photo avec lui. Il est grand et en tout point similaire au musicien qu'on peut voir dans les clips du groupe datant des années quatre-vingt-dix.

En revanche, il n'est pas très bavard. Il acquiesce en souriant et pose tranquillement pendant que nous prenons un selfie avec lui.

Nous sommes sur un nuage, en pleine jubilation. Je meurs d'envie d'envoyer la photo à tous mes amis mais je ne tiens pas à ce que Jerry me voie comme une groupie cinglée.

En plus, les lumières commencent à se tamiser et d'autres spectateurs munis de passes rejoignent le côté de la scène.

Le concert va commencer.

Dommage que nous n'ayons pas pu croiser le groupe avant, mais peut-être que ce sera plus commode de leur parler après qu'ils aient joué. De toute façon, je m'attendais à ce que Brad et les autres se concentrent sur leur musique avant l'entrée en scène et qu'ils remettent les mondanités à plus tard.

Les choses sérieuses commencent. Shelby me flanque un petit coup de coude : Switch passe à côté de nous et s'installe derrière sa batterie, suivi par Calvi qui s'empare de sa guitare, puis de Nick qui récupère sa basse. Les ombres de la scène font d'eux des silhouettes menaçantes.

C'est alors que Brad fait son entrée et mon cœur s'arrête tout net.

Il est si beau ! Les yeux rivés sur son pied de micro et sa célèbre Gibson SG en bandoulière, il s'avance au milieu de la scène pour se brancher.

Shelby émet un bruit à mi-chemin entre le couinement et le gémissement.

J'arrive à peine à respirer !

Soudain, les lumières illuminent la scène et le groupe entame les premières notes de *Young Demons*.

Pendant plus d'une heure, je suis transportée ailleurs, vers un autre monde, dans une autre galaxie dont je n'aurais jamais soupçonné l'existence. Arnie nous avait dit que le son ne serait pas fameux depuis le côté de la scène, mais franchement, je n'aurais voulu être nulle part ailleurs !

D'ici, on a l'impression de faire partie du groupe, de ne faire qu'un avec le monde et jusqu'à la moindre note jouée.

Je veux vivre ce genre de vie !

Vivre le même quotidien que Brad Snyder !

J'ai envie de monter sur scène avec un instrument, de faire se déchaîner la foule et qu'elle scande mon nom. Brad a le don de vous emmener vers un autre monde, et moi aussi je veux partager ce pouvoir.

Mais plus que tout : c'est lui que je veux.

Pour la première fois de ma vie, mon rêve ne me semble plus aussi inaccessible. Je me sens bien, comme si ma place était ici et que je devais ressentir ces choses. Je suis en train de vivre le début d'une chose merveilleuse : la naissance du nouveau moi.

Tu y arriveras, Lael. Un jour, ce sera ton tour.

Comme à l'abri dans une bulle, je me répète ces mots pendant toute la première moitié du concert, consciente de la motivation qui s'intensifie en moi. Puis je me force à redescendre sur terre et à profiter de l'instant présent.

J'observe le groupe en chantant de tout mon cœur, remuant la tête en rythme avec leur musique comme tous les autres spectateurs présents dans les coulisses (Jerry compris).

Quand le concert prend fin, je n'ai plus de voix et je plane complètement. C'est encore mieux que la fois où j'ai bu un verre de vin ; meilleur que les quelques pétards que j'ai fumés ; plus fort encore que mon rêve le plus cher. Je flotte et je ne veux plus jamais redescendre !

Shelby pousse un cri à mon attention :

– C'était trop ÉNORME !

Elle est dans le même état d'euphorie que moi, mais sa voix quelque peu cassée semble me parvenir de très loin. Le groupe n'y est pas allé de main morte sur le volume.

– J'avais jamais rien vu d'aussi dingue, continue Shelby. Je suis trop contente !

J'acquiesce. Bien que je ressente exactement la même chose, c'est beaucoup trop personnel pour que des mots puissent le définir. Le groupe a déjà quitté la scène.

–Viens, dis-je à Shelby. On va essayer de les trouver !

– OK !

Malheureusement, nous ne sommes pas les seules à avoir eu cette idée. Les loges sont fermées et sous bonne garde, mais certaines personnes comme Jerry Cantrell et le batteur de Tool ont le droit d'entrer sans problème.

Les bâtards.

Mais nous sommes du genre à persévérer. Ce concert m'a rendue plus sûre de moi et ma volonté en est sortie renforcée : nous allions rencontrer And Then et tout irait pour le mieux.

Enfin, après une heure d'attente devant les loges à les écouter rire et s'enivrer de l'autre côté de la porte, nous y sommes. Les loges s'ouvrent et Jerry en sort.

Il nous adresse un petit hochement de tête poli – à ce stade de la soirée, nous sommes tous copains – et tandis qu'il s'éloigne, Switch sort à son tour, une bière à la main, pour parler avec quelqu'un à l'extérieur.

J'ai à peine le temps de réagir que tout le groupe nous a rejoints dans le couloir.

Dont Brad.

Mon corps est secoué de soubresauts, comme si on venait de me brancher à un éclair.

Mais il commence à s'éloigner de nous.

– Oh, non, dit Shelby.

Pas question de louper cette occasion !

Je crie :

– Brad !

Il s'arrête.

Puis il se tourne vers nous.

Et me regarde droit dans les yeux.

Mes genoux commencent à vaciller. Qu'est-ce qu'il est beau ! Son épaisse chevelure sombre, la manière si sexy dont il arque les sourcils, sans parler de ses lèvres… je suis sûre qu'il embrasse trop bien !

Brad me regarde, impatient.

Du moins, il l'était jusque-là.

Il nous adresse un sourire poli, un salut de la main et tourne les talons.

À ses yeux, nous ne sommes que deux petites filles.

À son tour, Shelby ajoute :

– C'est la fille de Ronald Ramsey !

Elle a crié si fort que tout le monde nous regarde. Je pourrais lui flanquer un coup de pied !

Mais je ne peux pas. En fait, je n'arrive même pas à la regarder ou à dire quoi que ce soit.

Je suis complètement figée !

Si mon cœur bat à cent à l'heure, de l'extérieur, je dois avoir l'air d'une statue de glace.

D'ailleurs, je crois que je ne respire plus.

Cette impression s'intensifie tandis que Brad commence à s'avancer vers nous.

Il s'arrête à seulement quelques pas de nous et me demande :

– Tu es Lael, c'est ça ?

Sa voix est puissante et grave. Je n'arrive même pas à hocher la tête.

Shelby répond à ma place.

– C'est bien elle, dit-elle en m'assénant un petit coup de coude.

Bouche bée, je continue de dévisager Brad sans dire un mot.

Ses yeux noirs m'enveloppent et je ressens un courant électrique d'un million de volts passer entre nous.

Shelby reprend :

– Moi, c'est Shelby ! Vous avez été trop énormes, ce soir ! C'était le meilleur concert que j'aie vu !

– Heureux que ça t'ait plu, dit Brad avant de tourner son attention vers moi. Lael ? Tu te sens bien ?

Il a dit mon nom – encore ! C'est fou ce qu'il sonne bien dans sa bouche !

Quant à sa question : *non.*

Je ne me sens pas bien.

Autour de moi, le monde commence à virer au gris.

Son regard s'assombrit, inquiet, et son sourire se fait amusé.

– Respire, dit-il. Tout va bien, respire.

J'essaie de respirer mais rien ne se passe.

Oh mon Dieu… je n'arrive plus à respirer !

Je crois que je vais m'évanouir !

Shelby parle d'une voix agacée :

– Lael, arrête ! Tu me fous la honte !

Brad s'avance d'un pas et m'examine de plus près.

– Elle est un peu pâle, souligne-t-il. Peut-être que tu devrais t'asseoir, Lael.

J'ouvre la bouche pour dire quelque chose mais le monde commence à tourner et je bascule sur la gauche.

Je ne sens plus rien. La dernière chose que j'entends, c'est la voix lointaine de Switch qui s'exclame :

– Eh les mecs ! Encore une qui s'évanouit !

Tout devient gris, puis noir.

Et gris à nouveau.

Puis blanc.

– Lael ?

Quand j'ouvre les yeux, Arnie est à mes côtés, un verre d'eau à la main tandis que de l'autre côté, Shelby me soutient d'une main dans le dos.

Nous sommes dans une loge et je suis allongée sur un canapé.

Il n'y a que nous trois.

J'accepte le verre d'eau que me tend Arnie, le bois d'un trait et demande :

– Que s'est-il passé ?

– Tu t'es évanouie, chérie.

– Ouais, et c'était carrément la honte, ajoute Shelby.

Mortifiée, triste, en colère et toute honteuse, j'enfouis mon visage entre mes mains. Je ne m'étais encore jamais évanouie !

– Ça arrive tout le temps, explique Arnie. Crois-moi, il y a au moins un évanouissement par concert ! Brad fait cet effet à plein de gens. Va comprendre pourquoi !

Parce qu'il est trop parfait, me dis-je à moi-même.

Je lève les yeux vers Arnie.

– Où est Brad ?

– Parti. Il ne reste jamais longtemps après un concert. C'est un solitaire. La fête et la picole, c'est pas trop son truc.

– Vous lui transmettrez mes excuses ?

Arnie me tapote gentiment le dos.

– T'en fais pas pour ça, ma puce. Il s'en fiche, tu sais. Il a l'habitude, il trouve même ça très flatteur ! Cela dit, il faut que je te prévienne que la limousine vous attend dehors pour vous ramener. J'espère que le concert vous a plu !

– Oui, beaucoup ! lui assure Shelby en m'aidant à me relever, bien que je devine qu'elle m'en veut à mort.

Nous disons au revoir à Arnie et remontons le hall d'entrée. Nick, Calvi et Switch sont encore là. Ils rigolent entre eux en buvant des bières. Ils ne font pas attention à nous, ce qui est un soulagement. Nous passons devant eux avant de sortir de la salle et de nous engouffrer dans la nuit.

Au moment de grimper à bord de la limousine, Shelby me passe un savon :

– Bien joué, espèce de bouffonne ! On rencontre enfin Brad Snyder et toi, tu t'évanouis ! Tu devais la jouer cool !

– Je ne comprends rien à ce qu'il s'est passé.

Elle lève les yeux au ciel.

– Je vais te le dire, moi : il est tellement canon qu'il t'a étalée. Voilà ce qui s'est passé !

Là-dessus, elle part d'un rire hystérique.

Je ne tarde pas à l'imiter.

Nous passons tout le trajet jusque chez moi à rire. Ce soir, Shelby dort à la maison mais toute la nuit nous rejouons le concert, revoyant chaque moment de la soirée pour être sûres de ne jamais l'oublier.

Quant à moi, je songe déjà à ma prochaine rencontre avec Brad Snyder.

La prochaine fois, tout se passera différemment.

1

Lael

Mes mains sont si crispées sur le volant que mes jointures blanchissent.

De mémoire, je n'ai jamais été aussi nerveuse !

Bon d'accord, cela m'est déjà arrivé, mais tout de même, je suis inhabituellement tendue.

Et ce n'est pas l'état du trafic qui va me calmer. La 405 est tellement embouteillée que les voitures avancent comme des escargots, et bien que cela ne nous fera pas rouler plus vite, les gens ne cessent de klaxonner. On pourrait croire qu'à force, les habitants de Los Angeles auraient l'habitude des bouchons, mais on dirait bien que klaxonner et s'énerver pour un rien fait partie du train-train quotidien. C'est vrai, après tout : vit-on pleinement sa vie si on ne se défoule pas pendant des heures sur d'autres automobilistes dans les embouteillages ?

En temps normal, je ne me rendrais pas à l'aéroport un lundi aux heures de pointe, mais j'ai reçu un coup de fil de papa qui avait un service à me demander et je n'ai pas pu refuser.

Ou plutôt : je n'ai pas *voulu* refuser.

Sept années ont passé depuis le concert de And Then. La gamine empotée ayant perdu connaissance devant Brad Snyder a bien grandi, et même si j'ai laissé derrière moi mes obsessions de groupie (n'oublions pas que j'ai tout de même été jusqu'à suivre Thirteen Seconds To Mars sur les routes du pays quand j'avais seize ans), ce qui m'est tombé dessus aujourd'hui est assez incroyable.

Je vais chercher Brad Snyder à l'aéroport.

Le Brad Snyder.

Oui. Ce Brad Snyder-*là*.

L'homme qui m'a éveillée à la musique, qui a nourri mes espoirs et qui m'a fait comprendre que si je m'y consacrais à fond, rien ne me résisterait.

Sans la musique de Brad pour m'inspirer, jamais je ne me serais mise à jouer de la basse ; je ne me serais jamais payé des leçons en cachette de mon père ; et jamais je n'aurais rempli tous mes carnets de compositions et de paroles.

Et jamais je n'aurais eu cette opportunité…

Je chasse cette pensée de mon esprit et prends garde à ne pas emboutir le pare-chocs de la voiture de devant. Le fait est qu'aujourd'hui, je ne serai pas que le chauffeur de Brad : je suis également porteuse d'une mauvaise nouvelle.

Et c'est d'autant plus étrange que je ne connais absolument pas Brad.

Certes, on s'était rencontrés au Palladium quand j'avais quatorze ans et, *d'accord*, je m'étais évanouie. Toutefois, à la suite de cela, nous nous sommes recroisés à plusieurs reprises. Quand l'un des albums de And Then a été nommé disque de platine, papa a organisé une fête spéciale en leur honneur à la maison, et depuis, nous nous sommes plusieurs fois croisés en coulisse. Mais cela remonte à l'époque où j'étudiais dans une école privée, et j'étais encore une ado. Aujourd'hui j'ai vingt et un ans et même si je sais que c'est encore jeune, je ne le ressens pas comme ça.

Et en ce qui concerne Brad, j'espère bien ne pas avoir encore l'air d'une jeunette.

J'ai quitté Los Angeles à la seconde où j'ai décroché mon diplôme. J'en avais assez de cette ville – quand on grandit dans cette région en étant la fille du plus gros producteur de disques du pays, on est très vite blasé. Sac sur le dos, j'ai écumé l'Europe où j'ai enchaîné les petits boulots. Finalement, j'ai passé ma dernière année de voyage en Asie du Sud-Est, puis en Australie dans la ville de Mildura, dans la province de Victoria, où j'ai fait les vendanges. Croyez-le ou non, j'ai fait ça pendant plusieurs mois, jusqu'à ce que j'en aie vraiment marre de voir mes ongles noircis de terre.

Pendant tout ce temps, je voyageais avec ma basse et mon pédalier. Je profitais de la moindre occasion pour m'exercer et me joignais à des groupes locaux pour des concerts. Parfois, en solo – comme cette fois trop bizarre à Bali, où j'ai joué devant une communauté d'expat. Mais il m'arrivait aussi de jouer en groupe. Après avoir passé un moment à Mildura, j'ai fini par rejoindre les rangs d'un groupe local : les Kumquats (j'écorchais toujours leur nom). Nous avons fait quelques shows dans les régions de Victoria et de la Nouvelle-Galles du Sud, principalement dans des bars de campagne, mais la musique du groupe était assez psychédélique et ils me laissaient vraiment expérimenter plein de nouveaux sons.

C'est à ce moment-là que j'ai compris que j'avais vraiment quelque chose à apporter à un groupe. Enfin, j'allais pouvoir faire autre chose que simplement suivre la rythmique. Je n'étais pas comme D'Arcy des Smashing Pumpkins, toujours à marteler les mêmes notes en boucle en bougeant mollement la tête. J'étais comme Mlny Parsonz de Royal Thunder ou bien cette nana de White Zombie qui déchire, sans faire tapisserie. J'avais acquis une technique et un son bien à moi.

Aussi modestes qu'aient pu être ces concerts et même si je n'avais parfois joué que devant un fermier bourré assis dans un coin, ils avaient été pour moi la meilleure des écoles possible.

Mais on ne peut pas échapper à sa vie indéfiniment et je savais que je ne pourrais pas passer la mienne à bosser illégalement dans les vignes et à jouer dans des bars miteux. Il fallait que je rentre à la maison et que je me trouve un autre genre de vie, bien que celle à laquelle j'aspire ne soit pas très accessible.

Du moins, pas si j'avais été issue d'une famille lambda. Dans la mienne, en revanche…

Ainsi, je suis rentrée à L.A. mais au lieu de retourner vivre dans l'immense maison de mon père à Calabasas, j'ai décidé de m'installer aussi loin que possible de lui et de ses voisins les Kardashian. Je me suis trouvé une colocataire avec laquelle j'ai emménagé à Sherman Oaks, dans un garage reconverti en logement, et j'ai aussi pris un job de serveuse dans un restaurant en bas de la rue.

Je souhaitais éviter au maximum de dépendre de mon père.

C'était il y a trois mois. Entre-temps, j'ai beaucoup pratiqué la basse, écrit quelques chansons, joué avec plein d'artistes différents, et j'ai même adopté un chien – un chihuahua que j'ai baptisé Baby Groot. Tout ça sans arrêter de travailler et en cherchant le moyen d'atteindre l'objectif que je m'étais fixé.

C'est alors que j'ai eu des nouvelles de And Then. Il y a quelques semaines, Nick, le bassiste, a été viré. Ce n'était pas une grande surprise – quiconque suit un tant soit peu leur carrière savait qu'il était sur la sellette depuis un certain de temps. Le succès monte à la tête et il arrive qu'il fasse enfler celle de certaines personnes. Peu importe votre degré de notoriété : aucun fan n'aime voir un musicien se prendre la tête avec son propre groupe pendant les concerts.

J'ai profité de l'occasion pour demander à papa une des plus importantes faveurs qui soit, un service pour lequel je savais que je lui serais redevable à vie.

Et, à ma grande surprise, il m'a dit qu'il verrait ce qu'il pourrait faire. Il y a un truc à savoir sur mon père : pour le pire ou pour le meilleur, avec lui, tout peut arriver.

Raison pour laquelle je suis aussi nerveuse aujourd'hui, sans parler du fait qu'il me faut annoncer à Brad Snyder

– mon héros pour qui je suis une quasi-étrangère – une très mauvaise nouvelle et, comme si cela ne suffisait pas, ces foutus embouteillages vont me mettre en retard.

Je pousse un soupir et rabats une mèche de cheveux derrière mon oreille. Leur couleur étincelante attire mon regard vers le rétroviseur. En sept ans, la gamine blonde aux dents de la chance a bien changé ! J'ai teint mes cheveux en bleu, ma couleur favorite, et ce matin, je me suis amusée à les faire onduler avec un spray au sel marin. Oui, j'avoue aussi avoir consulté un tuto maquillage sur YouTube avant de partir, mais je me demande si je n'ai pas eu la main lourde sur le contouring. Rien de tel que des gros traits de blush marron pour trahir un excès de coquetterie !

Éblouie par le soleil, j'humidifie mes doigts sur le bout ma langue et essaye d'affiner mon maquillage jusqu'à le rendre plus discret à la lumière éblouissante du jour. Bien sûr, je sais combien c'est ridicule et que je ne devrais pas me soucier de mon apparence, mais c'est plus fort que moi. Une partie de moi a l'impression d'avoir à nouveau quatorze ans !

Mon Dieu, c'est du délire ! Si seulement j'avais su à l'époque qu'un jour j'irais récupérer Brad Snyder en personne à l'aéroport au volant de ma propre voiture ! Franchement, qui l'eût cru ?

Si seulement j'avais su que j'allais à nouveau avoir la possibilité de percer à jour cet homme si mystérieux.

Brad. L'homme, la légende, le mythe… enfin tout ça quoi !

Merde, j'espère que je ne vais pas m'évanouir cette fois.

2

Brad

Par moments, il m'arrive encore de me sentir comme un gosse inutile, d'être à nouveau ce petit con sans aucune valeur que j'étais avant que Ronald Ramsey ne fasse de moi une star. Avant, je n'étais personne. Rien qu'un gamin maigrichon avec des baskets trop grandes aux pieds car je ne trouvais jamais ma taille dans les stocks de l'Armée du salut ; toujours habillé avec le même T-shirt jaune à la con tombant par-dessus un jean déchiré. Difficile de blâmer ma mère de ne pas m'avoir aimé. Quand je repense au loser que j'étais à douze ans, j'ai les dents qui grincent.

N'allez pas interpréter ce que je dis dans le mauvais sens. Ma mère n'était pas parfaite. Chaque fois que je pense à elle, je la revois avec une aiguille dans le bras, affalée dans un coin de notre appartement où les sacs-poubelles s'amoncelaient. Parfois, les mecs avec qui elle sortait lui filaient du fric et quand ils découvraient mon existence, ils foutaient le camp dans l'heure. Je l'appelais par son prénom : Suzanne, car elle disait que j'avais l'air stupide quand je l'appelais *maman*.

J'étais stupide.

Parfois, la police surgissait chez nous pour l'embarquer. Suzanne se mettait alors à me crier dessus comme une malade. Elle disait que c'était ma faute. Peut-être qu'elle avait raison.

Il y avait toujours une gentille dame avec la police. Elle me parlait comme si j'étais un chiot perdu et elle m'emmenait, sachant que je ne partirais jamais sans ma guitare. Je lui prenais la main et, armé de mon instrument, je me laissais entraîner vers mon prochain foyer d'accueil.

Mon père était musicien et c'est lui qui m'a donné cette guitare, une Gibson. Je n'ai que peu de souvenirs de lui mais quand j'étais gamin, je l'admirais grave. Je me disais que lorsqu'il sortirait de prison, je lui jouerais toutes les chansons que j'avais composées sur cet instrument. Suzanne l'avait mise plusieurs fois au clou chez un prêteur sur gage louche et j'étais chaque fois allé la récupérer en douce dans la boutique.

C'était la raison pour laquelle les flics avaient débarqué ce matin-là. Leur descente, c'était littéralement ma faute. Tandis qu'on l'embarquait, Suzanne prétextait qu'elle avait juste besoin d'argent pour son médicament, puis elle m'a dit que j'irais en enfer pour ce que j'avais fait. Ce sont les derniers mots que je l'ai entendue prononcer.

La gentille dame qui me parlait comme à un chiot a arrêté de venir travailler au foyer. Elle ne m'a jamais dit au revoir et je me suis plusieurs fois demandé si elle me détestait.

Peut-être que c'était le cas. Pendant les trois ans qui ont suivi, j'avais pas mal bougé. Je n'avais pas d'amis à l'exception de Kevin Robson. C'était un vieux type qui me donnait des leçons de musique gratuites. Je l'appelais *monsieur Robson*, il était la personne dont j'étais le plus proche.

Chaque fois que j'entrais dans son studio d'enregistrement, avec tous ces boutons et ces machines, il me disait la même chose :

– Alors ? Ils t'ont laissé sortir de ta cage ?

Cela me faisait lever les yeux au ciel. C'était pas sympa mais il ne le disait pas sur le ton de la méchanceté. Après ça, il me secouait en me prenant l'épaule. Il disait que j'étais trop maigre et que je ne mangeais pas assez. Puis il me filait du fric pour que j'aille en face chez Dilallo nous acheter des hamburgers. Je laissais ma guitare dans le studio – monsieur Robson était la seule personne en qui j'avais confiance. Il commandait toujours la même chose, donc pas besoin de lui demander ce qu'il voulait. On avait développé une routine : il me donnait dix dollars et la stricte consigne de lui rapporter la monnaie ; il faisait des blagues et je riais souvent par politesse, car il était vieux et ç'aurait été irrespectueux de ne pas rire. Je l'aimais bien et je n'ai jamais compris pourquoi il était si sympa avec moi. Probablement parce que j'étais un loser et qu'il m'avait pris en pitié.

Monsieur Robson travaillait comme ingénieur du son dans un vieux théâtre où tous les groupes les plus populaires étaient passés au moins une fois. Les machines coûtaient très cher et comme il était strictement interdit de manger à côté, on s'installait sur les petites banquettes rouges face à la scène pour déguster nos hamburgers. C'était un endroit magique pendant la journée ; sans le public, les machines à fumée et les projecteurs. C'était très différent.

Dans ces moments-là, monsieur Robson désignait les équipes techniques qui testaient le matériel pour le concert du soir et disait :

– Il faut que ça ait l'air d'un rêve.

Après déjeuner, on s'enfermait dans sa cabine de son et on jouait de la guitare. Le premier exercice qu'il m'ait appris, c'était la gamme de mi pentatonique. Le reste appartient à l'histoire. Je lui jouais les chansons que j'avais composées chez moi quand ma mère n'était pas là. Allez comprendre pourquoi, il les appréciait à un point qu'il demandait aux équipes de la salle d'arrêter de bosser et de venir écouter. Il disait :

– Tu dois faire ressentir des émotions aux gens qui t'écoutent. C'est tout ce qui importe.

Si j'avais une compo complète, monsieur Robson m'installait sur la scène et je jouais la chanson pendant que l'équipe continuait son travail. J'aimais entendre ma voix dans les enceintes, elle avait l'air plus assuré et le son de ma guitare acoustique emplissait toute la salle. S'il n'était pas trop débordé, le technicien lumières éteignait la pièce et braquait un projecteur sur moi pendant que je jouais.

C'était vraiment cool, parce qu'à part ça, très peu de choses l'étaient.

Toujours encourageant, monsieur Robson me donnait des conseils :

– Utilise l'espace à ta disposition, gamin. Ne sois pas timide : crie la dernière note !

Grâce à son équipement, ma voix sonnait bien mieux, et cela aidait d'avoir un retour micro. Dans l'espoir d'obtenir une invitation, il m'arrivait de demander :

– Qui joue ce soir ?

Si monsieur Robson ne m'invitait pas à venir assister au concert, je n'insistais pas mais il le faisait presque systématiquement. Dans ces cas-là, je venais toujours plus tôt pour aider les équipes à installer le matériel.

Maintenant que j'y repense, monsieur Robson et ce vieux théâtre, c'était toute ma vie à l'époque. Plus tard, j'ai plusieurs fois éprouvé de la culpabilité. Pendant que je m'amusais, Suzanne croupissait en prison.

En trois ans, j'avais vu un nombre incalculable de concerts, et à la fin de chaque soirée, pendant qu'on nettoyait la salle, monsieur Robson partageait avec moi son avis sur les bons et les mauvais points de la prestation du soir. La programmation était très éclectique mais il y a eu un spectacle dont je me souviendrai toute ma vie et qui avait envoûté le public : le show burlesque de Miss Sugar. À la fin de son concert, monsieur Robson a dit :

– Ça gamin, c'est une artiste ! De bout en bout, elle les a tenus dans le creux de sa main !

Miss Sugar se produisait plusieurs fois par an et, pour d'évidentes raisons, le personnel de la salle l'adorait. Moi, je l'adorais surtout parce qu'elle m'appelait Brad et pas « gamin », comme les autres.

J'ai fini par apprendre que monsieur Robson était un homme solitaire et qu'il ne s'était jamais marié. Considérant toute la malbouffe dont il se nourrissait et le temps qu'il passait derrière sa console de son, je n'aurais pas dû être bien surpris qu'il n'y ait pas de madame Robson. Quoi qu'il en soit, je suis presque certain qu'il se sentait aussi proche de moi que je l'étais de lui.

Le jour de mes treize ans, j'ai reçu de ses mains mon tout premier vrai cadeau d'anniversaire. Monsieur Robson a dit :

– Un petit quelque chose de la part de toute l'équipe !

Monsieur Robson m'a alors présenté une guitare électrique : une Gibson SG, le même modèle que mon acoustique. On aurait dit qu'elle avait été faite pour le rock'n'roll : orange et marron autour des micros et noir délavé sur les contours. Je me souviens encore d'avoir eu la gorge serrée et que les larmes avaient menacé de couler. Je ne comprenais pas pourquoi j'avais soudain eu envie de pleurer mais je suis parvenu à me retenir. Je suis resté planté là, aussi immobile qu'une statue, les yeux rivés sur cet instrument de rêve, essayant de ne pas craquer.

Mais monsieur Robson avait remarqué mon trouble.

– Ce gosse va devenir une star, a-t-il dit à toute l'équipe. Joyeux anniversaire, gamin !

Sa déclaration avait été suivie par une vague d'applaudissements, assourdissante au cœur de la petite pièce où nous nous trouvions.

Aujourd'hui encore, je considère ce jour comme le plus bel anniversaire de ma vie. Monsieur Robson a dit que c'était bête de m'en vouloir à propos de ma mère et qu'il fallait profiter des belles choses quand elles arrivaient.

Dès cet instant, j'ai suivi toutes mes leçons avec ce magnifique instrument branché à un ampli et je composais exclusivement avec.

– Pas la peine de mettre le volume au maximum, m'indiquait monsieur Robson. Sinon, on ne ressentira pas la puissance. Pour sonner lourd, il faut jouer bas !

Selon le groupe qui jouait, nous devions parfois installer le back-line. Le back-line, c'est le matériel de musique qu'une salle met à disposition des artistes – amplis, claviers, batterie. Une fois celui-ci installé, les artistes n'ont plus qu'à se présenter et à se brancher. D'ordinaire, on en installait pour les groupes débutants et s'il y avait plusieurs artistes sur la même affiche, il fallait en changer entre chaque prestation, ce qui n'était pas pratique. Bref, c'étaient les meilleures journées de la semaine car l'équipe pouvait profiter du matériel déjà installé pour faire un bœuf. Parfois, j'occupais le milieu de la scène et on jouait une de mes compos. Jouer en groupe était incroyable. La basse grondait, la batterie était tonitruante et, grâce à l'ampli Marshall, le son de ma guitare était absolument parfait.

Au fur et à mesure des jams, les gars me demandaient de plus en plus souvent d'occuper le centre de la scène. Ils n'étaient pas aussi vieux que monsieur Robson mais ils assuraient quand même grave. C'étaient des musiciens d'enfer et malgré leurs cheveux gris, ils s'éclataient comme des ados. Une fois, on a tellement joué avec la machine à fumée qu'on a vidé toute la bonbonne, ce qui nous a valu quelques ennuis auprès de monsieur Robson.

Mon treizième anniversaire a été si épique que je vous mentirais en prétendant ne pas m'être attendu à quoi que ce soit pour mes quatorze ans. Comme d'habitude, je suis entré dans la salle et monsieur Robson m'a accueilli avec sa réplique fétiche.

– Ils t'ont laissé sortir de ta cage ?

J'ai ri et ai commencé ma routine quotidienne en enroulant des câbles. Monsieur Robson ne s'était pas souvenu que c'était mon anniversaire, mais je ne lui en voulais pas. Je m'en voulais surtout à moi-même de l'avoir espéré. J'avais déjà eu une guitare électrique, que pouvais-je bien attendre d'autre ? Aussi, j'ai essayé d'effacer la date du jour de mon esprit et je me suis mis au travail. L'équipe était en train d'installer le back-line. Peut-être aurions-nous le temps de faire un bœuf.

Monsieur Robson m'a tendu un billet de dix dollars et m'a dit sur le ton de la blague :

– Tu vois le restaurant d'en face ? Je me disais qu'on devrait tester leurs hamburgers !

– Et je rapporte la monnaie, ai-je anticipé tandis que son air moqueur se muait en sourire. Au fait, qui joue ce soir ?

– J'ai jamais entendu parler d'eux, gamin. T'as qu'à jeter un œil au programme en sortant !

J'ai quitté la salle et, dans le vestibule, j'ai vu un membre de l'équipe juché sur une échelle devant la façade, en train de placer les premières lettres noires de l'affiche du soir. Curieux, je me suis rendu chez Dilallo où le vieux couple de tenanciers m'a accueilli à bras ouverts.

La gentille dame m'a souri et je lui ai tendu l'argent.

– Comme d'habitude, s'il vous plaît !

Puis je me suis assis sur une chaise bancale. Le couple se parlait dans une langue que je ne comprenais pas. Je ne savais jamais s'ils se disputaient ou non.

– C'est prêt, gamin !

Il m'a tendu ma commande, emballée dans un sachet en papier dont le fond était imprégné de graisse.

– Merci !

Puis, tandis que je marchais vers la sortie, il m'a à nouveau interpellé :

– Eh, gamin !

Une main contre la porte et l'autre tenant précieusement ce mets délicieux et gras que le cuistot venait de me remettre, je me suis figé et me suis retourné vers lui. Tout sourire, il m'observait de derrière son comptoir et a ajouté :

– Quand tu seras célèbre, ne nous oublie pas, surtout !

Je n'avais aucune idée de ce dont il parlait. Sa femme m'a adressé un sourire et a pointé le doigt vers le trottoir opposé.

Sous la marquise, le préposé au programme s'éloignait avec son échelle. L'affiche avait été dévoilée :

IGGY POP
MISS SUGAR
BRAD SNYDER

J'ai ouvert la porte à la volée et me suis précipité dehors, abasourdi devant l'affiche. Mon cœur battait à cent à l'heure et j'avais la gorge serrée. Seul sur le trottoir, j'ai hurlé ma joie comme un fou et j'ai traversé la rue en courant sous les coups de klaxon des automobilistes.

Hors d'haleine, j'ai déboulé dans la salle, un large sourire sur le visage. Monsieur Robson m'a accueilli en poussant un cri joyeux :

– Bon anniversaire, gamin !

J'étais submergé par l'émotion. Je n'avais encore jamais joué devant un public et ce soir-là, le concert se ferait à guichets fermés !

– Miss Sugar s'est proposée de faire la première partie, avait dit monsieur Robson. Elle te chauffera la salle !

J'étais en sueur et probablement vert d'angoisse. Ça n'a pas échappé à monsieur Robson qui m'a pris par l'épaule et entraîné vers un siège pour m'asseoir avant de reprendre :

– Relax, gamin. Tu es prêt pour la scène, alors profites-en et amuse-toi ! Les gars vont te retrouver dans les loges. Tu leur indiqueras ce que tu veux jouer ce soir. Un set de vingt minutes, pas plus ! Tu vas assurer !

Je n'ai pas répondu. Incrédule, j'ai fixé bêtement la scène et mangé mon hamburger en souriant comme un idiot.

*

Ce soir-là, j'ai brièvement rencontré Iggy Pop et il s'est avéré être le parfait opposé de ce que j'avais pu imaginer.

Il a été très gentil et s'est comporté comme un adulte. D'après monsieur Robson, j'avais beaucoup à apprendre de lui, même s'il montait le volume de son ampli jusqu'au maximum.

J'ai regardé le concert de Miss Sugar depuis le côté de la scène. De temps en temps, elle m'adressait un clin d'œil complice. Elle avait beau avoir le double de mon âge, j'en étais secrètement amoureux et je crois qu'elle le savait.

De là où j'étais, le son était atroce. Je me demandais pourquoi tant de gens insistaient pour assister aux concerts depuis le côté de la scène. J'ai étiré le cou pour tenter d'apercevoir monsieur Robson dans sa cabine mais les projecteurs m'éblouissaient.

Miss Sugar s'est adressée au public d'une voix sensuelle :

– Mesdames et messieurs, c'est avec un immense plaisir que je vais vous présenter le concert qui va suivre. J'ai la très forte intuition qu'un jour prochain, vous vous vanterez auprès de vos amis. Que vous direz : « J'étais là, le 7 juin, pour assister aux premiers pas de ce jeune homme en première partie d'Iggy Pop. » Je vous le dis, ce garçon va devenir une grande star et ce soir, nous allons toutes et tous être témoins de ses débuts. Laissez-moi vous présenter… Brad Snyder !

Les gens ont applaudi poliment. Un boa autour des épaules et les seins dissimulés par des cache-tétons, Miss Sugar a ramassé ses vêtements et a quitté la scène d'une démarche aguicheuse. À ma hauteur, elle s'est penchée vers moi et a murmuré à mon oreille :

– N'oublie pas de t'amuser, Bradley !

Le machiniste m'a remis ma Gibson et j'ai marché jusqu'au micro avec moitié moins d'assurance que Miss Sugar quand elle avait quitté la scène. À nouveau, j'ai cherché monsieur Robson du regard mais les projos étaient trop forts. Les applaudissements avaient cessé et le silence s'est abattu sur la salle. J'ai branché ma guitare et un crépitement sonore en provenance de l'ampli a résonné entre les murs.

Quand j'ai approché ma bouche du micro, il y a eu un effet Larsen. Tels des soldats, les musiciens attendaient au garde à vous. Je me suis alors rappelé les conseils de monsieur Robson : toujours donner l'impression d'avoir confiance et commencer à jouer aussitôt qu'on est sur scène. J'ai effectué un décompte dans ma tête et on s'est lancés.

Je ne garde que peu de souvenirs de ce premier concert, seulement qu'en entrant sur scène, je ne savais même plus comment tenir mon instrument mais qu'une fois la première note jouée, tout est rentré dans l'ordre et que je me suis laissé porter.

C'était l'échappatoire parfaite. Ce soir-là, je me suis senti aimé. Je n'avais jamais eu d'autre ami que monsieur Robson mais à ce moment-là, j'ai eu l'impression d'être ami avec chaque personne dans l'assistance. Je n'étais plus ce garçon stupide avec des baskets trop grandes pour lui qui gâchait toujours tout, mais quelqu'un d'entièrement différent.

C'est là que tout a commencé.

Ce jour-là, je suis né pour de vrai.

À la fin de la toute dernière chanson, les lumières se sont rallumées et j'ai aperçu monsieur Robson dans sa cabine. Il souriait et agitait les mains en l'air. Le voir aussi fier reste encore aujourd'hui l'un de mes meilleurs souvenirs.

Pendant l'année et demie qui a suivi, je me suis plus d'une fois produit sur cette même scène. J'ai également ouvert pour Miss Sugar à plusieurs reprises dans d'autres salles locales. Elle prenait grand soin de moi et elle voulait que j'assure, j'en avais conscience. C'est elle qui m'a mis sur le coup avec Ramsey Records.

À l'âge de dix-sept ans, j'arrivais déjà à me faire un peu de fric en jouant. Pas grand-chose mais de quoi payer les hamburgers de temps en temps. À la fin de chaque concert, Miss Sugar me refilait quelques dollars et monsieur Robson a commencé à me mettre en tête d'affiche car, selon lui, il y avait de plus en plus de monde pendant mes concerts.

Pour une raison qui m'échappait, il n'avait plus l'air d'être aussi épris de Miss Sugar qu'autrefois mais il n'en a jamais parlé.

Un de mes concerts était passé à la télé et on parlait de plus en plus de moi en ville. J'espérais vraiment qu'on laissait papa regarder la télé en prison et qu'il m'avait vu jouer. À cause des concerts, je rentrais de plus en plus tard et les foyers ne m'ont plus accepté, mais j'avais des amis en ville qui me laissaient dormir sur leur canapé. D'ailleurs, j'ai plus d'une fois squatté celui des loges mais monsieur Robson a toujours fermé les yeux là-dessus.

C'est à l'issue d'un de ces concerts que Miss Sugar m'a présenté à Ronald Ramsey.

C'était une pluvieuse soirée d'hiver. J'ai salué le public et, dans sa cabine, monsieur Robson applaudissait et agitait les mains en l'air avec son enthousiasme habituel. Une fois sorti de scène, j'ai été accueilli par Miss Sugar. Son sourire était étrange.

– Brad, il y a ici une personne qu'il faudrait que tu rencontres.

Je l'ai suivie dans les coulisses jusqu'à la porte de service et nous sommes sortis dans l'allée derrière la salle. Une froide pluie d'hiver obscurcissait le ciel et une limousine noire aux fenêtres teintées était garée juste devant nous. Miss Sugar a ouvert la porte arrière, s'est glissée sur la banquette et m'a invité à la rejoindre. Une fois à l'intérieur, elle s'est adressée à un type costaud assis juste en face de nous.

– Ronald chéri ! Comment vas-tu ?

Elle s'était adressée à lui d'une voix que je ne lui connaissais pas. Mais le type ne lui prêtait aucune attention : son regard était fixé sur moi.

Il me regardait avec amusement, comme si nous étions lui et moi les détenteurs d'un même secret. Je lui ai adressé un sourire et j'ai hoché la tête d'un air entendu. Mais en réalité, j'ignorais totalement ce qu'il se passait.

Ronald a pris la parole :

– J'entends beaucoup de bien de toi, Brad. J'ai beaucoup aimé ce que j'ai vu ce soir sur scène et j'aimerais qu'on travaille ensemble. Quel âge as-tu ?

– Dix-sept ans.

Ronald a souri.

– Sais-tu qui je suis, Brad ?

J'ai répondu en toute honnêteté.

– Non.

– Je m'appelle Ronald Ramsey, je suis le patron du label Ramsey Records. Et je peux faire de toi une star. Avec un talent tel que le tien, tu pourrais faire de grandes choses. Très grandes, même. Mais il faut que tu saches que ce ne sera pas facile. Il faudra travailler dur. Très dur. Souhaites-tu que nous travaillions ensemble, Brad ?

J'ai consulté du regard Miss Sugar qui a hoché énergiquement la tête avant de m'indiquer de lui répondre.

– Oui ?

Ronald a repris :

– Il n'y a aucun mal à jouer dans des petits clubs tels que celui-ci, tu sais. Si ça t'amuse, tu peux tout à fait continuer comme ça pour l'instant. Mais moi, je te parle de devenir une célébrité internationale. Mais je ne peux en aucun cas agir à ta place. Ce sera à toi d'y mettre tout ton cœur. Certains jours, ce sera dur à en crever ; parfois, tu auras peut-être envie de tout lâcher. Mais si je dois investir en toi, j'ai besoin d'être absolument certain que tu n'abandonneras jamais. Il faut que je puisse te faire intégralement confiance. Mais tu n'es pas un lâche, n'est-ce pas Brad ?

– Non.

– Et la drogue ? Tu prends de la drogue ?

– Non.

– Tu bois ?

– Non.

– Je n'essaye pas de te faire peur, gamin. Tu as du talent, c'est clair, ce n'est pas ça qui m'inquiète. C'est évident que tu as quelque chose de spécial, mais j'ai besoin d'être certain que tu ne me laisseras pas tomber.

Ronald s'est penché vers moi, me donnant un meilleur aperçu de ses traits. Il avait une tignasse de cheveux blonds et un visage joufflu. Derrière son sourire, difficile de dire s'il était content ou en colère. Il était si balèze que ça devait être difficile pour lui d'entrer et sortir de sa propre limousine. Il a continué de me dévisager en hochant la tête, comme s'il se parlait tout seul.

Toujours sous le coup de cette rencontre impromptue, j'ai pris la parole :

– Je ne compte pas arrêter la musique, monsieur Ramsey.

– Je t'en prie, appelle-moi Ronald.

– Je ne veux rien faire d'autre que de la musique, Ronald. J'ai plein de compos inédites en stock et…

– Passe à mon bureau demain. On parlera de ça tous les deux.

J'ai accepté sa carte de visite et je suis sorti du véhicule. De retour sous la pluie, j'ai regardé Miss Sugar. Elle s'est allumé une cigarette et m'a adressé un clin d'œil complice juste avant que je ne referme la lourde portière de la voiture.

Puis je me suis éloigné. Mon blouson en cuir était ouvert et mes cheveux trempés se collaient à mon visage. J'étais à peine conscient du temps qu'il faisait. Je voulais marcher un peu avant de retourner dans la salle, histoire de digérer tout ce qui venait de se passer.

Tout sourire, j'ai marché dans la nuit : c'était le début du reste de ma vie !

Je m'extrais de mes souvenirs et me focalise sur le présent, à bord d'un vol en provenance d'Austin en direction de Los Angeles. Je transpire de nervosité : notre avion subit une zone de turbulences. J'ai vingt-sept ans et je n'ai plus rien en commun avec le gamin aux grandes godasses qui portait des T-shirts trouvés dans les friperies.

Ronald a tenu sa promesse. Il a fait de moi une star.

Dix ans ont passé depuis cette rencontre fatidique dans sa limousine. J'ai pris l'avion je ne sais combien de fois et malgré les anxiolytiques qu'on me prescrit, je n'ai jamais réussi à m'y faire. Avant de signer mon contrat avec Ramsey Records, je n'avais jamais mis les pieds dans un avion. Comment aurais-je pu deviner que j'en deviendrais phobique ? Honnêtement, c'est bien la seule chose que le label pourrait me reprocher.

Par exemple, je suis presque certain que la plupart des musiciens ne pourraient pas gérer les emmerdes que je dois me coltiner à longueur de temps. J'essaye vraiment d'être sympa et de jouer le jeu des médias. Alors quand on m'a demandé de me rendre à Austin pour faire un duo avec Lindsay Wilder, j'ai obéi sans broncher.

Lindsay est une jeune starlette sous contrat avec Ramsey Records, une fausse petite amie avec qui je romps et me rabiboche sans arrêt. Mais c'est faux. De nos jours, tout est faux. Une fois, pendant un vol, je me suis assis à côté d'un des bras droits de Ramsey, une nana qui avait bu un petit coup de trop. Elle m'a avoué que toute ma vie professionnelle était truquée et programmée à l'avance. Que je trompe Lindsay, me bastonne avec un vigile ou que je me fasse arrêter, tout est juste pour la galerie. Il faut en dévoiler juste assez pour attirer l'attention des médias mais conserver suffisamment de mystère pour qu'ils restent intrigués.

Le duo avec Lindsay est complètement naze. Les parties qu'elle chante ont été enregistrées la semaine dernière. Elle n'est même pas venue au studio ! Je suis presque sûr qu'ils vont faire un montage photo de nous deux en train de nous éclater pendant l'enregistrement.

En dehors de l'avion, je n'ai généralement pas à me plaindre. Je ne suis pas toujours d'accord avec la manière dont le label gère les choses mais si on joue le jeu, ils font un super boulot. L'époque où je n'avais même pas un lit à moi pour dormir ne me semble pas si lointaine. Maintenant, j'ai une maison sur les hauteurs, avec piscine et tout ce dont on pourrait rêver. Étrangement, dix ans plus tard, monsieur Robson est encore mon seul et unique ami. Quand on se voit, il me reproche toujours de ne pas suffisamment me nourrir et j'ai toujours droit aux mêmes vannes. J'aimerais qu'on se voie plus souvent mais entre les concerts, les enregistrements, les séances photo et les interviews, c'est compliqué.

Avec tout ce qui se passe en coulisse et la vie cousue de fil blanc qu'on m'a scénarisée, on pourrait croire que j'ai perdu ma passion pour la musique mais c'est loin d'être le cas. Au contraire, j'arrive même très bien à faire la part des choses. Mon dernier single, *Violent Little Things*, s'est même hissé en tête des charts. Les gars de Ramsey Records peuvent manipuler mon image si ça les amuse. Au final, la seule chose qui compte, c'est la musique. En plus, je compose toujours cent pour cent de ce que je joue – sauf quand on m'oblige à faire un duo pourri avec la dernière starlette à la mode, bien sûr.

– Mesdames et messieurs, nous allons amorcer notre descente vers Los Angeles. Veuillez rester assis et boucler vos ceintures, merci.

Les moteurs se mettent à l'arrêt et je sens mon estomac se nouer. Quel enfer ! D'habitude, je voyage avec les autres membres du groupe mais on m'a envoyé seul à Austin et c'est donc seul que je reviens à L.A. Putain, je hais les atterrissages ! Et les décollages ! Et tout ce qu'il y a entre les deux !

Au moment où le train d'atterrissage touche la piste, tous mes muscles se décontractent et je pousse un profond soupir de soulagement.

Pas question de faire partie du club des vingt-sept ! La plupart des musiciens morts à cet âge ont péri dans des accidents d'avion, en plus.

C'est pas celui-là qui aura eu ma peau !

Mon seul bagage étant une valise cabine, je rejoins le terminal des arrivées en un rien de temps et je scanne les environs. Normalement, on a envoyé un chauffeur pour me récupérer.

À ma grande surprise, une tout autre personne est là pour m'accueillir.

Lael Ramsey.

C'est la fille unique de Ronald et c'est une vraie beauté. Elle a un visage juvénile, des yeux marron et ses cheveux longs sont teints en bleu. On ne s'est pas revus depuis des années !

Quand je l'ai rencontrée la première fois, elle n'était qu'une ado et ça fait bizarre de la voir aujourd'hui. C'est une jeune femme maintenant, elle doit avoir la vingtaine.

Elle est bien plus séduisante que ce que j'aurais pu parier !

Elle sourit en me voyant et agite le bras en l'air.

Je lui rends son sourire et la rejoins.

– Eh bien, eh bien, regardez qui voilà ?

– Salut, Brad ! Comment s'est passé ton vol ?

– C'est toi mon chauffeur ?

– En personne ! répond-elle avec un rictus. Amène-toi !

Je la suis jusqu'au parking en essayant de ne pas mater ses fesses. C'est clair : la morveuse d'autrefois a bien grandi !

Blague à part, le fait que Ronald ait envoyé sa propre fille est franchement inhabituel. Il y a anguille sous roche, je le sens.

Tandis que nous approchons d'une petite voiture électrique de couleur bleue, Lael s'adresse à moi d'une voix douce :

– Écoute Brad, j'ai une mauvaise nouvelle à t'annoncer. Je ne sais pas comment te le dire…

– Qu'est-ce qu'il y a ?

Mon ventre se crispe d'angoisse. Ça sent pas bon.

– C'est ton ami, monsieur Robson. Il est mort la nuit dernière.

Je laisse le temps à l'information de faire son chemin. Je ne suis pas certain de ce que je ressens ni même de ressentir quoi que ce soit. Fixant le vide, j'essaye de comprendre. En fait, je me sens comme le jour de mes treize ans, quand il m'a donné cette guitare sur laquelle je joue encore aujourd'hui.

Ma gorge se serre et je suis pris de bouffées de chaleur. Des larmes commencent à naître dans mes yeux.

Sauf que cette fois-ci, je ne parviens pas à les contenir. Comme une marée montante, les larmes me submergent. Sur ce grand parking, je craque et pleure comme je n'ai jamais pleuré de ma vie.

Je me rends à peine compte que Lael, la fille de Ronald, cette fille que je connais à peine, m'attire contre elle.

Et comme si elle était la seule et unique personne qu'il me restait au monde, je lui rends son étreinte.

3

Brad

Le siège de Ramsey Records se trouve dans la banlieue d'Hollywood et il n'est pas rare qu'on m'y convoque pour une réunion. Les locaux sont situés dans une tour circulaire de vingt étages datant des années quatre-vingt. Tout en haut, le nom de Ramsey Records s'étale en grandes lettres métalliques. Une fois, je suis monté sur le toit et après avoir vu l'encadrement rouillé qui maintenait l'enseigne en place, je me suis plusieurs fois imaginé ce qui se passerait si les lettres venaient à tomber. Et si j'y foutais un coup de pied pour voir ?

La réunion se déroule comme à l'accoutumée : je reste assis sans rien dire pendant que les membres de l'équipe balancent des idées dans tous les sens :

– Il nous faut plus de photos au bord de la piscine !

– Une sextape !

– Et s'il faisait une apparition pendant la manif pour le climat ? C'est le sujet le plus *in* du moment !

– Putain les gars, ce qu'il nous faut, c'est des interviews télé ! Corden a rappelé ?

– Si ces news circulent à l'internationale, nos clients en Australie vont piquer une crise !

– On devrait prendre des photos de lui en train de sortir de chez Madeline. Vous savez ? Le club échangiste !

Pendant que ces gens font joujou avec ma vie comme si je n'étais qu'un vulgaire produit, je mange mes sushis. Pas étonnant qu'on réclame de moins en moins ma présence à ces atroces brainstormings. D'ailleurs, il est aussi très rare que Ronald assiste aux réunions et pourtant, aujourd'hui, il préside, en face de moi, les coudes posés sur la table et les mains en triangle sous le menton. Il reste stoïque. Visiblement, il n'a que faire des débats en cours, mais il faut dire que c'est aussi son expression par défaut.

– Très bien, ça suffit pour aujourd'hui, annonce-t-il. L'album de Brad sort au printemps. Je veux voir sa tronche en couverture de tous les magazines. On a quelques mois devant nous, alors n'allez pas cramer toutes vos ressources. Concentrez-vous majoritairement sur la tournée et ne placez vos pions que sur les villes où le groupe se produira. Brad ? Ne pars pas tout de suite, j'ai deux mots à te dire.

Fait chier.

L'équipe sort de la salle en traînant des pieds, se décochant des regards de défi qui n'existent que dans le milieu compétitif de l'entreprise. Ils ont l'air de bêtes sauvages en costume trois-pièces, prêts si nécessaire à tuer la personne à qui ils viennent de tenir la porte si diligemment. J'aime autant qu'ils m'ignorent – chaque fois qu'un de ces gars m'adresse la parole avec un sourire commercial, ça sent l'embrouille à plein nez.

Depuis son siège, Ronald demande :

– Alors ? Comment ça s'est passé avec Lindsay ?

Sur la table, une montagne de sushis se dresse entre nous. C'est étrange de se parler à pareille distance. Je fais un rapide roulement de tambour avec mes baguettes avant de répondre en portant la voix :

– Génial ! Je crois qu'il y a une vraie alchimie entre nous !

Ronald sourit et se lève en lissant sa cravate contre sa large panse. Les yeux fixant le plafond, il s'approche lentement de moi.

– Je suis désolé pour Nick. Je sais que vous vous entendiez bien. Quant à cette histoire de poulet, je m'en fiche de savoir qui a commencé et ce qui s'est passé avec la voiture de cette femme. Ce n'est pas ça le problème : c'est son comportement. Plus personne ne veut bosser avec lui. Il fallait qu'il parte.

– Le poulet, c'est lui qui l'a balancé.

– Je t'ai dit que ce n'était pas le problème, Brad.

Nick, notre ex-bassiste, a été impliqué dans un petit accident… avec un gallinacé.

Ronald s'immobilise à ma hauteur et je lève les yeux vers lui. Nous nous regardons pendant si longtemps que ça me semble durer des jours. Il règne un tel calme dans la salle de réunion que je peux même l'entendre respirer.

Il finit par reprendre :

– J'ai entendu dire que tu ne comptais toujours pas collaborer avec nos compositeurs. Personnellement, tant que tu continues à pondre des hits, je n'ai aucun problème avec ça. Mais l'album doit être prêt au printemps et cela fait un moment que nous n'avons rien entendu de nouveau de ta part. Il nous faut un tube de l'été. Une chanson d'amour.

Je réplique avec ironie :

– D'accord. J'appellerai ça *Summer Love Song*.

– J'aime bien, ça me parle, réplique Ronald, ignorant complètement mon sarcasme avant de s'asseoir. Mais oublie tes projets expérimentaux, tu veux ? Je m'en tape que ces hipsters de journaleux aient adoré, ce n'est pas ce genre de trucs qui paye les factures et ta baraque. Comment t'avais appelé cet album, déjà ?

– « Stomp Box ».

« Stomp Box » est un album d'une heure et demie, principalement composé avec des pédales d'effets analogiques, des boucles et des samples. Pas de refrain accrocheur ni de hit : un seul et unique morceau joué avec la même guitare, reliée à une vingtaine de pédales. À la fin de l'album, elles sont toutes enclenchées. Habituellement, je ne suis pas du genre à fumer de l'herbe mais à la fin des sessions d'enregistrement, il y avait tellement de fumée dans le studio que je pouvais à peine discerner les instruments.

– Eh bien, finies ces conneries, lance Ronald. Maintenant, écoute-moi bien. Ça n'a pas été facile mais on a réussi à faire en sorte que la tournée se fasse sans que tu aies à prendre l'avion, ce qui veut dire que tu vas passer un sacré bout de temps sur la route. Tu vivras dans un bus pendant deux mois. J'attends de grandes choses de cette tournée. De très grandes choses. Les salles qui vous programment sont de plus en plus importantes et elles se remplissent de plus en plus vite. J'attends de toi que tu apportes ta contribution. Dès que tu reviens, c'est direction le studio. Il faut que tu sois prêt à nous fournir l'album pour une sortie au printemps. Tu te souviens de ce que je t'ai dit quand on s'est rencontrés, il y a dix ans maintenant ? Que ce serait parfois dur et que tu aurais probablement envie d'abandonner ? Eh bien je peux t'assurer que les prochains mois ne vont pas être faciles. J'ai besoin d'être certain que tu ne me laisseras pas tomber et que tu arriveras à faire ce que je te demande.

Je m'empresse de le rassurer.

– T'as pas à t'en faire. Je sais ce que je fais.

Ronald évite alors mon regard et s'éclaircit la voix.

– Nous avons recruté une nouvelle bassiste pour la tournée. Elle assurera les concerts le temps qu'on vous trouve un bassiste plus permanent.

– Elle ?

Bon sang, mais de quoi est-ce qu'il cause ?

Contrairement à son habitude, Ronald a l'air complètement défait.

Il parle doucement et ses mots lui arrachent presque une grimace :

– Elle veut devenir musicienne pro. Je crois qu'elle s'est fait une idée très romantique de ce qu'est la vie en tournée. Rien de tel que deux mois sur la route dans un bus en hiver pour lui ôter cette idée de la tête !

– Euh Ronald ? De qui tu parles exactement ?

Ronald se redresse et marche jusqu'à la porte de la salle de réunion. Il l'entrouvre, passe la tête dans le couloir et pousse un beuglement :

– Tu peux entrer !

Puis il se retourne vers moi et ajoute :

– Brad Snyder, je te présente ta nouvelle bassiste.

C'est alors que Lael Ramsey entre dans la pièce.

Tout sourire, Ronald nous regarde tour à tour. Personne ne dit rien.

C'est quoi ce délire ?

Il faut que je dise quelque chose, et j'ai intérêt à viser juste. Autrement je vais signer mon arrêt de mort. Merde, c'est la fille du patron !

– Je ne savais pas que tu jouais de la basse…

Elle se force à m'adresser un bref et étrange sourire, puis ouvre la bouche pour dire quelque chose mais c'est Ronald qui parle à sa place :

– Elle est très douée ! Et je pense qu'elle s'intégrera parfaitement à l'équipe. Elle voyagera dans un bus à part et elle aura son propre service de sécurité. En dehors des répétitions et des concerts, elle ne sera jamais dans vos pattes. Toi et Twitch n'avez aucun souci à vous faire.

Je le corrige :

– Son nom, c'est Switch.

– Oui, bien sûr. Mais crois-moi : Lael est très compétente et il n'y a aucune raison pour que toi, Mitch et Calvi ne puissiez pas vous entendre sur le plan professionnel. Vous aurez votre bus, Lael aura le sien et vous vous retrouverez chaque soir dans la salle à l'heure convenue.

Ronald regarde sa fille et pose une main sur son épaule.

Lael se tourne vers lui, lui adresse un sourire étrange et murmure nerveusement :

– Ouais…

Ronald hoche la tête avec un enthousiasme forcé.

– Bien ! Nous en avons terminé. Lael chérie ? Je ne te retiens pas plus longtemps, je sais que tu es attendue quelque part. Mon assistant te communiquera l'horaire de la prochaine répétition. Tu passeras ton audition avec Brad, Stitch et l'autre gars, là… Je suis sûr que tout ira pour le mieux !

J'adresse à Lael un regard d'encouragement. Ses yeux expriment de la peur et je ne peux pas la blâmer. J'ai probablement exactement le même regard en ce moment.

Ronald presse sa fille de sortir et referme la porte derrière elle. Nous sommes à nouveau seuls.

Avec une expression sévère, il s'assoit à côté de moi et dit :

– Brad, j'ai investi davantage sur toi que sur n'importe quel autre artiste dans toute l'histoire du label. Je n'irai pas jusqu'à dire que tu m'appartiens, car ce serait un mensonge. Pas plus que je n'irai dire que tu m'es redevable. Tu as tenu tes engagements envers moi. Mais laisse-moi t'annoncer une chose, jeune homme : s'il devait arriver quoi que ce soit à Lael, j'ai le pouvoir de tout te reprendre. *Personne* n'a le droit de sortir avec elle pendant la tournée. Ni toi ni aucun membre de l'équipe. Suis-je clair ? C'est pour le boulot et rien d'autre. D'ailleurs, j'ai déjà briefé Lael. Pour elle, tu es son patron et rien d'autre. Et j'ai des yeux et des oreilles partout, Brad. Alors ne va pas jouer au con. Les tournées, ce n'est pas un monde pour elle et je refuse qu'elle mène ce genre de vie. C'est seulement temporaire mais il va falloir t'y faire. Cependant souviens-toi : je ne te punis pas à cause du poulet.

Là-dessus, il sourit, se lève de son siège et sort de la salle, me laissant seul à la grande table.

Complètement abasourdi, je reste assis là et essaye de comprendre ce qui se passe. J'ai horreur qu'on me force la main ! Le patron nous impose sa fille pour deux mois de tournée et elle va faire bus à part ? Le top du népotisme ! À moins que ça ne soit le pire ? Je ne sais plus.

Soudain, j'entends la voix de Lael, timide et inquiète :

– Salut…

Je lève les yeux et vois qu'elle a passé la tête par l'entrebâillement de la porte.

Ne sachant quoi dire, je me contente de répéter :

– Salut.

La vache, cette situation est trop bizarre.

– Écoute, je te jure que j'ai juste demandé à passer l'audition et c'est tout, se défend Lael. Je ne m'attendais pas du tout à ce que les choses tournent comme ça.

Elle a l'air dans l'embarras et je sens qu'elle dit la vérité. On voit tout de suite qu'elle n'y est pour rien. Cette situation, c'est du Ronald tout craché !

Je soupire et demande :

– C'est aussi toi qui me ramènes chez moi ?

– Hun-hun, répond-elle prudemment.

– D'accord, dis-je avec un rapide sourire. Dans ce cas, je veux bien que tu me ramènes.

Puis nous quittons ensemble cet horrible immeuble.

Sa voiture est petite mais agréable. Elle est toute bleue et il y règne un parfum de crème solaire à la noix de coco. C'est comme une extension de sa personnalité – du moins de ce que j'ai pu en voir jusque-là.

Le trajet se déroule paisiblement et dans le silence. Lael est concentrée sur sa conduite et j'en profite pour observer son profil discrètement. Ses lunettes de soleil maintiennent sa chevelure bleue en arrière, ce qui révèle son visage et son cou. Difficile de rester insensible : jeune, des lèvres pleines, un joli nez, une peau bronzée… N'importe qui pourrait vous dire qu'elle est belle. Mais qu'elle a l'air d'être la future bassiste de And Then ? Certainement pas.

Les yeux toujours rivés sur la route, Lael finit par prendre la parole :

– Comme je le disais, ce n'était pas mon idée et je sais combien ça t'énerve. Donc, voilà ce qu'on va faire : demain, j'irai au bureau de papa pour lui dire que je renonce.

Je me sens vidé et je n'ai pas le cœur de répondre quoi que ce soit. J'en ai tellement marre de devoir gérer ce genre de trucs. Ma tête retombe contre l'appuie-tête et je tourne le visage vers la vitre, regardant la ville défiler sous mes yeux.

Ceci dit, je dois reconnaître que je me sens très à l'aise avec Lael et c'est étrange. Lors de notre première rencontre, elle n'était encore qu'une gamine dont les yeux formaient des cœurs en me voyant. Aujourd'hui, elle est toujours plus jeune que moi mais bien différente de la gosse timide qui traînait parfois dans nos pattes.

Sa dernière phrase est encore suspendue dans l'air. Elle attend que je dise quelque chose.

– Bonne idée, dis-je, continuant de regarder par la fenêtre. Passe voir ton père et annule tout.

Cette fois-ci, ce sont mes mots qui restent suspendus en l'air. Peut-être ai-je été un peu dur ? Mais il fallait que ça soit dit. Il existe tant de bassistes de session rodés à la scène, je ne vais tout de même pas embarquer cette nana en tournée. On se démène pour que And Then soit un des groupes les plus badass de la scène et Lael est trop… trop jolie ?

Cette dernière répond :

– Je vais le faire. Je te le répète, ce n'était pas mon idée. Tu ne vas quand même pas t'occuper de la fille du patron pendant deux mois, quelle idée ! Même si je n'ai pas besoin qu'on s'occupe de moi, mais dans tous les cas c'est une idée stupide, tu n'as pas à t'en faire.

On dirait une adolescente en train de se justifier face à une figure d'autorité. Je la dévisage du coin de l'œil sans prendre la peine de faire la conversation.

Nous ne sommes pas loin de mes bonnes vieilles plates-bandes. La salle de concert où j'avais passé ma jeunesse n'était qu'à quelques mètres. Cela fait un bout de temps que je n'y ai pas mis les pieds. Maintenant que monsieur Robson n'est plus là, j'ai envie de me faire une séance nostalgie, histoire de dire adieu à mon vieil ami.

– Ça t'embête si on fait un rapide détour?

– Par où ? demande-t-elle dans une totale décontraction.

– Par la salle où tout a commencé.

Son expression s'adoucit et elle enclenche le clignotant.

– On peut, dit-elle d'une voix calme et neutre.

Nous passons le reste du trajet sans rien dire. Cela fait une éternité que je n'ai pas arpenté cette rue en plein après-midi. Avec le soleil au zénith, elle semble bien différente et aussi très calme. C'est le genre de quartier qui dort pendant le jour et prend vie à la nuit tombée. Lael trouve une place presque immédiatement, juste devant l'entrée de la salle.

Je demande :

– Tu as faim ?

– Je meurs de faim tu veux dire !

Nous traversons la rue et passons prendre des hamburgers chez Dilallo. À mon grand étonnement, les propriétaires sont toujours là, aussi vifs que dans mon souvenir. Ils me reconnaissent au premier coup d'œil et me présentent leurs condoléances. De son côté, Lael n'a pas l'air très enthousiaste devant le sachet blanc gorgé de graisse qu'on lui sert mais elle semble charmée par l'énergie du vieux couple.

Armés de nos hamburgers, nous traversons à nouveau la rue en direction de la salle. À la seconde où je pénètre dans le vestibule, le parfum des lieux me renvoie au temps de mon adolescence.

Puis nous entrons et je la vois immédiatement : la cabine de son de monsieur Robson, tristement vide. Des fleurs ont été déposées un peu partout sur les machines, certainement par l'équipe technique.

Je fais courir mes mains sur les bouquets, songeant qu'il aurait détesté qu'on pose des choses sur son matériel.

Je pousse un long soupir las et ferme les yeux. Dans les profondeurs de mon esprit, j'entends sa voix qui résonne : *Alors ? Ils t'ont laissé sortir de ta cage ?*

Lael demande :

– Ça va aller, Brad ?

Nos regards se croisent. Le sien est à la fois chaleureux et empli d'inquiétude. Il est hors de question que je craque à nouveau devant elle.

– Ça ira, dis-je. Viens t'asseoir. Ce sont les sièges les plus confortables de toute la salle !

Je l'accompagne jusqu'aux places où monsieur Robson et moi avions coutume de nous installer pour déjeuner.

Une fois assis, nous fixons la scène, inoccupée à l'exception d'une vieille connaissance : Ross Duncan. Juché sur une échelle, il est en train de réparer un projecteur. Il fouille dans sa boîte et le vacarme de ses outils résonne entre les murs.

Nous déjeunons en silence et mon esprit vagabonde, incapable de se fixer.

Lael chiffonne l'emballage de son hamburger, le jette dans le sachet vide et émet un rire discret.

– Je n'ai jamais rien mangé d'aussi bon !

– Oui, hein ?

Je marque une pause. Amusé par les traces de graisse autour de ses lèvres, j'ajoute :

– Alors, quel effet ça fait d'être la fille d'un tyran ?

Elle ne semble pas s'offusquer et arque un sourcil.

– J'en sais rien. Qu'est-ce que ça fait de bosser pour un tyran ?

Je m'éclaircis la voix avant de répondre :

– Je dis ça parce que je suis surpris que tu veuilles devenir musicienne pro. Comme tu es sa fille, tu n'es pas supposée te rebeller contre lui ? Genre vouloir devenir médecin ou un truc comme ça ?

– Il *déteste* le fait que je veuille être musicienne. Pour lui, les musiciens sont tout en bas de la chaîne alimentaire – ne le prends pas mal, surtout.

Avec un sourire complice, je valide son affirmation en levant un pouce.

Lael pousse un soupir et reprend :

– C'est comme si j'étais une extension de lui plutôt qu'une personne à part entière. Parfois, j'ai l'impression d'être un fantôme… d'être l'invitée dans la vie d'un autre.

Je songe à monsieur Robson et à la chance qu'il m'a offerte. S'il ne m'avait pas pris sous son aile, je ne sais pas ce que je serais devenu. Lael et moi avons beau avoir grandi dans deux milieux différents, nous avons tout de même plusieurs choses en commun. L'emprise qu'exerce sur nous Ronald Ramsey n'étant pas la moindre. Lael est liée avec lui par le sang, et moi par contrat.

Sincèrement, je ne saurais dire de quel lien il serait le plus difficile de se défaire.

Pourtant, lorsque Lael prétend vouloir devenir musicienne, j'arrive à percevoir toute sa sincérité. Rien qu'à la manière dont elle regarde la scène, je sens l'enthousiasme juvénile qui l'habite. Je comprends parfaitement ce qu'elle ressent.

– Il n'y a que sur scène que je me sens moi-même, dit-elle. C'est le seul endroit où je peux contrôler mon existence. Je peux briller ou m'autodétruire.

Je prends bien soin de mâcher avant de répondre :

– L'autodestruction, c'est très années quatre-vingt-dix. Si j'étais toi, je me contenterais de briller !

Lael hausse les épaules :

– Je suis née à la fin des années quatre-vingt-dix, alors j'ai loupé cette période-là.

Je me demande ce que monsieur Robson aurait eu à répliquer à ça. Il aurait certainement fait tout son possible pour l'encourager.

Tout à coup, je sens une lourde responsabilité peser sur mes épaules, comme si monsieur Robson lui-même se tenait juste derrière moi.

Je sais ce que je dois faire.

– Très bien jeune fille, écoute donc ça…

Elle plisse le nez devant mon choix de mots. Je reprends :

– Pourquoi ne viendrais-tu pas passer l'audition ? Calvi et Switch ne sauront pas qui tu es, je ne leur dirai rien. Tu seras une bassiste parmi d'autres, venue pour tenter ta chance. Quoi qu'ils en pensent, je me rangerai à leur avis. Comme ça, il n'y aura pas d'embrouilles avec ton père : on ne jugera que ton talent et rien d'autre. Tout le monde y gagne.

Un sourire commence à s'étirer lentement sur son visage. Les yeux toujours rivés sur la scène, elle parle d'une voix détendue et assurée :

– Je peux faire ça.

4

Lael

– Je ne peux pas y aller !

Face aux fourneaux, Christy touille l'énorme marmite de soupe au chou préparée la veille. Elle se tourne vers moi et me répond calmement :

– Bien sûr que si. Pourquoi tu flippes comme ça, tout à coup ? Tu étais complètement détendue il y a une heure.

Ne sachant pas où me mettre, je me tiens debout dans l'encadrement de la porte de la cuisine.

– Parce qu'il y a une heure, le ciel ne menaçait pas encore de me tomber sur la tête !

Avec un rire nasal, Christy se focalise à nouveau sur sa soupe.

– Vraiment Lael, tu en fais des caisses. Où est la fille positive, sûre d'elle et casse-bonbons que je connais si bien ?

Je pousse un soupir las et baisse les yeux. Frétillant, Baby Groot s'est glissé entre mes mollets et lève ses grands yeux vers moi. Il veut manger. Comme d'habitude.

Je le soulève dans mes bras et lui colle un bisou sur la truffe.

– Mais si jamais j'ai le job, dis-je, plus au chien qu'à Christy, qu'est-ce que je vais bien pouvoir faire de toi ?

– Tata Christy prendra soin de lui. Quand tu es au travail, on s'éclate tous les deux !

Christy est graphiste et comme elle travaille à la maison, c'est elle qui surveille Baby Groot quand je suis de service au restaurant. J'ai parfois l'impression que le chien est en garde alternée et cette pensée me rend un tout petit peu moins triste à l'idée de le laisser pour deux mois.

Mais je mets la charrue avant les bœufs. Il n'y a pas une heure, j'irradiais littéralement de confiance, persuadée que le groupe allait me manger dans la main. À présent, je ne suis plus qu'une boule de nerfs, certaine que je vais complètement me planter.

Je repose Baby Groot à terre.

Non, Lael. Tu ne vas pas te planter. Tu sais parfaitement ce que tu fais ! La seule chose dont ils ne voudront pas s'encombrer, c'est ton nom de famille !

C'est tellement vrai. J'ai eu honte de la manière dont papa m'a imposée à Brad, comme s'il n'avait pas le choix. En fait, il me semble bien que Brad n'a justement *pas* le choix et ça rend les choses encore pires qu'elles ne le sont. Ce que mon père veut, il l'obtient. Combien de fois l'ai-je entendu dire de toutes les manières possibles que c'était lui qui avait découvert Brad et qu'il lui appartenait ? Je suis certaine que c'est la pure vérité, car je connais bien les équipes avec qui il travaille, ses gorilles comme ses avocats. Mais je déteste l'idée qu'il m'ait imposée au groupe de cette façon.

Ce n'était pas vraiment ce que j'avais en tête quand j'ai dit que je voulais avoir l'opportunité d'être la nouvelle bassiste de And Then. Je voulais juste avoir ma chance, pas qu'on leur force la main, encore moins que ce soit annoncé de cette façon. En plus, Brad vient tout juste d'apprendre la mort de son mentor et plus vieil ami. Il a fallu que papa y ajoute cette contrariété par-dessus le marché !

Une chance que Brad soit un type cool. Certes, il est discret, mais il est sympathique – même plus que ça. J'essaye de ne pas trop repenser au fait que je l'ai tenu contre moi pendant qu'il pleurait la mort de monsieur Robson. J'ai été complètement prise de court! Pendant ce bref instant, il a cessé d'être Brad Snyder, mon idole, l'homme que j'ai mis sur un piédestal, le dieu du rock de mes rêves. Il est devenu nettement plus humain et a perdu un peu de sa mystérieuse aura.

Quoi qu'il en soit, si j'ai demandé cette audition à papa, c'était pour prouver ma valeur.

Mais là, je flippe un max! En un sens, il aurait été plus simple qu'on m'intègre de force dans le groupe. Ainsi, ils se seraient retrouvés coincés avec moi et j'aurais pu vivre pleinement mon rêve de musicienne pro en jouant des concerts de dingue tous les soirs. Ils auraient fini par voir mes qualités et m'auraient alors considérée comme un véritable atout pour le groupe.

Mais il y aurait eu de la rancœur, forcément. Avoir grandi en tant que fille de Ronald Ramsey m'a déjà suffisamment valu de traitements de faveur. Bien sûr, j'ai étudié dans une école privée où de nombreux élèves étaient *des filles* et *des fils de*, mais même à l'époque, papa avait déjà la réputation d'être un homme capable de façonner les gens comme de les briser.

Je sais qu'avec un père aussi influent, beaucoup de gens pensent que ma vie a dû être un long fleuve tranquille et c'est en partie la raison pour laquelle j'ai quitté le pays avec juste mon sac à dos : pour mettre de la distance entre la jeune fille que j'étais et la femme que j'allais devenir. Je sais que ça fait niais dit comme ça, mais si j'étais restée dans l'ombre froide et dominante de papa, jamais je n'aurais pu forger ma propre identité.

À présent, je sais qui je suis et ce que je veux. Mais ça craint : la seule chose que je veuille vraiment faire – de la musique – est justement une activité étroitement liée aux affaires de papa! C'est comme s'il n'y avait aucune échappatoire. J'aurais pu déménager à New York. Je suis certaine que j'aurais pu me faire un nom – un peu comme je l'ai fait en parcourant le pays. Mais la vérité, c'est qu'il faut parfois savoir arrêter d'être têtue et accepter la main qu'on vous tend. Quand votre rêve est en jeu, il ne faut jamais laisser votre fierté se mettre en travers de votre chemin.

– Tu t'en tireras très bien, dit Christy en se servant un bol de soupe.

Depuis le début de la semaine, elle suit un régime strict à base de soupe au chou. C'est dingue, elle fait ça tous les mois alors qu'elle n'a pas le moindre kilo à perdre !

Elle ajoute :

– Tu déchires tout et tu le sais. Tu as du talent, Lael.

Je proteste :

– Mais ils ne le verront peut-être pas. Tout ce qu'ils risquent de voir en moi, c'est la fille de Ronald Ramsey. Est-ce qu'ils vont m'accepter en tournée ? Je veux dire, peut-être qu'ils vont me prendre pour une sorte d'espionne ! Ou comme une gamine à se trimballer ! Sérieux, ils vont me haïr ! Et imagine qu'ils n'aiment pas ma façon de jouer ? J'ai de vraies propositions à leur soumettre mais ça ne leur plaira peut-être pas. En plus, va savoir qui d'autre auditionnera en même temps que moi !

Christy secoue la tête.

– Sérieux meuf, tu t'es mise dans de beaux draps en demandant cette audition.

– Brad me l'a proposée. Nuance. Mais j'ai bien vu que c'était la dernière chose dont il avait envie. Tu n'as pas idée combien j'ai attendu qu'une telle opportunité se présente. C'est un rêve pour moi.

– Tu veux dire que c'est *Brad* ton rêve, non ? réplique-t-elle d'un ton désabusé.

Je ne connais Christy que depuis trois mois mais nous nous sommes très vite rapprochées, surtout en sifflant des bouteilles de vin à l'apéro. À ces occasions, il se peut que j'aie parfois mentionné mes fantasmes à propos de Brad. Mais comme elle me confie les siens avec Chris Pine, nous sommes quittes.

Je ne relève pas et reprends :

– Bref. Mon rêve se réalise enfin, et pas de la manière dont je l'avais imaginé. Cette place, je voulais la mériter !

– Tu la mériteras. Sinon, tu auras d'autres opportunités. C'est ce que tu dis toujours : les meilleures choses dans la vie nous tombent dessus sans qu'on s'y attende.

Je sais bien que c'est ce que je dis toujours mais pour l'heure, je n'ai pas les idées en place. Aussi, je me contente d'acquiescer et file m'enfermer dans ma chambre, claquant la porte derrière Baby Groot. D'habitude, il me suit partout mais le bruit de la basse lui fait peur. Or, je dois répéter mes parties et vérifier pour la énième fois que mon pédalier fonctionne comme il faut. Il aurait demandé à sortir de la chambre en grattant dès que j'aurais commencé à jouer, de toute façon. J'essaye de ne pas lui en vouloir.

Assise sur un coin du lit, je revois mes parties une à une. Je connais toutes les chansons par cœur. Je pourrais jouer l'intégralité de leur répertoire les yeux fermés, même les compositions expérimentales de l'album solo de Brad.

Tout en jouant, je songe à ce que je pourrais apporter à And Then. Moi qui ne suis qu'une humble bassiste, que pourrais-je bien offrir de plus à ce groupe qui a déjà tout et tutoie les sommets ?

Première chose : la stabilité. Le groupe cherche une personne qui sera l'opposé de ce qu'était Nick. Quelqu'un avec qui ils pourront s'entendre. Selon Brad, les autres membres du groupe ignoreront ma réelle identité. En revanche, Arnie sera au courant, mais c'est un gars sympa. Il m'apprécie et son avis ne fera pas vraiment pencher la balance. Mais si je suis acceptée et qu'ils finissent par apprendre la vérité, il faudra que je fasse en sorte qu'ils soient à l'aise avec moi, ce qui n'était pas le cas avec Nick.

Par chance, si j'ai parfois tendance à me montrer extravagante, je sais aussi me tenir. Je saurai rester discrète et ainsi permettre aux autres de briller. Ce serait un vrai plus.

En revanche, les choses vont être plus délicates pour la musique. Le groupe a déjà un son bien établi et il ne s'en éloigne que très rarement – c'est d'ailleurs probablement pour s'en écarter un peu que Brad a lancé un projet solo. Cela dit, j'ai remarqué que Brad employait beaucoup d'effets pour ses solos, et au vu de mon penchant pour les pédales fuzz et autres boîtiers d'effets, je suis prête à parier que je pourrais apporter au groupe un atout dont il n'avait jusque-là pas conscience.

Mais je m'égare encore. Pour l'heure, je ne suis toujours que Lael Ramsey, et en tant que bassiste, je suis quasi inconnue au bataillon.

Mais j'ai confiance en mes capacités et la confiance en soi est le premier pas qui permet de sortir de l'anonymat.

Je prends une grande inspiration, m'emplissant de force et de courage.

Puis je range basse et pédalier : me voilà parée pour l'audition.

5

Brad

– Les gars, il est temps qu'on parle bassistes.

Dans le studio, je discute avec les autres membres du groupe. Chacun est à sa place habituelle : Calvi est assis près des amplis et Switch derrière sa batterie. La chaise qu'occupait auparavant Nick est vide. J'ai mis des plombes à trouver le courage de le virer, car j'appréhendais le long et pénible processus de recrutement qui s'ensuivrait. Aujourd'hui, nous auditionnons quatre musiciens. Je n'ai pas le moindre doute quant au fait qu'ils ont probablement tous un son bien à eux et qu'ils connaissent les titres par cœur, mais il va falloir prendre en compte bien plus que ce qui sortira de l'ampli basse. Quel que soit le musicien retenu, nous nous apprêtons à passer plusieurs mois enfermés dans un bus avec cette personne.

Plusieurs paramètres vont donc entrer en ligne de compte :

- Est-il cool ?
- Est-il charismatique sur scène ?
- Est-il ponctuel ?
- Représentera-t-il And Then comme il faut ?
- Est-il pro ?
- Prend-il de la drogue ?

Et le plus important : *il faut qu'il y ait une vraie alchimie entre nous et lui.*

Ou elle.

J'ai touché deux mots à propos de Lael à Arnie, notre manager. Il s'est arrangé pour qu'elle soit ajoutée au planning des auditions. Je peux le voir à travers la vitre insonorisée, assis derrière la console de mixage. Il est en train de discuter avec quelqu'un qui est caché à ma vue. Malgré les années, ses longs cheveux gris sont presque toujours aussi épais et sa barbe est toujours aussi bien soignée. Un vrai look de motard ! Je ris souvent en l'imaginant choisir un nouveau démêlant pour sa barbe.

J'attends que les gars réagissent à ce que j'ai dit mais, comme d'habitude, ils n'en ont rien à faire. Calvi accorde tranquillement sa Les Paul Gold Top et à l'exception d'un ampli qui bourdonne, il règne un silence complet dans le studio. Switch était plus proche de Nick que Calvi mais il semble s'être fait à l'idée de son départ. Il comprend les raisons qui m'ont poussé à nous en séparer. Nick avait commencé à trop croire en son mythe de rock star et en tous les clichés les plus banals qui vont avec, notamment :

- coucher avec des groupies ;
- vivre dans la débauche ;
- se montrer violent ;
- saccager des chambres d'hôtel ;
- être arrogant en interview ;
- être bourré sur scène ;
- balancer des télévisions par les fenêtres de chambres d'hôtel ;
- prendre de l'héroïne ;
- provoquer un incident avec un poulet.

Dès le début de ma carrière, monsieur Robson m'avait rencardé sur l'héroïne et je l'avais cru sur parole. Je me souviens qu'il avait dit :

– Gamin, si tu te drogues, tu ne seras plus jamais le même et ce jusqu'à la fin de ta vie.

Dès ses premières prises de drogue, Nick n'a clairement plus jamais été le même. C'était peut-être un très vieux pote mais j'ai dû tout de même me résoudre à le virer.

Je repose ma question de façon plus directe :

– Comment voulez-vous qu'on procède ?

Ils haussent les épaules et après un moment sans rien dire, Switch prend enfin la parole :

– On n'a qu'à jamer, discutailler un peu et on verra ce qu'il en ressort.

À la manière dont il incline la tête et plisse les yeux, je pressens qu'il n'a pas l'intention de ménager les candidats.

Calvi interrompt momentanément son accordage et se joint à la conversation :

– Si aucun ne convient, on n'en prend pas. Si on choisit à la va-vite, on va se retrouver au même point l'année prochaine.

Ce bon vieux Arnie et moi nous regardons à travers la vitre. Son langage corporel a subitement changé, ce qui veut dire que notre première victime est avec lui, hors de mon champ de vision. Je connais Arnie par cœur. Tout comme Switch et Calvi, il est avec moi depuis la création du groupe.

Arnie se lève et disparaît. J'inspire à fond et attends que la porte du studio s'ouvre. Au moment d'entrer, il est en train de terminer une conversation avec le premier candidat qui l'accompagne.

– Et c'est comme ça qu'on faisait dans le temps, dit-il au candidat, un grand type pâle aux cheveux sombres, avant de se tourner vers nous. Les gars, je vous présente John Beddis. Il est venu faire un petit bœuf avec vous.

Arnie indique au technicien guitare du studio de brancher John et pendant ce temps, ce dernier prend place sur la vieille chaise de Nick, à côté de son vieux Ampeg SVT. Même assis, John semble faire une tête de plus que nous. Son visage tout en longueur lui donne un air blasé qui semble être permanent.

John commence à bavarder avec Switch et Calvi, comme une groupie avec ses idoles, et je me force à mon tour à venir saluer ce mec à l'allure un peu dégingandée. Il n'a pas encore joué une note que je sais déjà que ça ne va pas le faire. Nous balançons sur notre chanson *Rust in my Bones*. John est très précis quand il joue mais il est aussi énergique qu'un croque-mort. Quand il s'en va, c'est non sans soulagement que je lui dis au revoir.

Arnie le remercie avec retenue et lui sourit.

– Merci d'être passé, John. On te tient au courant.

Le candidat suivant n'est autre que Jazz McKinnon. *Le* Jazz McKinnon !

Il entre dans le studio presque en flottant, accompagné de son technicien personnel, de son assistante – et de son agent ! J'en reste sur le cul ! Ses cheveux sont teints en blond et il doit avoir la cinquantaine. Son brushing est tout sauf naturel et il porte une écharpe autour du cou, qui retombe sur son blouson en cuir. Il a peut-être cinquante ans mais il est en meilleure condition physique que nous tous. C'est bien le seul type au monde qui, à ma connaissance, peut se permettre une dégaine pareille. Lorsqu'il nous sourit, il révèle une rangée de dents éclatantes, digne d'une pub pour dentifrice.

– And Then, dit-il en nous désignant d'un large geste de la main. Regardez-moi ça. J'adore ce que vous faites, les gars. Je suis très fan ! Je vais être franc avec vous : je ne viens pas pour remplacer Nick. Je suis juste passé *jamer* un peu avec vous.

Jazz me fixe du regard et tend la main droite jusqu'à ce que son technicien guitare lui apporte son instrument. Je n'en reviens toujours pas qu'il soit là. Ce type est une légende du rock ! Il a ouvert la voie à certains des plus grands noms des années quatre-vingt et quatre-vingt-dix.

Je jette un coup d'œil aux autres : ils sont aussi sidérés que moi. J'échange brièvement un regard avec Switch. Lui comme moi nous retenons à grand-peine de glousser comme des gamins. Quant à Calvi, il bloque complètement sur Jazz en souriant comme un idiot.

Son assistante lève le nez de son téléphone et annonce :

– Messieurs, si cela ne vous fait rien, nous avons également prévu une session photo en votre compagnie.

Rien de bien étonnant à cela. Jazz McKinnon ou pas, c'est le genre de moment qui se doit d'être immortalisé.

Jazz ne prête attention ni aux réflecteurs, ni aux grands panneaux d'éclairage ou à tout le matériel qui inonde le petit studio de répétition.

– Par ici, s'il vous plaît, ordonne un photographe, nous poussant à nous agglutiner autour de la batterie encerclée de projecteurs.

Avec Calvi, nous posons nos guitares et obtempérons. Quant à Switch, il trône derrière sa batterie, complètement caché par Jazz qui se place juste devant lui. Dans son dos, Calvi et moi échangeons un rire, comme deux groupies surexcitées. Tel un coq dans sa basse-cour, Jazz pose fièrement au premier plan pendant que, à la manière d'un stroboscope, l'appareil nous mitraille. Le shooting ne dure que deux minutes mais on dirait qu'on nous a photographiés au moins mille fois. La séance photo s'achève et une fois le matériel rangé, l'assistante de Jazz me prend à part :

– Brad, je sais que nous n'avons qu'une heure, alors j'ai réduit l'accès presse au minimum.

– La presse ?

– Oui. Le magazine *Modern Bass Player* va écrire un article sur l'audition.

Entre-temps, Jazz a complètement changé de tenue. Il porte désormais un jean déchiré, des baskets, un blazer par-dessus un T-shirt imprimé et tout un assortiment de colliers. Comment s'est-il changé si vite ? Même ses cheveux ont l'air coiffés différemment. Houdini lui-même serait impressionné.

Il passe à côté de moi en flottant et me dit d'une voix calme :

– Merci encore de me recevoir.

Puis, me dépassant, il s'approche d'un membre de son équipe qui le fait s'asseoir près d'un journaliste. Jazz commence son interview. Avec And Then, nous connaissons bien cet aspect du métier mais ce qui se déroule sous nos yeux est d'un tout autre niveau. Pendant que Jazz répond aux questions en tête à tête avec le journaliste, nous attendons tous les trois dans un coin du studio qu'il termine. Arnie entre et adresse un sourire à l'assistante de Jazz :

– Le temps passe vite, lui dit-il. Nous n'avons plus que cinq minutes.

Elle acquiesce et s'avance vers le journaliste pour lui murmurer quelque chose à l'oreille.

– J'ai toujours rêvé de le rencontrer, dit Calvi.

– Moi aussi, dis-je.

Qui aurait cru que ça se passerait comme ça ?

Switch ajoute :

– J'aime bien ses cheveux.

Jazz traverse la pièce et une fois à notre hauteur, il lève les yeux de son portable et nous adresse un sourire assuré.

– Je dois partir sur les routes pour promouvoir mon livre le mois prochain. C'est pour ça que je ne peux pas assurer la dernière étape de votre tournée. Je voulais que vous le sachiez. Et il faut que je vous dise : j'adore votre chanson *Rust in my Bones*[1]. Parfois, je sens que j'ai mes vieux os qui rouillent, moi aussi. En tout cas, c'était cool. Merci les gars et prenez soin de vous.

Il commence à s'éloigner et Calvi s'élance après lui.

– Attendez !

Il le rattrape, prend un rapide selfie avec lui et lui serre la main.

Jazz et son équipe (qui semble s'être sensiblement agrandie depuis son arrivée) quittent le studio et nous nous retrouvons à nouveau seuls.

---

1. « De la rouille dans les os. »

– Waouh, c'est un sacré mec ! lance Calvi, clairement conquis par le héros de son enfance.

Arnie revient dans le studio.

– Désolé, les gars. Ça a duré plus longtemps que prévu et il va falloir enchaîner avec l'audition suivante. J'ai dit au candidat qu'elle serait un peu écourtée, histoire que vous puissiez vous reposer un peu avant la dernière du jour. Bruce Ross ? Je te présente And Then. And Then, voici Bruce Ross.

Chacun notre tour, nous saluons Bruce avec les formalités d'usage. Des présentations superflues car nous nous connaissons déjà. Bruce a son propre groupe de funk progressif et nous nous sommes croisés plus d'une fois lors de festivals. Son truc, ce sont les longs solos de basse, entrecoupés d'un chant nasillard et ses chansons parlent presque toutes de pêche. Lorsqu'il s'approche pour me serrer la main, je peux admirer de plus près son look : un chapeau melon et une fine moustache en guidon aux extrémités enduites de cire.

– Merci pour cette opportunité, mec !

Nous échangeons une virile poignée de main tandis qu'il soutient mon regard derrière les verres ronds et bleus de ses lunettes teintées qui lui donnent l'air particulièrement sérieux.

– De rien, mec. Cool ta basse, dis-je en désignant l'instrument à la forme tordue et aux courbes aberrantes qu'il porte sur son dos.

À part lui, je n'imagine personne qui puisse jouer d'une basse aussi étrange sans avoir l'air ridicule. Son look lui donne l'air d'être tout droit sorti d'un vieux film de Charlie Chaplin.

Je lui demande :

– Tu sais jouer *Rust in my Bones* ?

– Tu veux dire cette chanson qui tourne en boucle non-stop sur toutes les radios du pays ? Ouais, je crois l'avoir entendue une fois ou deux.

La pointe d'amertume dans sa voix n'augure rien de bon.

Nous jouons tout de même le titre avec entrain. Égal à lui-même, Bruce transforme sa partie en solo interminable. Je ne prends même pas la peine de chanter tant il bouffe toute la place. Mais ne vous méprenez pas : ce qu'il fait est purement génial. Techniquement parlant, Bruce est probablement le meilleur bassiste au monde.

La chanson terminée, Calvi et moi prenons un siège et Switch s'exprime le premier :

– Mec, c'était énorme !

– Merci, camarade, dit Bruce d'une voix nasillarde en remontant ses lunettes sur son nez. Bon, je vais filer. Vous avez du pain sur la planche et j'ai laissé mon serpent dans la caisse.

– Merci, Bruce, dit Arnie en le raccompagnant.

À la seconde où la porte se referme et où nous sommes à nouveau seuls, Calvi prend la parole :

– Il est barré, ce type.

– C'est clair, ajoute Switch. Mais putain, qu'est-ce qu'il touche !

Je leur lance un regard sévère.

– Je préfère encore bouffer du verre pilé que de passer deux mois dans un bus avec ce spécimen, pas vous ?

Nous rions un bon coup et passons l'heure qui suit à manger les sushis que nous nous sommes fait livrer. Pendant ce temps, Arnie repasse en boucle les auditions de John et Bruce – Jazz n'ayant pas joué la moindre note, nous n'avons rien à écouter de plus.

J'ai songé toucher deux mots de Lael aux autres mais mieux vaut qu'ils restent impartiaux.

Switch pointe du doigt l'horloge accrochée au mur :

– Tiens ? Vous avez vu l'heure qu'il est ?

J'ai établi une règle : on ne boit pas d'alcool avant treize heures. Une règle qui ne lui a manifestement pas échappé.

– Bière pour moi, lui dis-je.

La journée a été stressante et dans ces moments-là, une bière est la réponse à tous nos maux.

Switch disparaît à la cuisine et en revient avec une glacière remplie de bières fraîches. Il en arrache le couvercle et nous balance une canette à chacun.

Puis il s'affale dans un vieux canapé en cuir et demande :

– C'est qui la nana qui attend dans le couloir ?

Pour ma part, je sais pertinemment qui c'est : Lael, la dernière candidate de la journée, mais aussi la fille de Ronald Ramsey. Mais je garde cette dernière information secrète. Je prends un ton détaché :

– Ah oui, c'est vrai. Il y avait possibilité de passer une pré-audition sur Internet et c'est cette fille qui a gagné. Elle envoie bien.

Calvi se raidit :

– Une fille ? Mmm…

Il fixe un point imaginaire, songeant à Dieu sait quoi.

– Une fille ? répète Switch, les sourcils froncés et un rictus malicieux au coin des lèvres.

Je confirme :

– Oui. Une fille. Du coup…

Toc, toc.

C'est l'heure de vérité.

Arnie entre dans le studio, suivi de Lael. Basse à la main, elle se déplace avec toute l'assurance d'une vraie pro. Son épaisse chevelure bleue est absolument saisissante. Lael nous dévisage tour à tour et décoche un regard blasé à notre trio, vautré avec bières et baguettes. Puis elle observe le studio et s'avance vers le vieil ampli Ampeg SVT de Nick.

Lael s'est lookée pour nous en mettre plein la vue. Déjà, le pantalon en cuir lui va infiniment mieux qu'à Jazz McKinnon. Elle porte aussi un débardeur White Zombie dont le col artistiquement déchiré et fendu s'ouvre sur sa peau bronzée.

– Je vais demander au technicien de te brancher, propose poliment Arnie.

– Merci, mais ça va, dit-elle, concentrée sur l'ampli basse plus grand qu'elle.

Elle retire son sac à dos – bleu turquoise, comme ses cheveux – dont elle sort un pédalier d'effet. Monsieur Robson appelait ça des *boîtes à crasse*. Lael se met à genoux et relie sa basse à la pédale, bleue elle aussi.

Ensuite, elle branche un second câble de l'autre côté de la pédale et se redresse pour le relier à l'ampli qui craque et crépite avant de prendre vie. Lael tend la main vers les potards et commence ses réglages.

C'est alors qu'elle écrase le pied sur sa pédale bleue. Si l'objet est charmant, le son qu'il produit ne l'est pas du tout : un méchant grondement fait trembler toute la pièce. Chaque fois que Lael joue, son bras droit se lève avant de venir frapper agressivement la corde de mi et ses genoux ploient légèrement. Penchés en avant sur nos sièges, nous observons chacun de ses mouvements. Enfin, elle pivote et nous fait face, une main crânement posée sur la hanche.

Bien sûr, Arnie sait très bien qui est Lael mais nous étions convenus de garder son lien de parenté secret, au moins le temps de l'audition. La dernière fois que les autres membres du groupe l'ont aperçue, elle avait quatorze ans donc je ne suis pas inquiet. Tel un médiateur, Arnie se tient entre le groupe et Lael et fait les présentations en tâchant d'ignorer l'étrange vibration qui règne dans le studio.

– Lael, je te présente Calvi, Switch et Brad, que tu connais mieux sous le nom de And Then. Messieurs, voici Lael qui est venue auditionner pour le poste de bassiste intérimaire pour la tournée à venir. Je vais vous laisser faire connaissance.

Arnie ouvre la porte du studio et sort à reculons, m'adressant un dernier sourire juste avant de refermer derrière lui.

Un ange passe et Calvi est le premier à rompre le silence, saluant Lael d'un ton décontracté :

– Salut.

– Salut, répond-elle avec la même décontraction.

Je prends la parole.

– C'est un son de tueur que t'as là !

Lael refrène un sourire.

– Merci.

– C'est quel genre de pédale ? demande Switch.

– Le genre unique au monde.

Je me lève et marche vers Lael, main tendue. Elle l'accepte et alors qu'elle soutient mon regard, son masque de dure à cuire se fissure très brièvement.

– Ravi de te rencontrer, Lael.

– Moi de même, dit-elle avec une timidité presque trop prononcée.

Je suis tenté de lui faire un clin d'œil mais je me retiens.

– Et si on s'amusait un peu, les enfants ? dis-je, avant de marcher vers mon matériel.

Switch prend place derrière sa batterie et Calvi s'empare de sa guitare. Comme toujours, Switch fait quelques roulements sur ses toms, comme pour s'assurer qu'ils feront du bruit quand il jouera. Calvi s'accorde. J'ai parfois l'impression que si je ne faisais pas de décompte avant de lancer un morceau, ces deux-là pourraient passer leur vie à faire des réglages.

– C'est parti ! *Rust in my Bones* : un, deux, trois, quatre !

Nous avons joué cette chanson un millier de fois mais avec Lael à la basse, elle sonne comme jamais ! Cette fille est tout simplement *dingue* ! L'overdrive de sa pédale rend la chanson plus lourde et agressive tandis que ses doigts glissent sur le manche et que son autre main slappe de nouvelles notes parfaitement justes. Avec sa basse presque au niveau des genoux, sa posture est celle d'une conquérante. C'est comme si la chanson et le studio lui appartenaient. Lael headbangue à chaque note et à chaque nouveau changement qu'elle apporte, Calvi, Switch et moi nous adressons des regards émerveillés. Avec un enthousiasme renouvelé, nous essayons de nous calquer sur son rythme.

Lael est excessive mais contagieuse et au moment d'entamer la seconde moitié du titre, tout le groupe est à fond.

Tandis que la fin approche, on dirait que nous disputons un concours de celui qui aura le plus d'énergie. Debout derrière sa batterie, Switch effectue une descente de toms et frappe avec plus de violence que d'habitude ; un pied posé sur son ampli, Calvi joue plus agressivement. Quant à moi, au lieu de simplement taper du pied, je lève carrément la jambe et martèle le sol à grands coups.

Normalement, le titre s'achève sur une note brusque et brève mais cette fois-ci, nous laissons tous sonner nos instruments pendant ce qui semble durer des jours et chacun prolonge la note encore et encore. Puis Lael se dirige vers sa pédale bleue et la met en veilleuse.

Enfin, tandis que nous maintenons les manches de nos guitares en l'air, Switch effectue une ultime descente de toms et nous mettons brutalement fin à ce long decrescendo. Sans crier gare, et comme cela nous arrive parfois pendant les jams, nous éclatons tous de rire.

Calvi s'exclame :

– Meuf, c'était incroyable !

Transporté, époustouflé et hilare, je m'empare de ma bière, bois une longue gorgée et décoche un regard en direction de Switch. Il est aussi extatique que moi.

– C'était carrément badass, dis-je après être enfin parvenu à déglutir.

Mais Lael est déjà prête à s'en aller. Elle s'est débranchée et range sa pédale dans son sac.

C'est alors qu'Arnie entre dans le studio et s'exclame :

– Merci, Lael. C'était fantastique ! On te tient au jus !

– Merci de m'avoir reçue. À plus, les gars !

Elle sourit franchement à chacun de nous et quitte le studio avec la même démarche pleine d'assurance qu'elle avait en y entrant. Arnie lui tient la porte et lorsqu'il la referme derrière elle sur un cliquetis, l'atmosphère dans la pièce change aussitôt.

Calvi repose sa guitare sur son trépied.

– J'ai jamais vraiment pensé à avoir une fille dans le groupe mais pourquoi pas ? dit-il. Ça peut être cool !

Je confirme.

– Je l'aime bien.

En fait, je l'aimais déjà bien avant mais maintenant que je l'ai vue jouer ? Il faudrait être complètement con pour ne pas l'engager !

Mais c'est sans compter sur sa réelle identité qui pourrait foutre la merde.

Switch confirme à son tour :

– Ouaip.

En revanche, Arnie semble plus réservé. Je vois bien qu'en ce qui concerne Lael, il préfère rester prudent – et comme je le comprends.

Notre manager repousse ses longs cheveux gris vers l'arrière de son crâne et s'exprime en mesurant ses paroles :

– Elle est plutôt jeune, vous savez ? Elle manque peut-être d'un peu d'expérience. Ce que je veux dire, c'est que la tournée va durer deux mois et c'est exténuant. Pour ma part, je trouve que Beddis serait un meilleur choix.

Mais il est évident que notre choix est fait. Ignorant sciemment la mise en garde d'Arnie, je m'assieds avec les autres. Nous nous resservons une bière et nous nous regardons tour à tour avant de confirmer en souriant.

Calvi dit :

– Que ceux qui sont pour engager Lael disent *oui* !

Il lève sa bière, ce qui signifie que ce qui sera dit aujourd'hui fera office de contrat.

– Oui, dit Switch.

Il lève sa bière à son tour et les deux musiciens me consultent du regard. Je joins ma bouteille aux leurs.

– Oui !

Là-dessus, nous trinquons tous les trois.

– C'est une écrasante majorité, lance Calvi. Motion approuvée !

Arnie se tient debout face à nous. Les bras croisés, il passe la main sur sa longue barbe grise et murmure :

– Bon sang…

6

Lael

Ma vie prend enfin un sens.

Enfin, si on entend par là que se retrouver la main devant la bouche avec l'envie de vomir entre dans cette catégorie. Parce que j'ai très envie de vomir, là tout de suite.

Je suis avec And Then, dans les coulisses du Palladium Theater, juste devant leurs loges. À l'endroit exact où j'avais vu le groupe pour la première fois quand j'avais quatorze ans.

Sauf que je fais maintenant partie du line-up.

Je suis la nouvelle bassiste de And Then.

Et ce soir, c'est mon tout premier concert avec eux.

Peu importe le nombre de répétitions que nous avons faites – pas assez, selon moi… mais autant essayer de dresser une meute de chats – ou tout le temps consacré à m'entraîner chez moi : je ne suis pas prête !

Comment pourrais-je être prête pour un truc pareil ?

Une voix résonne au-dessus de moi :

– Respire.

Je lève les yeux et découvre Brad qui m'observe avec un sourire quelque peu déconcerté.

J'essaye de respirer mais n'arrive qu'à aspirer de l'air par la bouche. Brad se souvient-il que sept ans auparavant, il s'était tenu au même endroit et avait prononcé exactement les mêmes mots ?

De manière générale, Brad est un type difficile à saisir. Il intériorise beaucoup, même pendant les répétitions. Certes, il n'est pas avare en compliments et il s'est toujours montré très encourageant avec moi, mais cela va rarement plus loin.

– J'essaye, dis-je. Bon Dieu, c'était pareil pour toi le jour de ton premier concert ?

Il hausse vaguement les épaules.

– Peut-être. Je ne m'en souviens pas bien.

– Comment ça se fait ? Moi, ce souvenir va rester gravé dans ma tête jusqu'à ma mort !

Brad gratte son menton recouvert d'une barbe de trois jours – très sexy, oserais-je ajouter. Ce soir, il est habillé sobrement : un T-shirt noir qui épouse ses muscles et un jean noir assez ajusté pour mettre ses fesses en valeur. Il a rabattu ses cheveux en arrière et, comme d'habitude, les ténèbres couvent dans son regard. Je me demande parfois comment j'arrive à jouer de la basse et même à lui adresser la parole sans me mettre à baver.

Mais maintenant que je fais partie du groupe, j'ai un standing à tenir : je dois à tout prix avoir l'air d'une musicienne pro et passionnée. Évidemment, je suis en train d'échouer lamentablement. Souvenez-vous quand même que j'ai grave la gerbe.

Brad reprend :

– Tout ce que je peux te dire de mon premier concert, c'est que j'ai joué en mon nom propre. En première partie de Iggy Pop… je ne sais plus comment c'est arrivé !

Son sourire est étincelant. Mes genoux manquent de se dérober sous moi. Il ajoute :

– C'était mon anniversaire. Les astres étaient alignés, ce jour-là. Bref, ce concert en lui-même reste inoubliable. J'ai fini par confondre tous ceux qui ont suivi.

Brad se penche vers moi avec un sourire espiègle et le peu de souffle que j'étais parvenue à récupérer se bloque dans ma gorge.

Brad poursuit :

– Je vais te dire autre chose : avant chaque concert, je m'isole dans une sorte de bulle. C'est peut-être pour ça que je ne me souviens que vaguement de mes concerts. Mais au moins, ça me permet de faire le taf.

Consciente de sa proximité, je demande d'une voix calme :

– Et tu es dans ta bulle en ce moment ?

– J'y plongerai dans cinq minutes. Ne le prends donc pas mal si j'ai l'air un peu distant.

– T'inquiète. Fais ce que tu as à faire. Pendant ce temps… je vais faire en sorte de ne pas gerber !

Brad pose sa main sur mon épaule et la serre brièvement. Je sens comme un faible courant circuler entre nous, qui me chauffe la peau. Je sais que tout est dans ma tête mais je me sens si vivante, alors qui sait ? Pour le pire ou pour le meilleur, tout semble s'être intensifié.

– Tu vas gérer, Lael. Fais-moi confiance. Si je ne croyais pas en toi, tu ne serais pas là aujourd'hui. Tu veux une astuce ?

Oh oui, file-moi toutes tes astuces !

– Quelle astuce ?

– N'aie aucun respect pour le public.

Je fronce les sourcils.

– Euh…

– Tu te soucies trop de ce que va penser le public et c'est pour ça que tu stresses. Mais la foule ne compte pas. Eux, ils sont là pour te voir, mais pas toi. Alors ne leur témoigne aucun respect. Ne te soucie pas de ce qu'ils pensent et ne joue que pour toi. Tu as une histoire à raconter, un spectacle à assurer et tu l'assureras parce que c'est pour te voir qu'ils sont venus. N'oublie jamais ça.

– Ce serait un peu grossier, non ?

Brad hausse nonchalamment les épaules.

– Eh oui, baby : c'est ça, le rock'n'roll !

Je lui souris tandis que la tension s'apaise quelque peu en moi.

– C'est vrai !

Brad m'adresse un clin d'œil :

– Bon, si tu veux bien m'excuser, je vais entrer en mode fauve. On se voit sur l'autre rive ! Souviens-toi : tout ira bien. Il te suffit d'être toi-même.

– Et de ne manifester aucune peur.

– Aucun *respect*, mais ça marche aussi.

Puis Brad tourne les talons et s'éloigne, remontant les coulisses vers l'arrière de la scène.

Eh merde ! Est-ce que c'est bientôt l'heure de jouer ? Fait chier ! Qu'est-ce que je vais faire ?

C'est alors qu'Arnie passe près de moi, les sourcils froncés et le nez dans son téléphone.

Je m'élance jusqu'à sa hauteur et l'appelle :

– Arnie ! Qu'est-ce que je fais ? Je vais où ?

– Ah, c'est toi, dit-il en me jetant un bref coup d'œil. Tu n'as qu'à aller retrouver les autres.

– Brad est déjà derrière la scène.

– Il est dans sa bulle.

– Je sais. Mais du coup, qu'est-ce que je fais, moi ? On monte dans combien de temps ?

Il consulte l'heure sur son portable.

– Dans deux minutes, chérie, dit-il avant de s'éloigner.

Je pousse un cri paniqué.

– Deux minutes ?!

À ce moment-là, la porte des loges s'ouvre sur Calvi, Switch et un des techniciens guitare.

– Alors, tu ne t'es pas enfuie en courant ? dit Calvi avec un rictus.

– Non, dis-je en plissant les yeux. Je suis prête. Enfin, je crois.

– Crois-moi, tu es plus prête que jamais, lance Switch qui me tape dans le dos avant de me faire pivoter en direction de la scène. Allez, c'est par là !

Putain ! Je suis complètement stressée ! À la minute où Brad est parti s'isoler dans sa bulle, toute ma confiance en moi s'est barrée avec lui. Aussi cru que soit son conseil, je me le répète en boucle dans ma tête : *N'aie aucun respect, aucun respect, aucun respect...*

Au moment où j'arrive sur le côté de la scène avec Calvi, Switch et Brad, qui est comme un fou dans son monde bien à lui, le mantra s'est mué en hurlement dans ma tête :

AUCUN RESPECT ! AUCUN RESPECT !

C'est alors que je la vois. La foule. Les gens crient et la salle est comble. Au premier rang, les fans sont écrasés contre la rambarde et entre eux et la scène, l'espace presse déborde de photographes qui attendent en s'ennuyant ferme que le concert débute ; et les gradins sont tellement pleins que les spectateurs basculent presque par-dessus les rambardes. C'est complètement dingue.

C'est un rêve qui se réalise.

Un mélange d'anxiété, d'adrénaline et de pure exultation remonte dans mes veines. J'ai l'impression que je vais littéralement exploser et que je vais être transformée en poussière d'ange ! D'ailleurs, je suis certaine que Calvi en profitera pour me sniffer.

Un roadie monte sur la scène et teste le micro de Brad.

– Essai, un, deux, un, deux ! dit-il.

La foule pète littéralement les plombs.

Switch me demande :

– Tu es prête ?

Je secoue la tête et me mords la lèvre, mais je ne saurais dire si c'est pour m'empêcher de vomir ou de sourire.

Ce qui m'arrive est parfaitement irréel !

Trop irréel.

Switch déclare :

– Prête ou pas, place au spectacle !

Il porte son regard de l'autre côté de la scène où Arnie, bras croisés, hoche la tête à notre attention. C'est le signal.

Prise de panique, je tire sur la manche de Switch. Son T-shirt est imbibé de sueur. Nous n'avons même pas encore commencé à jouer !

– On ne se fait pas un câlin collectif ou un truc du genre ?

– Un câlin collectif? répète-t-il, avant de m'adresser un regard salace. Si tu veux, on en fera un en privé toi et moi, ce sera avec plaisir, ma chère !

Je plaque mes mains sur ses épaules et le repousse.

– Je passe mon tour, dis-je. Va donc taper sur tes caisses !

– Et toi, poutre-moi cette basse !

Soudain, comme un souffle de vent, Calvi s'avance à grandes enjambées dans la pénombre de la scène. Je n'ai plus le choix, je dois lui emboîter le pas, trouver mes marques et récupérer ma basse, comme nous l'avions répété pendant la balance.

C'est surréaliste !

Je n'ai pas d'autres mots pour définir ce moment.

Je traverse la scène baignée d'une sombre lumière bleue jusqu'à atteindre ma basse, sous les clameurs de plus en plus fortes. Je fais mon possible pour ne pas regarder le public – j'essaye de rester concentrée sur la sangle de mon instrument tandis que je la passe par-dessus mon épaule.

Mais je ne peux m'empêcher de jeter un œil vers la fosse. Une vive lumière bleue est projetée sur la foule et j'ai beau savoir qu'ils ne peuvent pas nous voir, je sais qu'ils nous attendent. Ils attendent que Brad monte sur la scène, que les lumières nous illuminent et que retentisse l'intro du premier morceau : *FuzzFace.*

J'attends aussi.

Mon cœur cogne dans ma cage thoracique.

J'ai l'estomac en vrac.

Le souffle coupé.

On y est !

C'est alors que la foule se met à rugir crescendo, de plus en plus fort, et je sens que mon âme s'élève, transportée par une vague.

Brad est monté sur scène.

Je ne peux pas voir son visage mais il m'adresse un regard par-dessus son épaule et hoche la tête.

Les lumières s'allument.

Nous voilà partis.

Tout à coup, la foule n'a plus qu'un but : me nourrir. J'entre à mon tour en mode fauve, dans une version bien à moi. Je suis désormais un monstre avide de cris, de hourras et de la sueur de chaque spectateur présent dans cette salle.

Je martèle ma basse à coups de poing, bascule mes cheveux sur le côté et mets toute mon énergie dans chaque note. C'est comme si je n'avais plus de limites et que je jouissais d'une énergie illimitée.

Et tout du long, je me sens intensément connectée à Brad, bien plus que je ne l'aurais initialement pensé. Ce soir, c'est comme si j'étais intimement reliée à tout le monde. La foule, la scène… nous ne formons plus qu'un, nous nourrissant les uns des autres et nous soutenant jusqu'à ce que la chanson nous unisse tous.

Je n'ai jamais ressenti quelque chose d'aussi fort.

Et jusqu'à ma mort, je ne veux rien faire d'autre.

★

– C'est tout de même un brin ridicule !

Je m'emporte après George, le chauffeur du bus.

Mon bus, pour être précise.

Il s'avère que papa a décrété que j'aurais mon propre bus car, pour je ne sais quelle obscure raison, il refuse que je voyage avec les autres membres du groupe. Il pense probablement qu'ils vont avoir une mauvaise influence sur moi – comme si j'étais facilement corruptible.

Quoi qu'il en soit, c'est absolument ridicule.

– Je sais, dit George, un type trapu dont le front est perpétuellement couvert de sueur. Et crois-moi : chaque tournée est plus pénible que la précédente. C'est quoi son problème à Brad avec les avions ? Il ne peut même pas prendre un jet privé ? Sérieux, ton père lui en fournirait sûrement un. S'il a peur de l'avion, il n'y a qu'à lui filer des médocs.

– Tu sais ce qu'on dit sur les rock stars et les avions…

Je grimpe sur le siège passager à côté de George et pousse un soupir en fixant l'arrière de l'autre bus devant nous. Celui de mon propre groupe.

Je croise les bras et ajoute :

– Encore une des combines de mon père pour me les mettre à dos…

Après le concert, j'ai passé la soirée et une bonne partie de la journée sur un petit nuage. Mais l'après-midi touche à sa fin et depuis que nous avons pris la route I-5 en direction de Seattle, l'excitation est redescendue d'un cran.

Probablement à cause de l'agacement.

Pour l'instant, j'ignore si mon isolement a été décidé par papa ou par le groupe. Je croyais que notre performance de la veille allait nous rapprocher les uns des autres. Après tout, nous avons tous été très complices sur scène !

Mais après avoir quitté la scène à l'issue du rappel, chacun est parti dans son coin. Pas de compliment ni de tape dans le dos. Que dalle ! C'est comme si nous n'avions même pas joué de concert ! Nous avons rejoint nos bus respectifs et *basta*.

Et puis merde ! Je n'ai pas besoin que le groupe me congratule. Je sais que j'ai assuré. Le retour des médias me l'a bien assez confirmé. J'ai passé une bonne partie de la journée à lire les comptes rendus du concert sur Internet, histoire de recueillir des avis sur notre performance.

La bonne nouvelle : tout le monde a adoré. En fait, ils m'ont surtout adorée, *moi*. Bien sûr, certains disent que je n'ai pas encore trouvé ma place au sein du groupe, tandis que d'autres estiment que je suis encore un peu jeune et que mon jeu manque d'assurance, mais la plupart des journalistes semblent penser que j'apporte une énergie nouvelle au groupe et qu'après Nick, je serais même une vraie bouffée d'air frais !

La mauvaise nouvelle : je ne suis pas bien certaine que ce soudain intérêt qu'on me porte fasse grand plaisir au groupe et je n'ai aucune idée de ce que ressentent les fans. Pourtant, je devrais le savoir ! Après tout, j'ai beau faire partie du groupe, je suis toujours une fan de la première heure ! Mais je sais ce que c'est que d'adorer le line-up d'origine d'un groupe et de détester le nouveau. Peut-être que Nick était très con, mais les fans le connaissaient depuis longtemps et il leur était familier. Je crois qu'ils ne savent pas encore comment réagir à mon arrivée dans le groupe, sans oublier que mon lien de parenté avec Ronald Ramsey finira par faire surface, et quand ce jour-là arrivera, ça commencera à jaser. En plus, piston ou pas, certains fans de rock ont tendance à être assez misogynes avec les filles bassistes. J'ai bien en tête que je n'ai pas fini de devoir faire mes preuves.

Nous faisons halte dans l'Oregon et prenons un hôtel pour la nuit. Un long chemin nous attend sur cette tournée. Partis de L.A., nous irons jusqu'à Seattle et nous descendrons le long de la côte est. D'ordinaire, Arnie et George se relaient au volant, mais à cause du bus supplémentaire, nous sommes obligés de faire des pauses pour dormir.

C'est l'occasion de parler au groupe. Aussitôt descendue du bus, je me rue sur Brad au moment où il sort du sien et lui agrippe doucement le bras.

– Eh Brad ! On peut se parler une minute ?

Son regard s'illumine en se posant sur moi. C'est bon signe.

– Bien sûr, dit-il. Quoi de neuf ? Ton bus est confortable ?

Calvi et Switch nous jetant d'étranges regards, j'attire Brad à l'écart de leurs oreilles indiscrètes.

– Justement, c'est vraiment ridicule, putain !

Brad explose de rire.

– Sérieux, dis-moi ce que tu en penses, Lael !

– Mais je suis sérieuse ! Un bus en plus ? C'est cher et ça ne sert à rien !

– C'est ton père qui paye. C'est lui qui décide.

– Et alors ? Tu lui obéis toujours au doigt et à l'œil ?

Brad arque un sourcil et me dévisage pendant un instant. Je crois que j'ai touché un point sensible.

– Non, dit-il. Tu es ici car tu as remporté ton audition, et sans favoritisme. Comme tu le voulais.

– Tout ce que je veux dire, c'est que je suis une grande fille.

À ces mots, Brad me détaille de la tête aux pieds et j'ai l'impression que mon corps entier se met à rougir. Je déglutis difficilement et continue :

– Je peux prendre mes propres décisions. Mon père n'a pas à décider si je voyage dans un bus à part. Déjà, ça m'exclut complètement du groupe avec lequel je devrais pourtant fraterniser, mais en plus, ça rend le voyage bien plus stressant. Avant, il n'y avait qu'un bus et Arnie et George se relayaient au volant. On irait bien plus vite en faisant comme avant !

Avec un soupir, Brad se passe la main sur le visage.

– Je sais, dit-il en jetant un œil vers notre hôtel.

– Tu n'as pas envie qu'on fasse plus ample connaissance ? Qu'on soit un vrai groupe ? Si je ne vous côtoie que le soir sur scène, ça ne va pas le faire. Nos concerts et notre musique seront mille fois meilleurs si j'ai la possibilité de traîner avec vous plus souvent. Il faut qu'on soit soudés ! Le public n'est pas dupe et il sent quand les membres d'un groupe s'apprécient. C'est dans l'air ! Ils sentent l'alchimie entre les musiciens.

Brad m'observe avec curiosité.

– Vraiment ? Au fait, tu étais très bien, hier soir.

– Comment je pourrais le savoir ? dis-je avec emphase. Après le concert, vous êtes tous partis dans votre coin !

– On n'allait pas rester là à se congratuler, si ?

– Eh bien moi, je n'aurais pas dit non à un peu d'encouragements ! C'était mon premier concert avec vous, les gars ! Sérieux, avant, je n'avais jamais joué devant plus de vingt personnes !

– Tu as bien géré, dit-il avec un hochement de tête. Et tu t'amélioreras chaque soir. Mais je suis de ton avis : on devrait se débarrasser de l'autre bus. Moi aussi, j'ai envie de mieux te connaître.

Je me mords la lèvre, réprimant un sourire. C'est dingue, il suffit de certains mots et regards de sa part pour que la groupie en moi refasse surface. Mais il faut que je me reprenne, que j'ignore ces sourires qui me font me sentir toute chose et ces regards ténébreux qui m'échauffent la peau.

Brad reprend :

– Mais pour l'heure, allons t'installer dans ta chambre. Je vais aller informer Arnie et George. Pour info, il va probablement falloir garder le second bus pendant quelques jours – ce sera un leurre.

– Un leurre ?

– Écoute, je n'ai pas peur de désobéir à ton père mais la tournée vient à peine de débuter et je n'ai pas l'intention de tout faire merder maintenant. Crois-moi : ton père a des yeux partout. Il va nous les casser pendant un moment avec cette histoire de bus. La seule différence avec son plan, c'est que tu ne seras pas dedans.

Je ris.

– C'est quand même débile, cette histoire !

– Bienvenue dans le monde du rock'n'roll !

Brad me prend par le bras et me tire en direction de l'hôtel.

– Viens, on va t'installer, dit-il. Demain, on joue à Seattle. Puis ce sera Portland et San Francisco. Là-bas, le public est complètement taré et il faut que tu te reposes. Le meilleur est encore à venir !

7

Brad

En tournée, je n'arrive jamais à dormir dans le bus, en particulier quand Arnie conduit. Pendant une partie de ses jeunes années, notre manager pilotait des bolides dans des rallyes et on dirait qu'il prend l'autoroute I-5 pour un circuit automobile. George est son parfait opposé et je préfère largement quand c'est lui qui est au volant. C'est le type le plus calme que j'aie jamais connu. Avec lui, c'est comme si on flottait sur le bitume. Mais Arnie ? Il accélère à fond sur l'autoroute, dépassant les autres conducteurs en les injuriant tel un camionneur, son accent anglais exagéré par la rage.

« Bouge de là, gros branleur ! »

« Apprends à conduire, imbécile ! »

Cela dit, la conduite d'Arnie n'est pas la seule chose qui m'empêche de dormir – après les concerts, j'ai toujours du mal à me détendre. Même une fois que je suis descendu de scène, l'adrénaline fait toujours effet, comme un moteur de voiture qu'on laisse tourner, probablement comme l'un de ces bolides qu'Arnie conduisait autrefois. Elle vrombit dans ma poitrine tandis qu'allongé sur ma couchette, je regarde les sombres forêts de l'Oregon défiler à travers la vitre.

Pendant ce temps, Switch ronfle. Si ce n'était pas aussi cool de jouer avec lui, ce défaut l'aurait éliminé d'office du groupe. Quand il ronfle, on dirait qu'il se la pète, fier d'avoir la capacité de s'endormir aussi facilement dans un bus en marche. J'essaye de me concentrer sur mes pensées jusqu'à ce que, agacé par ce tapage, j'envisage de lui flanquer un pain sur le nez. Soudain, sans crier gare, son ronflement diminue, comme si j'avais réussi à lui envoyer un signal par télépathie.

Et ce salaud de Calvi se la joue aussi, souriant d'un air louche pendant son sommeil. On pourrait avoir vécu la pire journée de nos vies, le bus pourrait être en train de cramer que ce bâtard continuerait quand même à roupiller avec le sourire. Il lui arrive même de ricaner en rêvant. Il prétend toujours ne pas se souvenir de ses rêves mais j'ai ma petite théorie à ce sujet : mes insomnies le font rire et il se fout de ma gueule.

Depuis que Lael nous a rejoints dans le bus, je fais tout mon possible pour ne pas la mater. Elle s'est créé un charmant petit nid dans l'espace réduit de sa couchette. En ce moment, elle est emmitouflée dans une couverture qu'elle a apportée et son portable est posé à côté d'elle, comme un fidèle petit compagnon. Elle a calé son sac près de ses pieds, ainsi qu'un carnet et des magazines sous son oreiller.

Il faut bien reconnaître que c'est difficile de ne pas la regarder. Ces derniers jours, Lael attire de plus en plus mon attention. Mon regard court sur ses lèvres, la courbure de son nez, ses sourcils et son menton – c'est à peine si je cligne des yeux.

Dans ma poitrine, le moteur de course cesse de vrombir.

Je garde Lael dans mon champ de vision. Je me sens… détendu.

Elle ouvre lentement les paupières et regarde aussitôt dans ma direction, comme si elle avait deviné que je l'observais.

Je ne détourne pas les yeux.

La tête posée sur nos oreillers, nous partageons cet instant, nous dévisageant l'un l'autre.

Lael sourit.

Je m'endors.

Quand je rouvre les yeux, c'est le matin. J'ai pourtant l'impression de n'avoir fermé les paupières que l'espace d'un instant. Notre bus est à l'arrêt et si j'en juge par les bâtiments bigarrés que je vois à travers la vitre, nous sommes arrivés à destination.

Je me redresse et me frotte les yeux. La couchette de Lael est rangée et un de ses sacs de voyage est bien calé dans un coin. Celles des deux autres sont en bordel.

J'ai toujours aimé San Francisco. Quand le ciel est dégagé, on peut voir qu'il est bleu comme nulle part ailleurs et l'air marin y semble toujours pur. Aujourd'hui, c'est une belle journée et il fait plutôt chaud pour un mois de décembre. Je n'ai rien contre les bus en tournée mais après trois jours sur la route, une chambre et une bonne douche chaude s'imposent.

Arnie grimpe les marches étroites du bus.

– Salut à toi, mon grand !

Il me tend un café et un document que je reconnais aussitôt – la feuille de route quotidienne.

– Tu es un saint homme, Arnie.

J'accepte le café avec joie, et commence à consulter la feuille :

9 h – Interview Live 105 Radio Show, 869 Battery Street
11 h – Arrivée au W. Hotel, 181 Third Street
12 h – Déjeuner avec un concepteur d'appli à la villa Taverna, 27 Hotaling Place
13 h 30 – Réunion de groupe et répétition au Warfield Theater, 982 Market Street
14 h 30 – Interview générale pour *Rolling Stone Magazine*
15 h – Rencontre avec les détenteurs des tickets VIP
15 h 30 – Balance
18 h – Dîner au Boulevard restaurant, 1 Mission Street
19 h – Habillage
19 h 30 – Enregistrement message vidéo pour le fan-club

20 h – Rencontre avec les membres VIP Élite Plus
21 h – Concert !
After à la maison de Kirk Hammet

Chaque consigne me fait secouer la tête et lever les yeux au ciel.

– Un déjeuner avec un concepteur d'applications ?

– L'appli Brad Snyder, confirme Arnie. On en a déjà parlé, tu ne te souviens pas ? Avec ça, les abonnés recevront une notification sur leur portable chaque fois que t'iras aux chiottes !

– Et il y a une after chez Kirk Hammet ? *Le* Kirk Hammet ? Le guitariste de Metallica ?

– Lui-même, mon pote ! Il vous a lui-même invités. C'est sûrement un fan. Tu savais qu'il est aussi fan de cinéma d'épouvante ? Il a acquis une chiée d'accessoires de films et il a transformé sa baraque en un véritable musée !

– Sérieux ?

– Sérieux ! Tâchons de respecter notre agenda, tu veux ? Pas d'annulation, surtout pas les interviews ! Les autres dindons ont déjà commencé, ça va être ton tour de t'y mettre ! Un chauffeur t'attend dehors. Je te laisse gérer et on se retrouve au Warfiled après le déjeuner.

Là-dessus, Arnie s'arrache du bus comme s'il était attendu quelque part. Ça ne doit pas être simple pour lui de gérer tout ce foutoir. Sans lui pour jouer les bergers, tout foutrait le camp en moins d'une minute.

Je fouille dans mes affaires à la recherche de fringues propres et me lave en vitesse. Quand je sors du bus avec mon café, le soleil m'aveugle aussitôt.

– Monsieur Snyder ?

Un homme de petite taille se tient près d'une Suburban noire. Mon chauffeur. Il est d'âge moyen et a la carrure d'un gamin.

– Salut, dis-je avec un sourire avant de monter en voiture.

Depuis la banquette arrière, j'arrive à peine à apercevoir le chauffeur derrière le volant. Je suis un peu inquiet : atteint-il seulement le tableau de bord ? Sa main minuscule règle le rétroviseur et nos regards se croisent dans le reflet.

– OK monsieur Snyder, on est partis. Première étape : 865, Battery Street.

La voiture démarre et je regarde par la fenêtre en buvant mon café pendant qu'il est encore chaud. En dehors de la fête chez Kirk Hammet – une invitation à laquelle je n'arrive toujours pas à croire –, la journée va être plutôt routinière. J'ai appris à faire une chose après l'autre, à être un bon garçon et à faire ce qu'on me dit. Mais certains jours, il m'arrive de balancer le planning à la poubelle et de disparaître, ne revenant qu'avant le début du concert. J'aimerais bien que cela soit une de ces journées.

D'autant que je dois commencer par une interview radio. Je déteste aller à la radio le matin ! Rien de pire que les bruits enregistrés et l'enthousiasme forcé. Au moins, il n'y aura pas de surprise – j'aurai droit aux mêmes questions que d'habitude, dont une ou deux seront choisies parmi les auditeurs sur Internet, on fera semblant de se marrer et ce sera fini.

Il y a beaucoup de circulation aujourd'hui. Nous n'avons parcouru que quelques pâtés de maisons. Les yeux fixés sur son GPS, le conducteur nous cherche un meilleur itinéraire.

– Pas d'inquiétude, monsieur Snyder, nous serons à l'heure.

Je ne suis pas inquiet le moins du monde. En fait, je fais toujours en sorte de ne m'inquiéter de rien. À l'abri derrière les vitres teintées de la voiture, je me contente d'observer les gens.

C'est alors que j'aperçois Lael qui retourne vers le bus. Ses cheveux sont rassemblés sous un chapeau et des lunettes de soleil à verres épais lui cachent la moitié du visage. J'ouvre la vitre de la voiture et l'appelle :

– Lael !

Elle sourit en me voyant et s'approche de la Suburban à l'arrêt.

– Salut, Brad !

Elle est toujours aussi polie. Nous avons commencé à faire plus ample connaissance mais Lael semble encore sur ses gardes en ma présence. Non pas qu'elle soit à blâmer. Après tout, elle reste la fille de Ronald Ramsey.

Par curiosité, je lui demande :

– Alors, qu'as-tu de prévu aujourd'hui ?

– Pas grand-chose. Je songeais à faire un tour à la salle de sport de l'hôtel mais j'ai plutôt envie de glander.

– Glander, tu dis ? dis-je en présentant mon planning. Tu n'as pas reçu une liste de corvées ?

– Non. Arnie m'a juste dit d'être à la salle pour treize heures trente.

– La petite nouvelle se la coule douce pendant que je cours partout ? C'est pas très juste. Que dirais-tu de te joindre à moi ? On pourrait faire le boulot à deux !

Je lui adresse un sourire. Toujours sur ses gardes, elle me le rend en soupesant la question. Je lui ouvre la portière.

– Allez, monte !

Lael se glisse sur la banquette arrière et je lui donne le planning pour qu'elle le consulte.

Abasourdie, elle hausse les sourcils :

– Kirk Hammet ?

J'éclate de rire et nous ne tardons pas à reprendre la route.

Nous arrivons à la station de radio pile à l'heure. Comme je le prévoyais, les animateurs nous adressent de faux sourires et leur enthousiasme excessif est parfaitement odieux.

*

Au final, l'interview s'est avérée facile à faire, même si nous avons dû endurer quelques petits désagréments. Nos casques étaient à peine vissés sur nos oreilles que le DJ animateur, Stuntman Jim, m'a fait remarquer que ma copine était bien trop jeune pour moi. J'ai démenti et présenté Lael comme notre nouvelle bassiste. Mais sa remarque m'est restée en travers de la gorge pendant toute la durée de l'émission.

Avant de partir, on me demande d'enregistrer des jingles pub pour la station mais je propose que Lael le fasse à ma place. Il fut un temps où j'étais ravi de faire ce type d'interview mais cet enthousiasme s'est tari depuis longtemps. Toutefois, voir Lael se prêter à l'exercice s'avère aussi amusant que rafraîchissant – c'est comme revivre Noël à travers les yeux de son enfant.

Lael est tellement stressée qu'elle doit faire de nombreuses prises, ce qui a le don de faire perdre patience aux gros demeurés de la station. Avec Lael, nous rions jusqu'à en pleurer, et plus nous rions, plus leurs sourires hypocrites s'effacent. Elle arrive enfin à mettre son jingle en boîte :

Ici Lael Ramsey, nouvelle bassiste de And Then et vous écoutez Live 105 !

Nous rions à nouveau devant le ridicule de la situation. Le ton est donné pour le reste de la journée ! En chemin vers l'hôtel, nous rions d'absolument tout : du réceptionniste de la radio avec son grand sourire, du petit chauffeur italien qui conduit la voiture… Pire que des gosses en excursion ! Le simple fait de rire nous amuse.

Dans le hall de l'hôtel, nous signons quelques autographes avant de tomber sur Switch, équipé d'un blouson d'aviateur en cuir avec lunettes de soleil assorties. Notre batteur a toujours aimé attirer l'attention et il saute sur la moindre occasion de se faire photographier par les paparazzis. Une vraie star d'Hollywood.

Je demande :

– Eh mec, tu vas où ?

– J'ai une interview en ville !

Il tourne la tête, offrant son meilleur profil à des fans qui le prennent en photo avec leurs portables.

– Super. Pour qui ?

Je fais un geste à Lael qui fait quelques pas pour m'attendre un peu plus loin.

– Costco, répond Switch.

Mon front se plisse.

– La boutique où tu peux t'acheter des caleçons par paquets de six ?

– Eh ouais mec ! Ils ont leur propre magazine !

– C'est cool. On se voit plus tard, alors !

On s'éclate comme on peut.

Lael et moi prenons l'ascenseur jusqu'au dernier étage. Tout ce dont j'ai envie, c'est d'une bonne douche et d'un peu de repos.

Et pourtant…

La chambre de Lael est juste en face de la mienne. Dos à dos, nous introduisons nos cartes magnétiques dans les serrures.

– J'espère que tu ne penses pas en avoir fini ? dis-je.

Je marque une pause jusqu'à ce qu'elle se retourne vers moi avec une expression interrogative. Je poursuis :

– C'est quoi la suite de cette foutue liste ?

Avec le pied, Lael bloque sa porte et sort le planning de sa poche.

– Voyons voir : tu as un déjeuner à midi avec un développeur pour parler de l'appli Brad Snyder.

Honteux, je baisse les yeux. Quel concept débile !

Lael reprend d'une voix espiègle :

– C'est pile ce dont le monde avait besoin : une application Brad Snyder !

– On va zapper ça, dis-je précipitamment. Je vais dire à Arnie que c'est non. Allons plutôt déjeuner sur les quais. On pourrait se faire une soupe de palourdes, ou autre chose !

– Tu es sûr ? Sécher tes obligations, ça fait très diva venant de ta part !

– J'assume. Alors, ça te dit ?

– Carrément !

Nous rions tous deux, encore imprégnés de l'ambiance de la matinée. À ma grande surprise, je n'ai pas envie qu'on se quitte. L'air frais et la bonne humeur font rayonner son visage. Lael est très belle. Que se passerait-il si je l'invitais dans ma chambre ? Nous restons immobiles pendant un instant, maintenant chacun notre porte ouverte tandis que cette possibilité demeure suspendue entre nous. C'est subtil mais nous pensons clairement la même chose.

Lael sourit.

– Va te reposer. Je frappe à ta porte d'ici une heure.

Puis, avec un clin d'œil complice, elle disparaît dans sa chambre. Je fixe sa porte fermée pendant un instant avant de me retirer dans la mienne.

Par chance, après une bonne douche et m'être un peu rafraîchi, il ne faut pas longtemps pour que nous soyons à nouveau réunis. Il est midi, le soleil est à son zénith au-dessus de San Francisco et nous déambulons sur les quais en quête d'un casse-croûte.

Ce qui m'arrive est très étrange. Mis à part quelques passants qui se retournent en me reconnaissant, j'ai l'impression d'être un type normal en train de profiter d'une radieuse après-midi en compagnie d'une jolie fille. Je dois avouer qu'il est agréable de découvrir une nouvelle personne, même si avant aujourd'hui, Lael n'était pas une complète inconnue. Mais elle me donne l'impression de la découvrir. Si on leur en laisse l'occasion, les gens vous surprendront toujours. On ne peut pas toujours se fier aux apparences et Lael ne fait pas exception à la règle.

Tandis que nous flânons sur la passerelle au milieu des passants et des touristes, Lael parle sans arrêt, ce qui est un agréable changement. Je me sens bien moins sous pression. Chaque fois qu'elle semble avoir épuisé un sujet de conversation, elle embraye aussitôt sur autre chose. Elle est très ouverte esprit – tout le contraire de moi – et ça me change du quotidien. Elle me confie toute sa vie : ses ex, ses voyages, là où elle veut aller après… ainsi que l'immense respect qu'elle voue à Prince, dont elle parle avec passion :

– Regarde Prince… Il vivait complètement son truc, c'était son oxygène ! Tout le temps qu'aura duré sa carrière, il aura sorti un album par an ! Il ne faisait pas que de la musique : il incarnait sa musique ! Bref, où j'en étais ? Ah oui, Christy, ma coloc. Comme je le disais…

Elle passe souvent du coq à l'âne et la suivre demande un brin de concentration mais c'est sympa de constater qu'elle est à l'aise en ma compagnie. C'est presque un honneur. Toutefois, j'ai l'intuition qu'elle est du genre sociable.

Elle finit par reprendre son souffle quand notre attention est soudainement attirée par une scène digne d'un film. Sur un banc en face de nous, une maman offre un gros cornet de glace à sa toute petite fille. Avec son sourire et ses lunettes de soleil aux verres en forme d'étoiles, elle est la star de tous les passants.

Sous le charme, Lael pose ses poings contre sa poitrine.

– C'est mignooon !

Puis elle me regarde avec un grand sourire idiot.

– Je peux avoir une glace moi aussi ?

– Après ! D'abord, on mange de la vraie nourriture, dis-je en désignant un petit restaurant de fruits de mer sur notre droite.

Lael proteste :

– Mais la glace, c'est de la vraie nourriture ! C'est même la seule vraie nourriture qui soit !

Après avoir pris place à une longue table avec vue sur la marina d'où partent les bateaux vers Alcatraz et les petites îles aux alentours, Lael inspire à fond et prend momentanément conscience d'elle-même.

– Je parle trop ?

– Mais non !

C'est sincère. J'aime vraiment l'entendre papoter. C'est une conteuse hors pair !

Nous sommes assis côte à côte face à la mer. Lael ne semblant pas encore à court de sujets de conversation, je prends tranquillement mes aises. J'ignore si elle se rend compte que nos genoux se touchent sous la table et qu'avec la façon dont elle s'appuie contre moi, nos bras se frôlent également. Mais je ne retire ni mon bras, ni ma jambe ; je m'appuie discrètement contre elle en buvant mon thé, profitant de ce moment sincère et vrai, partagé en compagnie de ma nouvelle bassiste. Le ciel est bleu, sans nuage, et le vent marin souffle le parfum de Lael dans ma direction. Je voudrais que ce souvenir reste gravé à jamais dans ma mémoire

Prendre des photos avec mon portable, c'est pas mon truc, mais quand certaines choses se présentent, il m'arrive de faire un effort. Je vis au présent, je profite de l'instant et emmagasine mes souvenirs quelque part dans ma tête. Exactement comme en ce moment.

Une note amusée dans la voix, Lael demande :

– Qu'est-ce qui te fait rire, Snyder ?

Je ne réponds pas immédiatement et lève innocemment la main en essayant de trouver une réplique appropriée. Mais lorsque j'ouvre la bouche, un mot m'échappe, passant outre le procédé de filtration de mes pensées.

– Toi.

– C'est moi qui te fais sourire comme ça ? réplique-t-elle en feignant la timidité.

Je m'éclaircis la voix et oriente discrètement la conversation ailleurs.

– Je songeais juste à toutes les blagues que les gars ont prévu de te faire.

C'est un mensonge mais j'espère qu'elle mordra à l'hameçon.

– Quoi ? s'exclame-t-elle d'une voix rendue aiguë par l'inquiétude. Quelles blagues ?

– Je ne sais pas.

– Brad, sérieux !

Je ris.

– Sérieux, je n'en sais rien ! Mais je t'en parle, tu auras une longueur d'avance sur eux. Au moins, cela te donnera une chance de les éviter.

Lael m'attrape par le col et m'attire vers elle avec espièglerie. Je joue le jeu et prétends qu'elle me fait mal.

– Qu'est-ce qu'ils mijotent, Snyder ?

C'est pile à ce moment-là que je remarque qu'un photographe nous mitraille. Il doit nous suivre depuis un bout de temps.

Lael remarque que mon attention est attirée ailleurs et tourne la tête vers le paparazzi. Soudain, l'ambiance change du tout au tout, comme si quelqu'un avait appuyé sur un interrupteur.

Nous gardons le silence mais nous savons tous les deux de quoi ces photos auront l'air une fois publiées. Je pose de l'argent sur la table.

–Viens, dis-je. De toute façon, c'est l'heure d'y aller.

Nous retournons à la voiture. Le chauffeur replie son journal et nous voilà repartis, laissant ce photographe sournois derrière nous.

Une fois que nous arrivons à la salle, notre bonne humeur est de retour. Je suis soulagé de voir dans la file d'attente quelques fans qui arborent des T-shirts de And Then. J'ai toujours la peur irrationnelle de jouer dans une salle vide.

– Le Warfield, annonce le chauffeur.

Devant l'entrée de service, le vigile nous reconnaît aussitôt et nous guide jusqu'à la salle de répétition située sous la scène. Nos fidèles sont déjà sur place, ainsi que quelques inconnus. Il y a une batterie réduite dans un coin et des amplis alignés contre le mur.

L'ambiance est festive et les conversations vont bon train. Lael entre la première et la petite bande applaudit son arrivée.

Ses joues se teintent d'un rose charmant et elle joue le jeu en saluant comme une reine de beauté. Lael ne le sait pas mais ils font ça à chaque fois qu'on entre en backstage.

Habitué à leurs petites conneries, je m'engage derrière Lael, prêt à subir le même accueil.

Cette bande de tarés cesse aussitôt d'applaudir. Leurs hourras deviennent des huées. Ils me sifflent et me montrent du doigt pendant que je m'installe. Lael secoue la tête en riant, décontenancée devant cette réaction inattendue.

Calvi s'approche d'elle avec un sourire louche.

– Salut, Lael.

– Salut, Calvi, répond-elle en s'ouvrant une bière.

– On était en train de jouer à un petit jeu. Regarde bien. Switch ? Montre-lui !

Je sais déjà où cela va aller.

Switch ouvre les hostilités. Il prend un magazine, le roule en tube et le cale à la verticale dans son ceinturon. Puis il bascule la tête en arrière et pose une pièce de monnaie sur son front. Il penche alors la tête en avant et fait tomber la pièce dans le magazine sous nos applaudissements.

Lael parle d'une voix circonspecte.

– Ça a l'air facile.

– Voyons comment tu t'en sors, lance Calvi.

– Toi d'abord.

Le guitariste la dévisage un instant, puis il roule le magazine, le cale dans son pantalon et balance la tête en arrière avant d'y poser la pièce.

Soudain, Lael s'avance vers lui et vide le contenu de sa bière dans le magazine.

– Aaaah !

L'entrejambe de Calvi est aussitôt trempé et tout le monde s'esclaffe.

Lael asperge Calvi des dernières gouttes de sa canette et dit :

– Sérieux mec, elle tourne partout sur le Net, ta vanne ! Il va falloir que tu trouves mieux que ça !

Calvi grogne de rage.

– C'est pas fini, la nouvelle !

Puis il se rue aux toilettes d'une démarche boiteuse.

Après cet interlude débile mais prévisible, nous passons plus de temps à faire les cons qu'à répéter les nouveaux morceaux. L'interview pour *Rolling Stone* se déroule comme je l'imaginais. Les questions portent principalement sur le changement de line-up et sur la manière dont cela affectera la carrière du groupe. Bien sûr, ils veulent aussi des infos sur Nick et l'incident du poulet, mais comme d'habitude, nous restons diplomates à ce sujet.

Je dois avouer que j'apprécie la manière dont le journaliste mène l'entretien avec Lael. Le monde de la musique est souvent macho, mais à aucun moment il ne relève le fait que c'est une belle jeune femme et il parle principalement avec elle du son particulier qu'elle apporte au groupe – et il faut dire que Lael nous apporte vraiment quelque chose d'unique.

Je dirais même qu'elle l'améliore.

La rencontre avec les fans se passe bien – quelques discussions, des photos et des autographes à signer. Depuis la répétition, il y a une légère tension entre Calvi et Lael. Le guitariste est déjà en train de ruminer sa vengeance, je le sais. Chaque fois qu'il s'approche d'elle, Lael reste sur ses gardes.

Arnie débarque et fait des grands gestes avec les bras, comme pour nous pousser vers la scène.

– Allez, la petite bande ! Le temps presse ! Allons faire un petit sound check, après on ira dîner et se reposer un peu !

En dehors de l'équipe technique, du journaliste de *Rolling Stone* qui prend des notes, et des détenteurs de billets VIP, il n'y a encore personne dans la salle. Voir tous ces sièges vides me fait ressentir une étrange impression. Tandis que je fais les cent pas sur scène en grattant ma guitare pour m'assurer que je m'entends bien dans les retours, je prends le temps de visualiser la salle pleine, comme j'en ai l'habitude.

Alors que le groupe s'accorde et fait ses réglages, Lael ajuste les potards de sa pédale. J'ai dans l'idée que l'interview de *Rolling Stone* va principalement tourner autour de cet engin et du nouveau son qu'il nous apporte.

Je parle dans le micro :

– Test ! Un, deux ! Nickel. Jouons un truc.

– *FuzzFace*, propose Calvi.

Je consulte les autres du regard. On dirait que tout le monde est paré.

Lael lance le morceau en faisant résonner de longues et profondes notes. Les yeux fermés, elle martèle le corps de sa basse avec le côté de son poing et je ne saurais dire si c'est pour se donner en spectacle pour le journaliste de *Rolling Stone* qui l'observe attentivement.

Soudain, alors qu'arrive le break où nous nous rejoignons tous et où Lael enclenche sa pédale en headbanguant, un énorme pet résonne dans les enceintes de la salle.

Ma mâchoire se décroche et j'étouffe un fou rire. Je ne l'ai pas vu venir, celle-là !

Manifestement, Lael non plus.

Riant aux larmes, Calvi s'écroule par terre. Switch lâche ses baguettes et se plie en deux. Sous le choc, Lael s'est figée, le pied écrasé sur sa pédale à prout. Le type de *Rolling Stone Magazine* prend fiévreusement des notes.

Lael pointe Calvi du doigt.

– Sale bâtard !

Il hausse les épaules.

– Nous voilà à égalité !

De derrière ses fûts, Switch pousse un cri.

– Bienvenue dans And Then !

8

Brad

Nous voilà au Nouveau-Mexique et les étoiles sont parfaitement alignées pour que tout parte en vrille. Toute ma vie, j'ai vu des gens s'autodétruire en prenant de la drogue et je n'ai jamais pu concevoir l'aspect bohème de la défonce. C'est notre jour de congé. Switch et Calvi ne cessent de se lancer des regards malicieux, ce qui ne peut vouloir dire qu'une chose. Arnie le ressent aussi et il cherche frénétiquement sur son iPad toutes les activités susceptibles de les occuper au maximum.

– Pourquoi pas le Sandia Peak Tramway ou… attendez ! Le musée historique ! Qu'en dites-vous les gars ? Ça a l'air intéressant !

Switch prend un ton sarcastique.

– Qu'est-ce que t'en dit, Cal ? Ça te branche d'aller au musée aujourd'hui ?

– Oh, cela m'a tout bonnement l'air fabuleux, répond-il avec une égale ironie.

Les deux musiciens éclatent de rire.

Arnie balance son iPad sur le côté.

– Très bien, bande de petits bâtards, faites ce que vous voulez ! Rappelez-vous juste que le temps passe vite et que demain, vous avez un show à assurer !

Nous nous garons devant l'hôtel. Arnie sort le premier du bus et se rend à l'accueil pour gérer nos réservations.

À l'écart sur sa couchette aménagée, Lael lit un livre en essayant de ne pas faire attention à nous. Elle et moi échangeons de temps à autre un sourire mais pour l'heure, elle est tout à sa lecture et à son café.

Il faut leur reconnaître que quelle que soit la dose de drogue et d'alcool consommée pendant leur jour de congé, Switch et Calvi sont toujours à l'heure au concert du lendemain, frais et dispos. Ce n'est pas comme s'ils se défonçaient à chaque fois. Nos plannings sont serrés et nos prestations étant très attendues, ils ne peuvent pas se le permettre. Personne ne pourrait soutenir un tel rythme en se droguant tous les soirs.

Mais aujourd'hui, ce n'est pas un jour de congé ordinaire : nous sommes à Santa Fe, Nouveau-Mexique, berceau de notre batteur Switch. C'est la première fois que nous y jouons, et donc que je m'y trouve en compagnie de Switch. Par contre, j'ai déjà entendu pas mal d'histoires sur ce qui se passe à Santa Fe...

Par le passé, j'ai plus d'une fois tenté de dissuader Switch et Calvi de trop faire la fête, mais ils avaient tendance à se braquer, ce qui empirait les choses. Le fait est qu'en ce moment, Calvi m'observe du coin de l'œil, guettant ma réaction quant au désastre qui s'annonce.

– Tant que vous êtes au taquet demain, ce que vous faites ne me regarde pas, dis-je en tâchant de ne pas trop les braquer.

– Pourquoi tu ne viendrais pas avec nous ? demande Switch. On va faire un tour à la campagne ! Roar passe nous prendre.

– Roar ?

– Ouais, Roar ! Tu l'as vu au moins une dizaine de fois, putain ! Un Norvégien avec une barbe, précise Switch, un brin agacé.

De retour à bord du bus, Arnie nous tend à chacun une enveloppe.

– Mesdames et messieurs, voici les clés de vos chambres ! Vous avez désormais quartier libre, alors tâchez de ne pas faire de vagues.

Nous rassemblons nos affaires quand un grand type aux allures de Viking grimpe à bord. Devant l'imposante carrure de l'intrus, nous nous figeons.

Switch pousse un hurlement extatique :

– Roooar !

Les poings en l'air et le regard fou, Roar répond par un grognement de guerrier viking.

– Ah ! Ce Roar-là, dis-je sans m'adresser à personne en particulier.

À mesure que chacun s'avance pour saluer le nouveau venu, le bus devient de plus en plus exigu. Arnie attend patiemment que Roar dégage de son chemin et il descend du bus en marmonnant dans sa barbe.

– Comment ça va, mon vieil ami ? demande Switch.

– Au poil, mec !

– T'habites toujours au même endroit ?

– Toujours ! J'ai pensé qu'on pourrait y aller. On se fera un petit barbecue. J'ai quelques nouveaux jouets à vous montrer.

– J'en doute pas une seconde !

Switch fait un geste en direction de Lael et reprend :

– Roar, je te présente Lael, notre nouvelle bassiste !

– Enchanté ! dit-il en inclinant poliment la tête, un geste en décalage complet avec son look, et s'adressant à nous tous : J'espère que vous serez tous de la partie !

Un ange passe. Quels que soient les nouveaux jouets de Roar, je n'ai aucune envie de le suivre à la campagne pour m'amuser avec. Alors que je cherche péniblement un moyen d'échapper à cette tentative de socialisation forcée, Lael prend la parole, brisant le silence :

– D'accord ! Allons-y !

Soit elle est piquée de curiosité, soit elle est trop polie pour refuser. Quoi qu'il en soit, où elle ira, j'irai aussi.

Nous nous entassons dans la voiture de Roar, une Suburban dont le toit a été sectionné. Roar doit s'y reprendre à plusieurs fois pour la faire démarrer mais une fois le moteur lancé, il le fait rugir et se tourne vers nous en riant comme un dément. Puis il jette un œil vers Switch, assis sur le siège passager, et les deux hommes rient de plus belle avant de se taper le poing, le genre de communication bestiale qui remplace tous les mots du monde.

Roar fait une queue de poisson et la voiture quitte le parking, semant dans son sillage un nuage de poussière et de fumée. À l'avant, Switch et Roar continuent à rire très fort, comme pour couvrir le boucan du moteur.

Le trajet s'avère plus court que ce que j'avais imaginé. Nous n'avons pas l'occasion d'écouter plus de deux chansons de l'album de Metallica que Roar fait jouer à plein volume dans l'autoradio. La voiture s'engage dans une allée de terre et il coupe le moteur sur *Struggle within*.

Roar descend du véhicule et est aussitôt accueilli par un énorme mastiff.

– Soyez les bienvenus !

Nous sortons tous de voiture, sauf Lael qui ne parvient pas à défaire sa ceinture de sécurité. Avant de diligemment lui proposer mon aide, je décide de profiter de sa vulnérabilité momentanée pour la chatouiller.

Lael rigole, me donne une tape sur la main et continue à se débattre avec sa ceinture.

Je presse le vieux bouton rouillé mais rien ne se passe.

– C'est quoi ce bordel ? dis-je à voix haute.

Roar vient vers nous en se grattant la tête.

– Je ne savais même pas que j'avais des ceintures de sécurité.

Il se penche pour jeter un œil de plus près et reprend :

– Sérieux, comment c'est possible ? Cette banquette arrière, c'est littéralement un vieux canapé de récup que j'ai fixé au sol de la caisse. Bouge pas. Switch ? Tu peux aller dans la remise et me ramener mon couteau ?

Lael écarquille des yeux paniqués.

– Un couteau ?

– Le gros, Switch ! précise Roar.

– OK.

Pendant que le batteur se rend dans la minuscule remise, Lael et moi échangeons un regard mi-amusé, mi-terrifié.

De retour, Switch rabaisse la banquette arrière, cherchant d'où Lael a bien pu tirer cette ceinture.

– Sérieux, comment t'as fait ton compte ?

C'est alors que mon téléphone vibre dans ma poche, et je le dégaine pour voir de qui il s'agit.

Le nom *Ronald Ramsey* apparaît en grand sur l'écran.

Oh merde.

Je m'éloigne de Lael, toujours prise au piège de cette machine de mort et décroche :

– Ronald.

– J'appelais juste pour m'assurer que tu prenais bien soin de ma fille, dit-il d'une voix aussi brusque et autoritaire que s'il avait été en face de moi.

Roar commence à élever une machette au-dessus de la ceinture de sécurité pendant que Calvi et Switch étirent le cou derrière lui, tels deux assistants chirurgiens pendant une opération.

– Elle va très bien, aucun problème !

– Écoute, Brad. J'ai entendu des trucs. Des trucs pas cool qui ne me font pas plaisir.

– Que veux-tu que je te dise, Ronald ? Il ne faut pas croire tout ce qu'on dit.

Alors que j'essaie d'avoir l'air détaché, mon esprit passe frénétiquement en revue les possibles rumeurs qu'on a bien pu lui rapporter.

– J'ai entendu Lael à la radio, dit Ronald. Qu'est-ce qu'elle fiche en promo ?

Penché de tout son poids sur Lael, Roar tire violemment sur la ceinture pendant que Calvi et Switch tournent autour pour avoir la meilleure vue possible.

Je réponds :

– Oh ça ? C'est noté, Ronald. Pas de problème ! Elle n'assurera plus la promo. Ça ne se reproduira pas.

La ceinture cède enfin et la banquette arrière s'écroule, emportant Lael et Roar. Je m'approche pour m'assurer que tout va bien. Rassuré par les rires de Lael, je m'éloigne à nouveau pour que Ronald n'entende pas toute cette agitation.

– Et son bus ? Il paraît qu'il est vide et qu'elle voyage dans le vôtre. Si c'est vrai, Brad, je te préviens…

Je prends la voix la plus innocente possible.

– Quoi ?

Une menace couve dans sa voix sardonique.

– Joue pas au con. Ne va pas lui mettre des idées dans la tête. Si j'ai accepté que Lael fasse cette tournée, c'est pour qu'elle soit dégoûtée. Quand ce sera terminé, elle quittera le groupe, c'est clair ? Pas question qu'elle passe sa vie sur les routes avec des gars dans votre genre. Surtout ne le prends pas mal.

– Mouais.

Je le prends un peu mal.

– Écoute, Brad, je dois envisager les choses sur le long terme. Pour toi, c'est différent mais cette vie n'est pas faite pour elle.

Tout à coup, des coups de feu assourdissants retentissent dans l'air.

Pan, pan, pan !

– Qu'est-ce que c'était que ça ? demande Ronald.

– Quitte pas !

Je me précipite au coin de la remise et découvre Lael qui tient la crosse d'un énorme fusil calée contre son épaule.

Pan !

Le nouveau coup de feu atteint un vieux poste de télé qui part valdinguer à une trentaine de mètres.

Je reprends Ronald :

– Nous sommes… au musée ! Désolé. Il y a un genre de reconstitution historique.

– *Nous?* Lael est avec vous?

– Non, non, elle est retournée à l'hôtel! Elle voulait se poser pour bouquiner!

– OK. Mais surtout n'oublie pas: il existe un paquet de petits jeunes là-dehors, qui savent chanter et jouer de la guitare, mais peu ont la chance d'être signés par le plus gros label du pays. Tu as tout mon soutien, Brad. Tu le sais… mais s'il arrive quoi que ce soit à Lael, je te lâcherai et je m'assurerai que plus personne ne te ramasse. À partir de maintenant, Lael retourne dans son bus et elle n'assurera aucune promo. Ne va pas tout faire foirer.

Ronald raccroche sans plus de cérémonie.

Lael se tourne vers moi.

– Qui c'était? demande-t-elle, son arme pointée dans ma direction.

Je me précipite aussitôt à couvert et tout le monde s'exclame:

– Oh là, tout doux avec ce truc!

Avant qu'elle n'ait l'occasion de faire plus de dégâts, Roar lui prend l'arme des mains.

Je réponds:

– C'était personne.

Si d'aventure elle devait à nouveau se retrouver avec cette arme entre les mains, j'aime autant ne pas la mettre de mauvaise humeur.

Nous passons les heures qui suivent à profiter du soleil, tirant à tour de rôle sur des télés mortes et des cannettes de bières vides, nous éclatant au volant du buggy de Roar ou nous relaxant simplement. Il y a un abreuvoir rempli de bières et à part moi, tout le monde se sert à boire. Bien que je sois désormais un adulte, on continue de me traiter comme un extraterrestre quand je refuse de consommer de l'alcool.

Il m'arrive de penser que si je ne bois quasiment plus aujourd'hui, c'est exactement pour les mêmes raisons qui me poussaient à me déchirer la tête quand j'étais ado et jusqu'à mes vingt ans: par souci de rébellion. Qu'on soit en réunion, en famille ou juste en train de regarder un film, si vous n'avez pas un verre à la main, on vous juge. Mais quand je dois jouer devant une salle comble, je ne peux pas me permettre d'être bourré. Pour ce qui est des autres, je ne me mêle pas de leur abus d'alcool – du moins, jusqu'à ce qu'ils ne me laissent plus le choix. En tout cas, aujourd'hui, je les laisse profiter tranquillement du soleil et de l'hospitalité de Roar. Ils travaillent beaucoup et méritent de relâcher un peu la pression.

Lael s'éclate comme une folle. Son visage est en grande partie dissimulé derrière ses épais verres teintés mais je vois parfaitement combien elle est heureuse.

Et elle n'est jamais loin de moi.

Elle a beau n'avoir bu que quelques verres, sa voix part légèrement dans les aigus quand elle demande en tortillant une de ses mèches bleues autour de son index:

– Tu crois que je devrais me couper les cheveux?

– Surtout pas!

– Pourquoi?

Elle cherche le compliment, j'en ai conscience.

– Eh bien, tu es jeune et canon, dis-je. Et je suis certain que… non, en fait je *sais* que si tu te les coupes, tu le seras toujours! Mais tes cheveux font partie de ton look. C'est un peu ta signature.

Apaisée, Lael sourit et propose:

– On va faire un tour?

J'accepte avec un soupir.

– D'accord. J'ai assez glandé pour aujourd'hui!

Nous nous levons et commençons à marcher en direction d'un petit chemin. Je crie aux autres:

– On va se balader dans les bois! Évitez de nous tirer dessus, si possible!

Roar est propriétaire d'un sacré bout de terrain et cette petite balade nous en dévoile toute la diversité. La nature me fait le plus grand bien : pas d'ampli, de bus ou de fans un peu trop excités. Juste le bruit de nos pas et de temps en temps le chant d'un oiseau.

Et bien sûr, il y a Lael. En temps normal, c'est déjà une vraie pipelette mais l'alcool n'arrange rien. Elle est pendue à mon bras et continue à parler de tout et surtout de rien pendant que nous descendons lentement le chemin de sable bordé d'armoise sous le ciel bleu.

J'aime passer du temps avec Lael. Elle est d'une très agréable compagnie et elle répond elle-même à ses propres questions. Je me contente de marcher, d'écouter, de sourire…

Et de lui tenir la main.

Jusque-là, elle s'accrochait à mon bras mais il semble que c'était surtout pour conserver son équilibre. Maintenant, c'est différent. Je me sens soudain submergé par une sensation inhabituelle.

Lael a cessé de parler et contemple désormais la nature qui nous entoure en respirant sereinement. Si le fait que je lui tienne la main la dérange, elle n'en laisse rien paraître.

– Alors, commence-t-elle. Qu'est-ce qu'il y a entre toi et Lindsay ?

Je ne devrais pas être surpris qu'elle me le demande, car c'est encore le seul sujet qu'elle n'a pas abordé aujourd'hui. Mais je me demande si c'est de la jalousie que je détecte dans sa voix.

– Lindsay ? C'est juste une copine.

– Elle est très jolie, souligne Lael.

– Ton père et ses équipes font en sorte qu'on ait l'air d'être en couple mais c'est pour vendre des feuilles de chou. Rien de plus.

– C'est bien ce que je me disais mais j'ai pensé qu'il y avait peut-être autre chose entre vous. Quoique j'imagine qu'avec la vie que tu mènes, ça ne doit pas être évident d'avoir une copine.

Je hausse les épaules. C'est le genre de choses auxquelles j'évite de penser.

– J'imagine que non, dis-je.

– Du coup, c'était qui la dernière en date ?

– La dernière quoi ?

– Ta dernière copine, idiot ! T'es Brad Snyder ! Ce ne sont pas les nanas qui doivent manquer dans ton sillage.

– Pas vraiment, dis-je avec franchise. Enfin, je suis sorti avec quelques filles mais jamais rien de très sérieux. Tu as raison, je suis souvent sur la route et construire une vraie relation dans ces conditions, c'est plutôt compliqué.

Elle me dévisage pendant un moment et je sens qu'elle me scrute à travers ses lunettes de soleil.

D'une voix sèche, elle demande :

– Qui c'était ?

Lael trébuche sur un caillou et je la rattrape juste à temps.

– De qui tu parles ?

– De la garce qui t'a brisé le cœur.

J'éclate de rire et tâche de ne pas trop réfléchir à la question. À dire vrai, je n'ai jamais laissé personne être proche de moi à ce point. Bien sûr, il y a beaucoup de groupies qui essayent de se rapprocher de moi mais je ne suis pas stupide au point de sortir avec l'une d'entre elles. Je suis sorti avec quelques femmes du milieu du show-business mais au fond, ce sont juste des mondaines narcissiques qui se servent de la célébrité des autres pour se faire mousser. Il faut éviter ce genre de personne, je l'ai appris à mes dépens.

J'ai beau avoir ri quand elle a posé la question, je ne peux m'empêcher de penser à mes fans. Pour moi, ils ne forment qu'une seule et même entité, comme s'il était plus sain d'envisager sous cet angle ma relation avec eux. Mais cela ne compte pas. Quand on fait mon métier, il faut savoir se protéger et je m'y suis employé pendant toute ma carrière. Avant Ramsey Records, je n'étais qu'un gamin qui se contentait de survivre. Je ne crois pas avoir jamais cessé de l'être.

Marcher sur ce chemin près de Lael m'éclaircit l'esprit. Aujourd'hui, pas de journalistes, pas de fans. Seulement la nature et de la pure franchise. J'aimerais me confier à elle et lui répondre mais, ne parvenant finalement pas à déterminer le moment, je lui retourne la même question :

– Et toi, Lael ? Qui t'a brisé le cœur ?

Elle soupire et flanque un coup de pied dans un caillou.

– Pendant mes études en école privée, je suis restée avec le même gars. On s'est séparés juste après mais on s'est dit au revoir sans larmes. C'était un type bien et tout, mais on ne pouvait pas aller plus loin ensemble. Tu vois ce que je veux dire.

Nous marquons une halte sur le chemin et nous nous faisons face. Des gazouillis d'oiseaux nous parviennent depuis un bosquet tout proche et nous continuons de nous toiser en silence. Notre expression est neutre et nous respirons calmement.

Lael m'observe par-dessus la monture de ses lunettes, l'air naturellement innocent.

– Qui sait ? dit-elle doucement. Peut-être que c'est toi qui me briseras le cœur.

L'air se charge de silence tandis que je cherche mes mots.

Lael a un petit sourire amusé.

– Relax, dit-elle. Je te charrie, c'est tout ! Non mais regarde-moi cet endroit !

Elle tourne les talons et admire la petite oasis sur laquelle nous venons de tomber. Lael quitte le chemin et part explorer la zone en faisant courir la paume de sa main au-dessus des hautes herbes.

– Tu ne t'arrêtes jamais ? demande-t-elle en regardant un oiseau s'envoler juste au-dessus de nous.

Je suis le cheminement sinueux de ses pas.

– Qu'est-ce que tu veux dire ?

– Tu es toujours dans ton personnage de star du rock ! Quand fais-tu tomber le masque pour n'être plus que Brad Snyder ?

Lael s'arrête devant un promontoire donnant sur une fissure rocailleuse en contrebas.

Je respire calmement et prends la mesure de sa question.

– Je ne sais pas. Si je donne l'impression d'être comme ça, c'est parce que beaucoup de gens m'écoutent. Je dois sans arrêt faire attention à ce que je dis.

– Oui, sauf qu'en ce moment, il n'y a que moi. Pas de photographe, pas de micro ! Tu es seul avec moi... Tu en as de la chance !

Elle posa sa main sur sa hanche, se donnant des airs faussement impertinents. Elle demande :

– Ça y est, tu as arrêté maintenant ?

– Oui, dis-je, bien que cela soit difficile à déterminer.

Lael prend l'air songeur.

– Hmmm, je n'ai pas l'impression. Allonge-toi.

– M'allonger ?

Elle m'enfonce un doigt entre les côtes.

– Allez ! C'est juste pour une expérience. On va voir si tu sais vraiment lâcher prise.

Je lève les bras en signe de soumission.

– Très bien !

J'observe les alentours jusqu'à repérer un parterre d'herbes plates. Nous nous y allongeons côte à côte et levons les yeux vers le ciel bleu de l'après-midi.

– Je sais que c'est difficile de simplement profiter du moment, dit Lael d'une voix douce tout en me caressant les cheveux. Mais il le faut. La vie est courte. Un instant, on est là et l'instant d'après, on ne l'est plus.

Je ferme les yeux :

– C'est profond de la part d'une gamine de dix-neuf ans.

– J'ai vingt et un ans !

Les yeux toujours fermés, je lui demande à mon tour :

– Et toi, comment fais-tu pour lâcher prise ? Comment redeviens-tu toi-même pour profiter de l'instant ?

– J'en sais rien. Par exemple, j'adore mon chien. Je crois que j'arrive à débrancher en lui faisant des caresses.

– Comme en ce moment ? dis-je, faisant référence à sa main dans mes cheveux.

Elle rit.

– Non, mais je dois bien admettre que je profite beaucoup de l'instant, là tout de suite.

– Moi aussi.

– Je te crois. C'est bon de se sentir bien !

Elle se love contre moi et nous restons allongés ainsi sans rien dire. Je garde les yeux fermés. Le parfum qui émane de Lael est un mélange de produits pour cheveux et d'air frais. Je ne pense à rien et mes soucis se sont envolés. Je laisse ma main vagabonder le long de son bras et un instinct primaire me saisit, que je refoule aussitôt. Ce n'est pas le moment de partager ce genre d'intimité et je refuse de gâcher cet instant de tendresse.

Je suis calme, heureux et je profite de l'instant. Tout s'arrête et je m'endors.

Pssst.

Psssst !

Lorsque j'ouvre les yeux, je constate que la lumière a changé. J'ai dû roupiller comme une masse ! Lael est toujours endormie dans mes bras. Ce serait un moment de plénitude complet si Roar ne m'avait pas réveillé. Je lève les yeux vers lui mais d'un geste, il m'intime de rester où je suis. D'une voix inquiète, ce dernier me murmure :

– Ne. Bouge. Pas.

Je m'apprête à lui demander pourquoi quand j'entends un son reconnaissable entre mille : celui d'un serpent à sonnettes.

Je ne bouge plus le moindre muscle.

Soudain, Lael s'éveille et commence à s'étirer.

Vif comme l'éclair, Roar fond sur le reptile avec un bâton et le plaque au sol avec. Il est dangereusement proche de nous. Je tends aussitôt la main et l'attrape au niveau de la tête pour empêcher ses crocs venimeux d'entrer en contact avec ma peau.

– Aaah ! crie Lael.

Elle se lève précipitamment et s'enfuit le plus loin possible de l'animal qui s'agite frénétiquement dans ma main.

Clac ! La mâchoire d'un autre serpent se referme sur le vide en tentant de mordre le mollet de Lael, toujours en train de fuir à travers les hautes herbes.

Roar lui emboîte le pas et se met à crier :

– Par ici, Brad !

– Et ça, qu'est-ce que j'en fais ? dis-je en désignant le serpent vorace que je maintiens prisonnier.

Je n'ai aucune expérience des reptiles ! Quel enfer !

– Balance-le !

– Que je le balance ?

J'aimerais dire que j'ai le bien-être de ce serpent à cœur mais je ne vois honnêtement pas pourquoi il n'essaierait pas de me mordre aussitôt que je l'aurai relâché. Paralysé par la peur, je crie :

– J'ai jamais tenu un serpent avant !

– Mais putain, comment est-ce qu'il s'est retrouvé dans ta main, alors ? Tu l'as chopé comme un vrai pro !

Dire que je suis complètement paniqué serait un doux euphémisme.

– J'en sais rien, mec ! C'était un réflexe ! Là, je ne sais absolument pas quoi en faire !

Roar insiste.

– Balance-le !

– Je peux pas !

Il marmonne quelque chose et revient vers moi.

– Pose-le par terre, la tête vers l'avant. Puis relâche-le.

– D'accord.

– D'accord !

Je me penche en avant et, à mon grand étonnement, Roar reste près de moi en murmurant des paroles rassurantes.

– Bon… T'es prêt ? Sûr ? OK mec : relâche-le. Maintenant !

Clac !

À l'abri d'un buisson tout proche, un autre serpent fait claquer ses mâchoires et Roar est sur lui en clin d'œil, le plaquant au sol avec son bâton.

– Aaah ! Chope-le ! Chope-le, hurle-t-il, son accent norvégien épaissi par une authentique terreur.

– Quoi ?

– Comme t'as chopé l'autre tout à l'heure !

– Tu te fous de moi ? Je t'ai dit que j'avais pas la moindre idée de ce que je foutais !

– Aaah, bon Dieu ! Le bâton ne sert à rien pas, il va me choper la jambe !

Sans réfléchir, je m'empare vivement du serpent avec ma main libre.

Roar est à bout de souffle, ses yeux écarquillés de peur et de soulagement.

– Merci, Brad, merci !

– Putain de merde, dis-je, les bras en croix, tâchant de garder les deux reptiles à bonne distance de moi. Qu'est-ce que je fous maintenant !?

– Tu les relâches. Par contre, laisse-moi une longueur d'avance.

Roar tourne les talons et s'en va en courant sur le chemin menant à sa maison.

– Putain ! Espèce de lâche !

Rassemblant tout mon courage, je m'élance derrière lui dans les hautes herbes pendant que les serpents fouettent l'air en tous sens, leurs longs corps ondulant autour de mes avant-bras.

Je ne m'arrête pas en apercevant Lael et continue à courir, les bras en l'air, les mains enserrant toujours les deux serpents. Je cours ainsi jusqu'à la maison, à la suite de Lael et Roar.

Une fois arrivé, je constate qu'il y a au moins une vingtaine de personnes dans le jardin.

J'agite les serpents furieux face au petit comité en hurlant.

– Eh, j'aurais bien besoin d'un petit coup de main !

– Regardez ! C'est Brad Snyder !

– Et il tient des serpents à sonnettes !

Il y a des *oooh !* et des *aaah* ! Comme si j'étais Alice Cooper et que je venais de faire une entrée théâtrale sur scène.

Sans totalement ruiner l'aura mystique qui m'entoure en ce moment, je tâche de leur expliquer au mieux et au plus vite la situation quand une jeune bohémienne s'approche de moi et me dévisage d'un air mauvais.

– Tu leur fais mal.

Avec des gestes délicats, elle me prend les serpents des mains et s'avance dans les buissons où elle disparaît. Je ne connais pas son nom mais c'est décidé : cette fille est mon héroïne !

Les yeux grands comme des soucoupes, Lael se faufile près de moi. Essoufflé par ma course frénétique, je la regarde, le sang chargé d'adrénaline – ce qui est toujours plus souhaitable que du venin de serpent !

– OK, dis-je. Là, tout de suite, je profite à fond de l'instant !

Elle m'adresse un grand sourire et m'accorde un bref câlin.

Roar s'approche à son tour et nous fait un câlin collectif.

– Alors là, mon ami, c'est une première ! Déjà, j'avais encore jamais vu quelqu'un aller faire la sieste dans la vallée aux Serpents ! Sérieux, les gars : il y en a des centaines qui se baladent là-dedans ! Et surtout, j'avais encore jamais vu un gars taper un sprint en agitant des serpents comme un taré ! Il n'y a pas à dire, Snyder : *t'es une vraie rock star !*

9

Brad

Quelques heures plus tard, nous paressons devant un bon feu. Le soleil a presque disparu derrière la vallée aux Serpents. Je me détends et profite du crépuscule, mon moment favori de la journée. Ce rassemblement d'invités excentriques me fait penser à un film de série B, tout en noir et blanc et l'exception du feu qui rougeoie. En fait, ce dernier est si brillant que des saynètes s'imposent arbitrairement à moi, en total contraste avec le paysage en noir et blanc. Face à moi, un groupe s'est rassemblé pour jouer de la musique – la guitare est d'un rouge éclatant et je vois une chemise dont les motifs rougeoient. Derrière eux, une jeune femme danse et sa monture de lunettes, rouge également, est flamboyante.

Le crépuscule s'en est allé et la nuit est tombée, charriant sa cohorte de démons. Bien sûr, avec ce rassemblement de jeunes aux looks anticonformistes en train de danser autour d'un feu, je me retrouve dans une scène digne d'un film d'horreur. Quel monstre va donc surgir de l'ombre pour mettre un terme à leur désinhibition ? Un fou armé d'une tronçonneuse ? Ou peut-être un vampire ou des zombies ?

Lael me touche le bras et sa douce voix me fait redescendre sur terre.

– À quoi penses-tu donc ?

Je secoue la tête.

– À rien du tout.

Plus besoin de m'imaginer un méchant à craindre – je vis l'instant présent et un monstre d'un genre bien réel s'est invité parmi nous.

La cocaïne a pris le dessus. Le groupe a cessé de jouer et la fille aux lunettes ne danse plus. Le centre de l'attention s'est déplacé.

Autour du feu, les choses changent aussi. On s'écoute parler, les mâchoires roulent et se contractent et on enchaîne les lignes de poudre. D'ordinaire, la drogue se prend sous le manteau mais ces marginaux ne dissimulent rien de leurs excès. Quelqu'un semble avoir dépensé une fortune pour s'offrir un gros sachet de cocaïne, et à en juger par la manière dont tout le monde semble soudain être devenu le meilleur ami de Calvi, je ne pense pas me tromper en déduisant que c'est lui l'acheteur. Tout devient plus intense et je commence à perdre patience.

Assis sur nos chaises, Lael et moi repoussons plusieurs convives rendus loquaces par la drogue et qui refusent obstinément de nous lâcher. Ils pensent que nous devrions vraiment sniffer une petite ligne, que ce serait dans notre intérêt. Je les chasse comme de vulgaires vautours.

– Viens, Lael. On se tire.

– Je doute qu'on trouve un taxi dans le coin, dit-elle.

Sa voix est calme et enjouée – elle gère légèrement mieux les choses que moi. Une telle ambivalence de sa part m'inquiète, surtout ici. Je serre les dents rien qu'à l'imaginer défoncée.

J'insiste :

– Allez, viens.

Je me lève et Lael me suit. La foule s'épaissit de plus en plus – ce qui est étonnant, car nous sommes au milieu de nulle part. D'ailleurs, je me demande comment les vautours de tout à l'heure ont fait pour voler jusqu'ici.

Je guide Lael jusqu'à la remise. Les vents en provenance du désert en ont usé le bois et le petit édifice est au bout de sa vie. J'ouvre en grand la porte à doubles battants donnant sur l'allée, prêt à découvrir ce que Roar dissimule à l'intérieur.

Lael pousse une exclamation :

– Qu'est-ce que c'est que ce truc ?

Le truc en question est une espèce de buggy des sables customisé qui occupe une grande partie de l'espace. L'engin pue l'essence et le caoutchouc. On dirait le genre de bolide que conduisent les méchants dans les dessins animés ! Il est bien plus grand que celui avec lequel les gars jouaient tout à l'heure dans le jardin.

– Il fera l'affaire, dis-je.

– Comment ça, il fera l'affaire ?

– C'est notre taxi ! En selle !

Je grimpe le premier et me place derrière le volant. Cet engin de mort est équipé de deux ceintures de sécurité et j'arrive facilement à boucler la mienne. De son côté, Lael galère. Décidément, la pauvre n'a pas de chances avec les ceintures, aujourd'hui !

Je tâtonne un moment avec les commandes. Le moteur n'est pas facile à démarrer mais après quelques efforts, je parviens à le faire rugir. Le son est encore plus fort qu'à notre dernier concert ! Quand j'enclenche la pédale d'accélération, mon corps entier se met à vibrer. Pourvu que la vieille remise ne s'écroule pas.

Je me tourne vers Lael. Cette dernière a trouvé des lunettes de protection suspendues au rétroviseur et les a enfilées. On dirait qu'elle a des scrupules. Rien à foutre : on le fait ! L'engin se met en branle et nous sortons en trombe du garage, droit dans l'allée.

Roar se lance à notre poursuite en agitant les bras, hurlant à pleins poumons dans sa langue natale. Je me contente de sourire et de lui adresser un geste de la main, ne voyant aucun inconvénient à lui emprunter son jouet sans sa permission.

Ayant grandi en ville, j'ai été privé de ce genre de rêve d'ado. En pleine régression, je fends la route du désert, partant en vrille à chaque virage. M'attendant à ce que Lael me demande de ralentir, je me tourne vers elle et la découvre en train de presser les boutons de l'autoradio. Cette bagnole infernale a plus de chevaux sous le capot que ne devrait en souhaiter un homme sain d'esprit et, question puissance, la stéréo est apparemment du même acabit. Je ne sais pas comment Lael s'est débrouillée, mais Metallica se met à hurler dans les haut-parleurs, faisant vibrer la carrosserie métallique qui nous entoure. Roar a donc le même album dans toutes ses bagnoles ?

C'est la virée quasi parfaite – le moteur qui vrombit, la musique qui gueule et Lael qui pousse des cris de joie. La couche de poussière qui recouvre les verres de ses lunettes de protection me dissimule ses yeux mais la pleine lune rend son sourire plus radieux, un sourire qui me met de bonne humeur. Le temps s'arrête.

Devant nous, les lumières de la ville se rapprochent. Lael crie par-dessus le vacarme du moteur.

– Est-ce qu'on va aller en ville avec ce machin ?

Pour toute réponse, je lui adresse un sourire machiavélique et nous quittons la route, direction Santa Fe. L'album de Metallica est plutôt long et il résonne encore à plein régime lorsque nous atteignons le centre-ville. On nous klaxonne, on nous insulte et il me semble même qu'on se moque de nous. Si nous tombons sur la police, les choses vont mal tourner.

Je ne perds pas de temps. Lorsque le trafic commence à ralentir, j'ai l'impression d'être une cible facile alors je roule sur les trottoirs et les terre-pleins. La voiture rebondit sur les obstacles et Lael s'agrippe à la carrosserie. J'ai l'impression que cet engin peut en encaisser bien plus !

J'aperçois alors ce qui semble être un bar. À cette heure, peu d'endroits sont encore ouverts et si nous continuons à déambuler plus longtemps en ville au volant de ce buggy de folie, la chance va finir par tourner. Je me gare, coupe le moteur et défais ma ceinture.

– Cet endroit a l'air sympa, dis-je.

À dire vrai, le bar semble un peu trop huppé pour nous, mais maintenant que nous sommes là, autant aller boire un verre. Nous sortons du véhicule volé et entrons dans une grande pièce aux tables recouvertes de nappes blanches.

Nous sommes accueillis par un serveur affable.

– Bienvenue. C'est pour dîner ? À l'intérieur ou en terrasse ?

Il ne semble pas remarquer que nous sommes couverts de poussière et que Lael a encore ses lunettes de protection sur le front. Quant au véhicule, il est garé en toute illégalité à quelques mètres de là.

– En terrasse, s'il vous plaît, dis-je sans perdre mon sang-froid, le sang bourdonnant encore dans mes oreilles.

Nous prenons place sur la terrasse, face à la rue. Le véhicule est garé à l'arrache et il fait vraiment tache dans ce quartier chic.

Nous commandons deux steaks et une bouteille de champagne. Coup de bol, l'endroit est parfait !

Tout comme Lael. Depuis ce jour, quelques semaines à peine, où elle est venue me récupérer à l'aéroport, la jeune femme a été l'objet de toute mon attention et je commence à me demander pourquoi je fais preuve d'autant de retenue avec elle, presque comme un gentleman. Cela dit, je viens de vivre une bien étrange journée et je me sens émotionnellement vidé. J'ai baissé ma garde et je suis vulnérable. J'observe Lael pendant qu'elle regarde les badauds s'attrouper autour du buggy.

Pourquoi lutter contre mes sentiments ? À cause de son père ? Si je devais avoir une relation avec la fille de Ronald Ramsey, il y aurait évidemment des conséquences. Peut-être pas de quoi saborder définitivement ma carrière, mais Ronald mettrait sa menace à exécution et ferait tout pour ruiner ma réputation, je le sais. J'ai beau être sa vache à lait, il me lâchera à la seconde où il me suspectera d'être en train de draguer sa fille alors qu'il m'avait spécifiquement demandé de veiller sur elle.

Pourtant, je ne suis pas certain que Ronald soit la cause de mes scrupules.

Lael est jeune. Au début, j'ai même cru qu'elle était considérablement plus jeune. Pour moi, elle était encore la même gamine qu'autrefois. Mais à force de passer du temps en sa compagnie, cette enfant a fini par s'effacer de ma mémoire. À la place se tient une magnifique jeune femme. Si belle et douce que je doute d'être le gars qui peut lui convenir. Lael est comme un superbe lac et moi comme un baril de pétrole – inoffensif jusqu'à ce qu'on m'ouvre. Sa jeunesse et Ronald n'ont rien à voir avec mes scrupules. Le problème ? C'est moi.

Je n'ai pas connu tant de femmes que cela dans ma vie, mais elles ont toutes une chose en commun. Ma mère m'a abandonné ; Miss Sugar m'a pratiquement vendu à Ronald ; et il y a Lindsay, qui ne demande à me voir que lorsqu'une de mes chansons figure au top 40. Du coup, je me demande si c'est toujours moi le problème. Si on m'enlève la gloire et la célébrité, ne suis-je toujours qu'un loser ? Cet orphelin avec son T-shirt jaune et ses godasses trop grandes ?

Je lève ma flûte de champagne, vide d'un trait ce qu'il en reste et commence à broyer du noir.

Lael demande :

– À quoi tu penses ?

– À toi.

– En bien, j'espère !

Avec du retard, le garçon apporte notre commande et pose les assiettes sur la table, interrompant notre conversation avant qu'elle ne devienne trop privée. Lael lève sa fourchette et, par réflexe, je tape dessus avec la mienne.

– Bon appétit, dis-je.

Lael savoure chaque bouchée en fermant les yeux.

– C'est délicieux !

Quand elle rouvre ses paupières, son regard se fixe au-dessus de mon épaule.

– Euh… Brad ?

Sa voix est méfiante.

– Quoi ?

Je commence à me retourner vers ce qui attire son attention mais elle se penche aussitôt vers moi et pousse un murmure strident.

– Non ! Ne te retourne pas ! C'est la police. Le buggy les intéresse, on dirait.

Je réprime à grand-peine l'envie de me retourner et tâche de dissimuler mon sourire. Tandis que j'essaye de profiter de mon steak, je remarque que nos genoux se frôlent sous la table. De son côté, Lael a l'air de celle qui essaye désespérément de dissimuler sa culpabilité ; elle se tortille sur son siège en tous sens et lance des regards nerveux partout autour d'elle, sauf sur les policiers.

Je la rassure :

– Relax. Tout va bien se passer.

Soudain, un des flics se focalise sur nous et s'approche de la rambarde séparant la terrasse de la rue. Une fois à notre hauteur, il s'éclaircit la voix :

– Auriez-vous par hasard vu les propriétaires de ce véhicule ?

Je m'apprête à leur dire que non quand, d'une petite voix fluette et avec l'accent contrefait le plus improbable possible, Lael prend la parole :

– Ce vieux tacot ? Je ne l'avais même pas remarqué jusqu'à ce que vous en fassiez mention !

Un ange passe tandis que le policer et moi-même tournons la tête en direction de ce buggy complètement dingue qui attire l'attention de tous les passants à des centaines de mètres à la ronde.

Le policier reprend :

–Vous voulez dire que vous n'aviez pas remarqué cet engin ?

– Quel engin ? Oh ! Cet engin-là ! Bien sûr que nous l'avions remarqué. Je pensais que vous parliez de la Corolla qui est garée juste derrière. Évidemment que nous l'avions vu, assure Lael avec un accent légèrement différent.

Je la dévisage, consterné.

– D'où venez-vous ? demande le flic.

Il a l'air de se douter de quelque chose, et comme je le comprends !

– D'Australie, répond Lael. Je m'appelle Mildred et voici mon mari... Tom, conclut-elle, de l'accent le moins australien du monde.

Le policier s'adresse à moi :

– Et vous monsieur, avez-vous remarqué quoi que ce soit de suspect concernant ce véhicule ?

Je m'éclaircis la voix et dis :

– Pendant que *Mildred* était aux toilettes, j'ai remarqué les propriétaires de l'engin qui en sortaient – deux adolescents. Je crois qu'ils sont partis dans cette direction. Il me semble qu'ils buvaient...

J'essaye au mieux d'imiter l'intonation de Lael, ce qui donne un mélange à couper au couteau de plusieurs accents : anglais, jamaïcain, et même une pointe d'accent norvégien – probablement à cause de Roar.

– Pourriez-vous me les décrire ?

– J'ai bien peur que non. Ils avaient l'air plutôt turbulents et comme je ne voulais pas trop attirer l'attention sur nous, j'ai évité au maximum de les regarder.

Le policier nous toise pendant plusieurs longues secondes.

– Eh bien, profitez bien de votre dîner, messieurs dames. J'espère que vous passez un agréable moment à Santa Fe.

Bien qu'il n'ait pas l'air dupe, le policier se détourne de nous et porte son attention sur le buggy que charge un remorqueur. Quel coup de pot !

Lael est rouge comme une pivoine, terrifiée.

Je me penche vers elle et murmure :

– C'était quoi ce bordel ? Cet accent, ces faux noms… et pourquoi l'Australie ? Ton accent n'avait rien d'australien ! Sérieux, à quoi tu pensais ?

– Je ne sais pas ! J'en sais rien !

Les yeux écarquillés, Lael vide d'une traite sa flûte de champagne.

Je lui adresse un sourire.

– T'es tarée !

– Je crois que je vais avoir une crise cardiaque ! dit-elle, les mains sur le cœur.

– C'est *toi* qui vas m'en déclencher une !

– Autant que tu le saches : je mens très mal.

J'éclate de rire.

– Je m'en étais aperçu !

Lael se couvre la bouche pour dissimuler son rire.

– Oh mon Dieu, je ne sais pas ce qui m'a pris ! J'étais hyper nerveuse.

Je pose de l'argent sur la table.

– Allez, Mildred. Je te ramène à la maison !

L'hôtel n'est pas loin. Nous marchons en nous tenant par le bras, revenant sans cesse à l'épouvantable accent de Lael. Comme je bois rarement, le champagne m'est très vite monté à la tête.

Une fois dans l'ascenseur de l'hôtel, Lael m'enserre le bras comme un oreiller. Je baisse les yeux sur elle. Toutes mes inquiétudes et mes scrupules se sont envolés.

L'effet de sa chevelure bleue contre la peau bronzée de ses épaules est absolument magnifique à voir. Je meurs d'envie de la plaquer contre le mur pour l'embrasser. C'est tout ce que je désire et elle est tout ce qui m'importe. Enfin, je vis le moment présent !

Sans céder à mes pulsions, je continue à la tenir tout contre moi et je sens qu'elle est réceptive à ce geste d'affection.

Les portes de l'ascenseur s'ouvrent et nous sortons dans le hall.

Je tends l'index d'un côté du couloir.

– Ma chambre est par là.

– La mienne est de l'autre côté, dit Lael en désignant la direction opposée.

Nous ne nous quittons pas des yeux et restons immobiles, sans rien dire. Je sais que je vais l'embrasser mais je veux faire durer le plaisir. J'aime la façon dont elle me regarde et je sens mes lèvres se retrousser en un sourire. Nous ne nous touchons pas encore mais il est déjà impossible de faire marche arrière.

Je m'avance et lui prends les mains, ses doigts frôlant doucement l'intérieur de mes paumes. Je l'attire vers moi et elle pose ses mains à plat contre mon torse. Nous nous fixons toujours du regard, tandis que l'instant devient plus intense à chaque seconde qui passe.

Cela ne demande aucun effort ; je me soumets à la gravité qui m'attire vers elle. J'agrippe l'arrière de sa tête, elle entrouvre les lèvres et nous ne formons plus qu'un. J'ai de plus en plus hâte de sentir sa peau contre moi. Notre respiration s'intensifie, notre pouls s'accélère et nous fermons les yeux. Je mordille tendrement sa lèvre inférieure et elle répond en m'embrassant avec une fougue redoublée.

Ding.

Les portes de l'ascenseur commencent à s'ouvrir. Brusquement de retour sur terre, nous prenons chacun nos distances pour ne pas trop nous trahir. Dans l'ascenseur, Arnie reste planté là, étrangement immobile entre nous deux, un pack de bières dans une main et une pizza dans l'autre.

Un tic agite ses épaules et son regard est fuyant. Il sait qu'il vient d'interrompre quelque chose.

– Ne veillez pas trop tard, dit-il en nous dépassant. On a une grosse journée demain.

– Bonne nuit, Arnie.

Puis avec assez d'insistance pour qu'Arnie m'entende, j'ajoute :

– Bonne nuit, Lael !

Je prends une longue et profonde inspiration pour me calmer. Arnie n'est qu'à quelques pas, luttant avec ses clés, et je fais tout mon possible pour ne pas croiser son regard.

Lael arque un sourcil.

– Bonne nuit, Brad.

Arnie parvient enfin à ouvrir sa porte mais entre sa pizza et son pack de bières, il galère à la maintenir ouverte.

Lael remonte le couloir en roulant des hanches, comme si elle effectuait une parade nuptiale. Puis elle disparaît au coin – pas une fois elle ne se retourne.

La porte d'Arnie se referme enfin derrière lui et je me retrouve seul. Depuis son audition, je n'ai cessé de me demander ce que cela ferait d'embrasser Lael, dont la force et la détermination m'avaient tant surpris. Son baiser a laissé une vive sensation sur mes lèvres. Je n'ai qu'une envie : frapper à sa porte et reprendre où nous en étions. Quoi qu'il soit en train de se passer entre nous, c'est une expérience nouvelle pour moi. La façon dont elle m'a embrassé m'a carrément expédié sur la lune et le souvenir de son visage reste gravé dans mon esprit. Ses lèvres, la manière dont elle m'a touché… Je sens encore tout. Son parfum et son énergie m'habitent, ils courent dans mes veines et font exploser mon cœur. Tout sourire, je retourne à ma chambre.

Je me sens libéré d'un poids.

10

Lael

Putain de bordel de merde !

Qu'est-ce qui s'est passé ?

Telle un zombie, je traverse la chambre jusqu'à mon lit et m'y écroule de tout mon poids.

Je devrais être en train de dormir comme une masse depuis longtemps. La journée a été dingue, épuisante et j'étais au bout de ma vie. De plus, embrasser Brad m'a littéralement coupé les jambes.

Mais impossible de trouver le sommeil. Il est tard et pourtant, je n'y arrive pas. Au lieu de ça, je reste allongée à me rejouer la journée en boucle.

Qu'importe la façon dont ça a commencé. Roar, ce Norvégien complètement taré, est venu nous chercher à bord de sa bagnole au toit scié et nous nous sommes entassés sur la banquette arrière, qui n'en était en fait pas une mais une sorte de canapé. Puis il nous a emmenés dans un genre de grand enclos dans le désert où j'ai tiré avec un fusil pour la première fois de ma vie.

Après, Brad et moi sommes allés marcher seuls et avons partagé un instant de complicité dont je mourais d'envie depuis longtemps – le genre de scène qui n'avait jusque-là existé que dans mes rêves. J'ai conscience d'y avoir été un peu franco avec lui. J'ai même été un peu impulsive, pour le coup. Mais je ne sais pas agir autrement. Quelque chose en lui efface ma peur et fait ressortir cet aspect de ma personnalité. Je jurerais de pouvoir tout lui faire, tout lui dire, cela importerait peu – et vu le bla-bla que je lui ai servi, je crois bien l'avoir fait. Quoi que je puisse lui offrir, Brad peut l'accepter.

Et inversement.

J'en veux encore !

On dirait une petite fille trop gourmande !

Le visage dans l'oreiller, je pousse un soupir. J'aimerais avoir assez de courage pour aller jusqu'à sa chambre. Mais à la façon dont Arnie nous a regardés, ce n'est clairement pas le moment. Ce baiser était une grave erreur. Au siège, j'ai entendu les mises en garde de papa. Il n'est même pas supposé avoir le droit de me toucher !

Or, quand on en vient aux rapports entre Brad et papa, les enjeux sont nombreux.

Mais je n'ai pas peur et je suis assez grande pour prendre mes propres décisions. Et j'aime beaucoup Brad. Vraiment beaucoup. Bien sûr, c'est le cas depuis longtemps mais il ne s'agit plus d'un béguin d'ado pour sa rock star favorite. Je suis désormais une femme et je vis au quotidien des choses très personnelles avec lui. Je craque pour le vrai Brad Snyder, l'homme derrière le masque, celui qui parle peu et vit avec ses fêlures. Je suis en train de me rapprocher de lui et plus je le connais, plus je l'apprécie – pour ses défauts, comme pour tout ce qui fait de lui quelqu'un d'exceptionnel.

Pour le meilleur ou pour le pire, je deviens aussi plus courageuse.

Putain. Ce baiser… Je peux encore sentir le goût de Brad sur mes lèvres, mais aussi son odeur, la sensation de sa main dans mes cheveux et de ses dents qui me mordillent et tirent légèrement sur ma lèvre. J'ai bien failli l'embarquer dans ma chambre.

Je me retourne sur le dos et fixe le plafond, dégageant d'un souffle la mèche qui me tombe devant les yeux. Je ne suis pas près de m'endormir et si je ne me confie pas très vite à quelqu'un, je sens que je vais exploser !

J'attrape mon portable dans mon sac et consulte l'heure. Il est minuit passé mais Christy veille toujours tard lorsqu'elle travaille. Depuis mon départ, je me suis contentée de lui écrire des textos, souvent pour demander des nouvelles de Baby Groot. Mais ce soir, un peu de solidarité féminine ne serait pas de trop. À force d'être sur la route, on se sent bien vite très seule. J'ai toujours été du genre indépendant et je n'ai jamais eu beaucoup de copines à l'école. Je préférais traîner avec des garçons, à l'exception de Shelby, mais elle a déménagé à Londres après le lycée.

Il faut que j'appelle Christy. Je lance FaceTime.

Elle répond au bout de trois sonneries. La tête sur l'oreiller, je lève le portable bien haut au-dessus de moi et souris en voyant son visage apparaître à l'écran. Je consulte mon propre reflet : mes cheveux sont éparpillés autour de l'oreiller et la folie couve dans mon regard. On dirait une vraie malade mentale ! De son côté et malgré l'heure tardive, Christy a l'œil alerte.

– Salut ! Je te dérange ?

– Pas du tout ! J'envisageais justement de prendre une pause. Je te jure, je vais finir par loucher !

– Tu bosses sur quoi ?

– Pas grand-chose. En tout cas, rien par rapport à ce que tu fais de ton côté ! Comment ça se passe ? J'ai vu ton concert à Phoenix ! C'était énorme !

– C'est passé à la télé ?

– En fait, j'ai juste vu une vidéo sur YouTube.

Je suis très touchée qu'elle ait regardé un de nos concerts. Elle ajoute :

– Mais c'était quand même super bien filmé et j'ai été très impressionnée. T'es hyper *badass* et la caméra t'adore ! Quand je ne te regardais pas, j'étais fixée sur Brad. Vous êtes tellement canons !

Je pourrais jurer être en train de rougir.

– Eh bien, merci.

– Bon, dis-moi tout ! Et je dis bien tout, pas juste ces petits trucs que tu m'envoies par texto.

– Tu es sûre ? Si tu as du boulot, je m'en voudrais de te retenir.

– Allez, tu sais bien que non ! Depuis ton départ, je n'ai pas chômé et j'ai grand besoin d'entendre quelque chose de divertissant ! Laisse-moi vivre par procuration. Pitié : dis-moi que tu en as un peu profité pour pécho !

Sa remarque me fait hurler de rire.

– Tu penses que j'avais la dalle à ce point ?

Christy tire la langue entre ses dents.

– Non, mais depuis qu'on habite ensemble, tu n'as pas une seule fois ramené un mec à la maison !

– Je travaille beaucoup.

– Et alors ? À travail sérieux, plaisir sans limites ! En plus, tu es aussi en train de travailler en ce moment mais je doute que tu te serves de ça comme excuse.

– D'accord ! Mais d'abord, fais-moi voir mon chien !

– Il est juste là !

Christy pose un instant son téléphone, m'offrant une vue imprenable sur le plafond au-dessus de son bureau. Après un instant, l'image se met à trembler et Christy réapparaît, accompagnée d'une adorable petite bouille de chihuahua.

Je manque de fondre en larmes. C'est fou comme on s'attache vite à ces petites bêtes. Attention, je ne dis pas que j'ai le mal du pays mais voir mon chien me fait prendre conscience du point auquel la vie d'un musicien peut être instable.

Tout ça à cause de ce que j'éprouve pour Brad !

Mes sentiments pour lui me troublent.

Évidemment, Baby Groot ne comprend absolument rien à ce qui se passe. Câliné par Christy, il renifle l'écran avant de donner un coup de langue à ma colocataire qui se met à rigoler.

– Dis-lui quelque chose. Parle-lui !

– Coucou, mon bébé, dis-je en gazouillant.

Le petit chien regarde alors aussitôt en tous sens en se demandant d'où peut bien provenir ma voix. Je trouve cela cruel de me manifester alors que je ne suis pas là. Au moins, Groot remue la queue.

– Tu me manques, bébé chien !

– Tu lui manques aussi, mais c'est un petit privilégié. Il se couche tous les soirs à mes pieds et chaque matin, je me réveille avec ses fesses sous le nez !

– En effet, c'est tout lui !

– Bref, ne change pas de sujet ! Vu qu'on parle de ça, auprès de qui te réveilles-tu chaque matin ?

– Personne.

– Même pas Brad ?

Mon cœur a un raté.

– Pourquoi dis-tu ça ?

– Parce que j'ai vu votre concert et que j'ai remarqué la manière dont il te regardait pendant que tu jouais. Il n'en avait rien à foutre des deux autres : il n'avait d'yeux que pour toi.

Je déglutis avec force.

– Ah bon ?

– Allez, Lael ! Je sais bien que si tu m'appelles, c'est parce que tu as un potin à partager !

Je pousse un soupir.

– Très bien, dis-je. Il n'y a pas eu grand-chose mais… on s'est embrassés, c'est tout.

Christy ferme les yeux, pousse un cri perçant et commence à sautiller dans son fauteuil, chassant ainsi Baby Groot de ses genoux.

– J'en étais sûre !

– C'est encore tout frais.

– Tu veux dire que c'est arrivé ce soir ?

– Oui, genre il y a dix minutes. Limite sur le palier !

– Mais alors, pourquoi t'es encore là ?

– J'en sais rien. Arnie, le manager, a presque failli nous surprendre. Ce serait abusé. Brad pourrait avoir des ennuis.

– Pourquoi aurait-il des ennuis ? C'est un adulte, que je sache !

– C'est pas ça… L'ennui, c'est mon père.

Christy pousse un long soupir las et lève les yeux au ciel.

– Qu'est-ce qu'il a encore ?

– Tu sais que c'est plus ou moins grâce à lui que j'ai obtenu la place de bassiste.

– Non, Lael : tu as obtenu la place parce que tu as un putain de talent ! Désolée de ce que je vais dire mais ton père, on l'emmerde !

– Ne t'excuse pas. C'est ce que diraient la plupart des gens. Mais Brad ne peut pas se le permettre. Il lui doit toute sa carrière. Ce n'était qu'un gosse de quatorze ans qui passait de foyer en foyer. Il n'a tenu le coup que grâce à la musique. Puis le grand Ronald Ramsey est descendu du ciel et lui a offert le monde. Brad ne lui fera jamais faux bond.

– D'accord, mais comment ton père pourrait-il le découvrir ? Et qu'est-ce que ça peut bien lui faire ?

– C'est comme ça, c'est la raison pour laquelle j'ai mon propre bus.

– Mais il sait pertinemment que tu n'es pas du genre à faire bande à part.

– Honnêtement, je ne pense pas qu'il sache vraiment qui je suis. Mais une chose est certaine : il refuse que Brad pose la main sur moi.

– Il n'y a aucune raison pour qu'il soit au courant.

– Mon père a des yeux partout, dis-je à voix basse, comme si la chambre était sur écoute. En plus, Arnie nous a surpris.

– Il me semblait que vous vous entendiez bien, avec Arnie. Avant de partir, tu m'as même dit qu'il était le seul à vraiment vouloir prendre ton parti.

– C'est vrai et je doute qu'il aille balancer à mon père mais dans ce milieu, on ne sait jamais à qui se fier. Soit on te ment, soit on te cire les pompes jusqu'à t'avoir pompé ton dernier sou. Je n'ai confiance en personne. Pas en Arnie, et encore moins en Calvi et Switch. Brad est le seul qui soit digne de confiance.

– Et les deux autres, ils sont sympas avec toi ?

– Je ne sais pas. Je dirais que oui mais sans plus. Switch est sympa, mais c'est clair qu'il souffre d'un complexe d'infériorité – comme tous les batteurs, j'imagine. Mais Calvi n'est clairement pas fan de moi. Il me regarde toujours de travers.

– Le Rital ? On dirait qu'il fait la gueule sur toutes les photos du groupe.

– Non, rien à voir, c'est plus subtil que ça. Il me juge. Il doit penser que je ne suis pas taillée pour cette vie.

– C'est des conneries et tu le sais. Parole de Christy, tu déchires comme bassiste ! Au pire, ils sont juste jaloux de voir une fille gérer aussi bien qu'eux. En fait, tu fais même plus que gérer : tu les mets à l'amende !

– Mouais. Autrement dit, je ferais mieux d'être plus discrète.

– Discrète, mon cul ! Pourquoi ? Parce que tu es juste la bassiste ? Et alors ? Qui a décrété que les bassistes devaient se faire discrets ? Ne te rabaisse pas comme ça, Lael. Ce n'est pas ton genre. Pense à ce que Brad dirait s'il t'entendait !

J'esquisse un sourire rêveur.

– Il dirait que c'est ridicule. Bon sang Christy, qu'est-ce que je vais faire ?

– Concernant quoi ?

– J'en sais rien ! Brad me plaît. Beaucoup !

Elle rit doucement.

– Pour le coup, ça, tout le monde le sait !

– Ce que je veux dire, c'est que je crois que je l'aime vraiment bien.

– Tout le monde l'a vu aussi.

– Mais genre *vraiment* !

– C'est le genre de chose qui arrive avec les idoles : soit ils sont le parfait opposé de ce qu'on s'imaginait, soit ils sont exactement comme on les imaginait.

– Ou ils sont encore mieux que ce qu'on imaginait. C'est le cas de Brad. Il est si attentionné, calme… et chaque fois qu'on est ensemble, il m'accorde toute son attention. J'ai l'impression de le comprendre sans qu'il ait à parler. Il est si… Enfin, il veut ce qu'il y a de mieux pour le groupe. Il ne se drogue pas, ne boit que modérément et il est toujours au top. Il croit en sa musique. Au départ, je pensais qu'avec son passé, il serait du style dépressif qui se défonce en cachette et d'autres conneries du genre. Ce serait logique. Mais il n'est pas du tout comme ça. Il est…

– Parfait ?

– Disons parfaitement imparfait ! Dès qu'on a un moment de libre, on le passe ensemble. C'est comme si on était irrésistiblement attirés l'un par l'autre par une sorte de gravité. Soit on entre en collision, soit on est en orbite l'un autour de l'autre.

Christy parle d'un ton sec.

– C'est la merde, quoi.

– Je sais, dis-je en me passant la main sur le visage. Il est tard. Il faut que je te laisse.

– Et donc, que vas-tu faire ? Prétendre que vous ne vous êtes jamais embrassés ?

– Non, impossible de faire semblant. Je suis marquée à vie, jusque dans mon âme. En m'embrassant, il m'a faite sienne – pour une nuit ? pour toujours ? Va savoir.

Christy rigole. Elle a raison, j'en fais vraiment des caisses, parfois. Je reprends :

– Je ne peux pas faire comme de rien n'était. Et je n'en ai pas envie non plus.

– Dans ce cas, retourne le voir dans sa chambre et reprenez où vous en étiez. Envoie-toi en l'air avec une rock star !

Je ricane.

– De toute façon, il doit dormir à cette heure. La journée a été longue et complètement barrée ! Il a même fini par taper un sprint avec un serpent à sonnettes dans chaque main ! Je te jure, ça faisait longtemps que je n'avais pas eu aussi peur, et autant ri à la fois !

– Eh bien ! On sait faire la fête dans le milieu du rock !

– Après, on a tiré son buggy amélioré à un pote du groupe, une espèce de Viking qui s'appelle Roar. On a fait une virée en ville avec et les flics l'ont embarqué à la fourrière ! Coup de bol, ils n'ont pas fait le rapprochement avec nous.

– Tu vois ? Quand je te disais que j'avais besoin de vivre par procuration, c'est exactement à ce genre de trucs que je pensais !

Christy marque une pause et reprend :

– Avant de raccrocher, promets-moi une chose.

– Laquelle ?

– La prochaine fois que tu as l'opportunité d'être seule avec lui et de l'embrasser, saisis ta chance, tu m'entends ? Sois courageuse, audacieuse, et fais ce dont tu as toujours rêvé : saute-lui dessus !

Je pars d'un franc éclat de rire.

– On verra.

– C'est tout vu, je te le dis ! Pas besoin d'aller le crier sur tous les toits mais tu es en train de vivre ton rêve et peu de gens ont cette chance. Tu te dois d'en tirer profit tant que ça dure. Fais en sorte que ça en vaille la peine ! C'est le genre de choses dont tu garderas un souvenir nostalgique et dont tu parleras à tes enfants.

– Tu veux que je raconte à mes futurs enfants que j'ai couché avec une rock star ?

Elle hausse les épaules.

– Peut-être que ladite rock star est ton futur mari, on n'en sait rien. Prends le taureau par les cornes !

Je marmonne dans ma barbe.

– Ou par autre chose… Bon, je dois y aller ! Je ne tiens plus debout.

– Moi non plus. Envoie un texto quand tu seras arrivée à la prochaine étape.

– Promis, madame la fouineuse !

– Fouineuse ? C'est *toi* qui m'as appelée, je te signale !

– Et je ne le regrette pas.

Je raccroche et fais glisser le téléphone sur la table de nuit. Je devrais me doucher et me mettre en pyjama mais je suis trop crevée.

Je me rallonge et fixe pensivement le plafond en songeant à une chose que Christy a dite – que Brad pourrait un jour devenir mon mari. Une remarque en l'air, prononcée sur le ton de la blague, mais qui a piqué ma curiosité. Si mes sentiments pour Brad sont sincères, où est-ce que ça nous mènera ? Où cela *peut-il* nous mener ?

Même en prenant le taureau par les cornes, si j'ose dire, il est tout à fait possible que cela n'aille pas plus loin.

Mais dans le cas contraire ?

Si cela allait plus loin entre nous ?

Et si…

Mes yeux se ferment.

Et je m'endors.

11

Brad

Arnie me décoche un rictus.

– Ton vieux pote est à l'affiche de ce soir.

– Quel vieux pote ?

– *Jean-Maaarc*, répond-il avec l'accent français le plus forcé possible.

Cette imitation provoque l'hilarité de toute l'équipe, une hilarité que je ne partage pas. Arnie le remarque et me tapote amicalement le dos.

– Je te charrie, c'est tout, dit-il en ricanant avant de finir le fond de son Bloody Mary matinal.

Avec Switch, Calvi, Arnie et Lael, nous prenons notre petit déjeuner au Café du monde[2], en plein cœur de La Nouvelle-Orléans. Le temps est chaud et humide et nous sommes cernés par le vacarme des touristes en goguette. Il y a quelque chose de nonchalant dans leur attitude, dans leur façon de se mouvoir, d'être assis, et jusque dans leur façon de sourire. Une rue plus loin, on joue de la musique et le vent nous apporte le son apaisant des cuivres, de la guitare et de la batterie, l'ambiance idéale pour déguster un café bien fort.

Sous la table, un chien pouilleux est allongé à mes pieds. Tout en portant ma tasse à mes lèvres, je baisse les yeux vers

2. En français dans le texte.

lui et il lève les siens vers moi. Je repose la tasse sur la table et croise le regard de Lael qui a surpris mon petit échange avec le clebs, et nous nous lançons un sourire complice. Autour de nous, les autres s'agitent nerveusement sur leur chaise, détournant les yeux comme s'ils venaient de surprendre un instant d'intimité volée. Nos regards trahissent-ils quelque chose ?

Imitant Arnie, Lael prend à son tour un accent français très prononcé et demande :

– C'est qui, *Jean-Marc* ?

– Le chanteur de Satellite from Mars, répond Calvi, la bouche pleine.

– Sérieux ? J'adore ce groupe !

Je sais que les gars doivent être ravis de l'entendre, mais ce n'est pas mon cas. Je hais ce groupe. Jean-Marc a tout du cliché de la rock star obsédée par le sexe. On dirait qu'il ne sort jamais de son personnage. Il me considère comme son pendant américain et me prend toujours de haut avec ses manières typiques de Français. Son groupe semble adorer le voir me rabaisser. Quant au mien, la plupart du temps, ils sont trop morts de rire pour prendre mon parti. Cela dit, c'est surtout Jean-Marc qui les fait rire, avec ses manières issues d'un dessin animé et son manque total d'humilité. Il n'en est pas du tout conscient, ce qui rend la situation encore plus hilarante.

De plus, nous sommes issus de deux cultures complètement différentes, ce qui accentue le malaise entre nous. Jean-Marc se place toujours en compétition avec moi tandis que de mon côté, je tâche de l'éviter au maximum. En festival, Arnie et les autres l'invitent souvent dans ma caravane pour rire à mes dépens.

Lael commence à chantonner discrètement un titre de Satellite from Mars, juste assez fort pour que nous l'entendions. Les gars échangent des regards extatiques. Quant à Arnie, il étouffe un éclat de rire avant de changer de sujet.

– On se détend, ce sera juste pour ce concert. Ce n'est pas comme si on partait en tournée avec eux.

Il se lève et porte la main à sa poche arrière pour y piocher son portefeuille, ce qui fait ressortir sa panse proéminente. Il pose des billets sur la table. Chaque fois qu'il paye l'addition, Arnie donne l'impression de dépenser de l'argent qu'il aurait durement gagné, ce qui n'est absolument pas le cas.

Il reprend :

– Ne soyez pas en retard pour les balances. Il y a quatre groupes qui jouent ce soir, donc le planning est plutôt serré.

Arnie commence à s'éloigner, saluant au passage le chien dont il vient tout juste de remarquer la présence.

À leur tour, les deux autres se lèvent aussi. Switch tire un peigne de sa poche et se recoiffe tandis que Calvi, qui ne quitte pas son portable des yeux, se contorsionne pour enfiler sa veste.

Je demande :

–Vous allez où comme ça ?

– Rencontrer des abonnés de notre page Facebook, répond Calvi d'un air absent, le nez toujours rivé à son smartphone.

Je prends un ton moqueur.

– Comment elle s'appelle ?

Calvi se décide enfin à me regarder en face.

– Brad, tu es presque vexant. C'est pour nous que je fais ça ! Faut vraiment que tu restes connecté.

Sans la moindre gêne, Switch continue à se coiffer, admirant son reflet dans un des miroirs qui décorent les murs du café.

– Sérieux, dis-je en insistant. Dis-moi son nom !

Calvi glisse son portable dans sa poche et commence à s'éloigner.

– C'est *elles* au pluriel, déclare-t-il en m'adressant un regard suffisant par-dessus son épaule. Elles s'appellent Karen et Courtney. Et pour info, elles sont jumelles.

À contrecœur, Switch finit par ranger son peigne et suit Calvi.

Je partage un rire avec Lael et m'adosse à ma chaise, infiniment plus détendu maintenant que nous sommes seuls. Une serveuse habillée d'un bel uniforme vient me resservir du café et je la remercie.

Lael désigne le bacon intact dans mon assiette.

– Tu vas pas manger ça ?

En fait, je comptais bien le manger mais je prétends le contraire. Lael pique aussitôt la nourriture avec sa fourchette et la transfère dans son assiette.

Elle ne manifeste aucun signe de regret ou de malaise vis-à-vis du baiser que nous avons échangé à Santa Fe et c'est très reposant.

Je porte prudemment le café encore brûlant à mes lèvres et l'observe tandis qu'elle dévore le contenu de son assiette. Je n'ai qu'une envie : passer la journée au lit en sa compagnie à l'hôtel, avec le vent chaud de La Nouvelle-Orléans qui s'engouffrerait par la fenêtre en même temps que la rumeur du quartier français.

Lael lève les yeux sur moi et paraît surprise devant mon regard bestial.

Pour détendre l'atmosphère, je tente une blague :

– Tu n'as jamais remarqué que déguster une salade César, c'est comme faire une partie de cache-cache avec du bacon ?

Lael ricane et s'adosse contre le dossier de son siège.

Poussant un long soupir, elle jette un regard circulaire autour de nous et ses yeux se fixent sur une double porte vitrée ouverte sur une cour intérieure.

Tandis qu'elle scrute pensivement les environs, s'adressant aussi bien à moi qu'à elle-même, Lael déclare :

– J'adore cet endroit.

Intéressant comme on peut souvent juger de la beauté d'une personne à la manière dont elle voit le monde et non à la façon dont le monde la perçoit. Tandis que Lael s'octroie une bouffée d'air matinal, je peux presque ressentir la sérénité qui habite son cœur. Elle voit la beauté dans tout et elle la transforme en quelque chose d'encore plus merveilleux. C'est comme si elle collectait les plus petits éléments et les plus ravissants objets se trouvant dans une pièce et les rassemblait pour les conserver en elle. Depuis ma place, je ne parviens pas à voir ce qu'elle regarde mais je ressens exactement la même chose qu'elle. Le quartier français ne m'aura jamais paru plus parfait qu'à travers son regard.

– Je l'adore aussi, dis-je. Mon père est né ici, tu savais ? Il gagnait sa vie en jouant de la trompette et en faisant des petits boulots.

– Sérieux ? C'est trop cool, s'exclame-t-elle en portant à nouveau son attention sur moi. Je crois que c'est la première fois que tu me parles de ton père.

– Je ne me souviens pas bien de lui. Quand on l'a envoyé en prison, j'étais très jeune.

– Oh, je suis désolée !

– Ne le sois pas. C'est la vie.

Un ange passe. Elle me dévisage avec compassion et se penche vers moi en posant délicatement les coudes sur la table. Ses mouvements sont lents, féminins – tout chez elle n'est que délicatesse et prévenance. Elle pose ses mains sur les miennes. Elle plisse les yeux et prend un air conspirateur.

– Faisons un marché, suggère-t-elle.

Un sourire suspicieux naît sur mes lèvres.

– Un marché ?

– Je ne mentionnerai jamais ton père et tu ne mentionneras jamais le mien.

– Si ton père venait à savoir ce qu'il y a entre nous, il ne serait pas très content.

Lael arque un sourcil.

– Et qu'y a-t-il entre nous, Brad Snyder ?

Une chaleur grandit dans ma poitrine, comme si je venais de prendre la meilleure des drogues. Je soutiens effrontément son regard et aucun de nous ne détourne les yeux.

Lael n'attend pas ma réponse et brise le bref silence qui s'est installé entre nous.

– Tu sais, loin de moi l'idée d'être brutale ou présomptueuse mais... quoi que tu veuilles qu'on fasse, je marche. Si ce n'est que physique, ça m'ira. Mais si c'est plus que ça...

– C'est plus que ça.

Cette confession soudaine m'envoie une intense dose d'endorphines. Cela jaillit dans mon cœur, faisant se hérisser les poils de mes bras.

L'intensité du regard de Lael s'adoucit et elle me sourit.

Impossible de me retenir : je me penche par-dessus la table et l'embrasse.

Ses mains enserrent les miennes à mesure que notre baiser s'intensifie. Nos lèvres demeurent scellées mais une douce passion nous unit. Je la sens qui me sourit et j'inspire profondément pour sentir le parfum subtil de son shampoing.

Elle s'adosse à nouveau à sa chaise et scanne le salon. Son langage corporel m'informe qu'elle apprécie l'endroit mais qu'elle préférerait être ailleurs. J'acquiesce mentalement.

Peu après, tandis que nous marchons sur Bourbon Street, elle déclare :

– Je crois que je préfère le quartier français de jour.

– Trop de touristes ivres à la nuit tombée ?

– Quelque chose comme ça...

Je ne suis pas systématiquement reconnu où que j'aille. Cela fait très longtemps que j'ai appris à ne pas attirer l'attention sur moi. Quand je sors, je veille toujours à m'habiller sobrement pour me fondre dans la masse. Mais aujourd'hui, je suis au bras de Lael et cette dernière ne passe clairement pas inaperçue.

Elle porte un jean slim noir partiellement déchiré qui épouse ses formes. La peau douce de ses cuisses contraste avec le vêtement. Son épaisse et ondoyante chevelure bleue tombe sur ses épaules dénudées et son visage est à moitié dissimulé derrière les larges verres miroir de ses lunettes d'aviateur. Seule sa bouche laisse deviner son expression.

N'importe quel passant se retournerait sur elle mais c'est avant tout sa démarche qui attire l'attention. Je remarque qu'une femme entre deux âges flanque un coup de coude à son mari qui s'était permis de la reluquer en tirant une bouffée de son cigare.

– J'en reviens pas, on balance dans deux heures, se plaint Lael.

– Tu ne vas pas me dire que tu fais déjà un burn-out ?

– Oh ça va !

– Bon, dans ce cas, que veux-tu faire ?

– J'ai bien une excellente façon de tuer une heure, dit-elle d'une voix aguicheuse. Ta chambre ou la mienne ?

Bien sûr, elle plaisante, mais je considère tout de même l'option. Lael est particulièrement radieuse, aujourd'hui !

– Je déconne, dit-elle, glissant une main taquine sous ma chemise.

Je contracte mes muscles juste à temps et prie pour qu'elle n'ait pas remarqué mon mouvement.

– Ah ah ! T'as contracté tes abdos !

Au temps pour moi.

– Tu dis ?

– Pourquoi les mecs font ça ?

– Je n'ai pas contracté mes abdos…

– Mais bien sûr ! Je suis sûre que tu serais incapable de t'en empêcher si je te touchais.

– Si tu le dis.

– Voyons cela…

Nous cessons de marcher et nous faisons face en souriant comme deux gosses – la brute sarcastique et le rebelle téméraire. Nous avons quitté Bourbon Street et sommes à présent dans une rue bien moins fréquentée ; de fait, il n'y a personne à part nous. Là où nous sommes, nous pouvons voir Bourbon Street et son flot de passants s'écoulant comme un fleuve en Technicolor. Le soleil jette ses rayons sur nous entre deux vieux bâtiments victoriens.

Je soutiens son regard et demande :

– Qu'est-ce que tu fais ?

Avec un sourire espiègle, Lael glisse à nouveau sa main sous ma chemise et j'ai aussitôt l'impression d'être libéré d'un poids. L'expression de son visage s'adoucit et je sens le mien se détendre également. Je l'embrasse tendrement. Mes mains courent le long de son dos, sur ses fesses, et mes pouces se glissent sous le bord de son jean slim. Je l'attire vers moi afin qu'elle sente mon corps contre le sien. Ses mains m'entourent délicatement et se resserrent derrière ma nuque tandis qu'une des miennes remonte entre ses omoplates. Nous sommes totalement accrochés l'un à l'autre et faisons en sorte que nos deux corps se touchent autant que possible.

Ta chambre ? La mienne ? Qu'importe !

Nous continuons de nous embrasser. Nos langues se pressent de plus en plus l'une contre l'autre au fur et à mesure que le baiser s'intensifie. Les yeux fermés, je me perds dans l'instant. Pendue à mon cou, Lael me déséquilibre et je me stabilise d'une main contre un mur.

Elle se détache de moi et me jette un regard interrogatif.

Déjà à bout de souffle, je demande :

– Quoi ?

– Tu te retiens.

– Qu'est-ce que tu veux dire ? dis-je, en tâchant de dissimuler mon impatience.

– Tu me trouves sûrement trop jeune ou un truc du genre.

– Je me retiens ?

– Tu es bien trop doux ! Je ne suis pas en sucre, tu sais ?

– Trop doux ? La vache, on me l'avait encore jamais faite, celle-là !

– Tu n'as pas besoin de prendre de gants avec moi, Brad. C'est sympa la douceur, mais pas tout le temps.

La tournure que prend cette conversation me plaît bien. Je lui souris et l'embrasse à nouveau.

– D'accord. Que veux-tu que je fasse alors ?

–Viens.

Lael me prend par la main et m'entraîne dans une ruelle étroite. Nous dépassons des bouches à incendie et des vieux cageots. Puis la ruelle tourne brutalement sur la droite, débouchant sur un cul-de-sac. Quatre murs de brique nous encerclent et tout un réseau de tuyaux nous fait face.

Je sais à quel petit jeu elle joue et je suis bien disposé à y participer. Mais Lael semble être en train de se déshabiller, ce qui me prend complètement par surprise. Comme nous étions au beau milieu de l'après-midi, j'étais parti du principe que nous ferions cela en vitesse, sans trop nous dévêtir ; que je baisserais ma braguette et elle son pantalon pour un petit coup vite fait. Mais voilà que cette fille se tient face à moi, complètement nue, piétinant les vêtements dont elle vient de se débarrasser.

Totalement exposée.

Ravissante !

À la lumière crue du jour, son corps m'apparaît dans toute sa réalité et il me faut un moment avant de comprendre ce qui est en train de m'arriver :

Je suis le plus gros veinard du monde !

Lael se tourne, agrippe les tuyaux et dit :

– Prends-moi.

Sa nudité a beau me laisser bouche bée, je suis on ne peut plus prêt à honorer sa demande. J'embrasse le creux de sa nuque et j'ouvre ma braguette. Délicatement et sans le moindre effort, je la pénètre, les mains sur sa poitrine. Lael s'en empare et les place sur ses hanches.

–Tu ne me feras pas mal, tu te souviens ? dit-elle d'une voix rauque. Attrape-moi bien et baise-moi. J'en ai toujours rêvé.

Je la tiens fermement et la mets à l'épreuve. Si le sexe était un style de musique, ce serait un morceau punk – rapide, explosif, sans concession… et joué en moins de deux minutes. Au cœur de cette ruelle douteuse, son jeune corps m'apparaît encore plus sublime. Un mince rayon de lumière filtre entre les bâtiments, reflétant la fine pellicule de sueur qui couvre ses épaules. Si le sexe était une course de voitures, ce serait une course de vitesse disputée pied au plancher pour atteindre la ligne d'arrivée au plus vite.

Avec un gémissement, elle imprime à son bassin des mouvements de va-et-vient. Elle tourne brièvement la tête et nos regards se croisent. Ses yeux expriment quelque chose de primaire et de sauvage. Je vais jouir et elle le sait.

– Jouis en moi, m'ordonne-t-elle, son regard toujours solidement arrimé au mien.

Ses mots me mettent au supplice. Je tiens Lael plus fermement encore et parviens à redoubler mes coups de reins.

J'arrive en bout de course ; le morceau punk joue sa dernière note.

Lael jure :

– Putain, c'est trop bon !

Je l'entends à peine. Mon cœur bat trop fort contre mes tempes.

Impossible de rester en elle plus longtemps ici. Je me retire et remonte ma braguette en vitesse. Nous sommes dans une ruelle et je ne peux tout de même pas rester ainsi.

– J'ai toujours rêvé de faire ça, dit Lael en se rhabillant rapidement. En particulier avec toi.

Encore sous le coup de ce qui vient de se passer, j'essaye de reprendre mon souffle tandis que la réalité me rattrape. La rumeur de la rue nous revient au galop dans les oreilles.

Lael me présente ses mains recouvertes de la crasse qu'il y avait sur les tuyaux.

– Beurk, regarde-moi ça ! Il faut que je me nettoie. Rentrons à l'hôtel !

Puis Lael passe devant moi pour quitter la ruelle, comme si elle avait l'habitude de faire ça. Après un ultime regard à la scène du crime, je la suis vers la rue et nous retournons à la civilisation.

L'hôtel n'est qu'à quelques rues de là et nous parvenons à ma chambre en moins de deux. Pendant que Lael se douche, je bois un café près de la fenêtre, perdu dans mes pensées. Compte tenu de ce qui est arrivé, je suis encore un peu confus mais j'en reviens toujours au même point : j'aime la vie que je mène auprès de Lael. Certes, il s'est écoulé très peu de temps depuis qu'elle est venue me chercher à l'aéroport, mais je peine désormais à m'imaginer une existence dont elle ne ferait pas partie.

Lael m'appelle depuis la salle de bains :

– Eh Snyder ! Rejoins-moi !

Je pose mon café, me déshabille et entre dans la douche.

– Viens là, petit coquin, ajoute-t-elle en agitant l'index, un sourire authentiquement ravi sur les lèvres.

Elle est magnifique. Son visage est désormais vierge de tout maquillage et ses cheveux mouillés sont rabattus en arrière.

Je joue le jeu.

– Fais-moi voir dans quel état sont tes mains, petite coquine.

Avec un sourire fier et immature à la fois, Lael lève les mains en l'air pour inspection.

– Je suis certaine que tu aimes quand je suis coquine.

La vache, on est sur tout autre chose, ce coup-ci ! C'est une belle journée dans le quartier français et je suis en train de prendre une douche en riant avec une magnifique jeune femme.

Je suis heureux.

Sincèrement heureux !

Lael me tourne à nouveau le dos, et reprend la même position que dans la ruelle, agrippant cette fois la tuyauterie hautement plus présentable de la luxueuse cabine de douche.

– Tu as encore de l'énergie ? demande-t-elle.

Je ne prends pas la peine de répondre et la fait se cambrer contre moi, prêt à lui prouver que j'en ai à revendre.

Une fois la douche terminée, je m'enveloppe d'une serviette et lui dis :

– Tu te rends compte qu'on devrait être en balance depuis dix minutes ?

Elle se prend le visage à deux mains.

– Eh merde !

– T'inquiète pas, c'est pas grave, lui dis-je d'une voix rassurante, ne souhaitant pas qu'elle regrette quoi que ce soit.

Soudain, on frappe lourdement à la porte, si fort qu'elle manque de sortir de ses gonds.

Bang, bang !

– Je ne crois pas que ça soit le service d'étage, dis-je en sortant de la salle de bains.

Les coups redoublent de violence.

Bang, bang !

Je regarde par le judas et me retourne vers Lael.

– C'est ton père…

12

Brad

Telle une biche prise dans les phares d'une voiture, Lael se fige, prête à courir pour sa vie. Je colle à nouveau mon œil contre le judas et aperçois le visage rogue et déformé de Ronald.

Je murmure à l'attention de Lael :

– Il est encore là ! Cache-toi !

Comme un animal cherchant à tout prix une issue, Lael détale aussi sec à la salle de bains.

– Non, pas là ! Va sous le lit !

Mais lorsque je soulève le drap, je m'aperçois qu'il n'y a pas de place pour qu'une personne s'y glisse. Je me retourne et découvre Lael, en peignoir et la tête enturbannée d'une serviette, en train de s'enfuir par la fenêtre vers l'échelle de secours.

– Non mais t'es malade ?

J'examine la plate-forme extérieure. L'échelle est étroite, haute mais aussi très vieille et rouillée, comme de nombreuses choses dans ce quartier.

Bang, bang, bang !

Ronald hurle son impatience :

– Ouvre ! Je sais que t'es là !

Avec toute la grâce d'une danseuse, Lael bascule par-dessus la rambarde de la fenêtre et disparaît.

Je referme les rideaux et marche vers la porte. La main sur le verrou, j'inspire à fond et expire lentement.

Clic.

Je déverrouille la porte et parle de la voix la plus naturelle possible en tâchant d'avoir l'air surpris.

– Ronald ! Qu'est-ce qui t'amène à La Nouvelle-Orléans ?

Sans répondre, il s'invite à l'intérieur, suivi par deux gorilles. Journaux à la main, il examine le lit sous tous les angles, ouvre le placard et inspecte le moindre recoin de la chambre.

Puis il se tourne vers moi et m'adresse enfin la parole :

– Où est-elle ?

– Qui ?

Ronald fait un pas dans ma direction, envahissant mon espace vital. Ma réponse ne lui plaît manifestement pas.

– Je reviens de la salle de concert, dit-il. Je pensais vous y trouver en train de faire votre balance. J'escomptais aussi y trouver Lael. Or, il semble que vous ayez tout à coup eu envie de prendre votre journée, tous les deux. C'est marrant… Je croyais t'avoir donné des instructions, Brad. Des instructions très spécifiques. Dis-moi que tu n'as franchi aucune limite avec ma fille, Brad… sinon, que Dieu te vienne en aide.

– Je ne vois absolument pas de quoi tu veux parler.

Ronald fait violemment claquer sa pile de magazines sur la table. Ils se répandent en éventail et je peux voir nos visages, à Lael et moi, s'étendre en première page de chaque numéro. Une des couvertures nous montre entourés d'un cœur. C'est dingue la vitesse à laquelle on imprime ces conneries, de nos jours.

– C'est pire que ça en a l'air, dis-je. Tu sais comme ces gens-là manipulent les images.

S'il y a bien une personne qui puisse comprendre ça, c'est Ronald.

– Je t'avais spécifié que Lael ne devait plus faire de promo et là, j'apprends qu'elle sera en couverture de *Rolling Stone* le mois prochain ! Vois-tu Brad, cette situation n'est que temporaire, je te l'avais dit. Lael t'admire depuis toujours et toi, tu es en train de profiter de sa crédulité !

J'essaye de répliquer mais il m'interrompt en me pointant son index sous le nez.

– Tu me mets dans une sale position ! C'est *ta faute*, Brad ! Tu ne me laisses pas le choix !

Ronald laisse la menace de ses mots planer dans l'air et mon attention se porte aussitôt sur les deux gorilles qui l'accompagnent.

Bordel… Ils sont là pour me flanquer une dérouillée !

Ronald s'exprime alors d'une voix calme.

– Tu sais Brad, il arrive que des tas de gens disparaissent, dit-il sur le ton de la conversation, bien que transpire clairement son hostilité. S'il devait t'arriver quelque chose, tu imagines ? Bon Dieu ! Ce serait épouvantable ! Bien sûr, les ventes de tes disques exploseraient au point de m'assurer une retraite paisible, mais quelle perte ce serait ! Dans ces magazines, on ne parlerait plus que de toi. Je suis sûr que Lael en serait dévastée mais tu sais ce qu'il adviendrait après ? Le temps ferait son œuvre. Combien se passerait-il, selon toi, avant qu'on ne t'oublie – jusqu'à ce que tu ne disparaisses pour de bon des mémoires ? Laisse-moi te le dire : ça arriverait bien plus tôt que tu ne l'imagines, mon bon ami. En quelques semaines, on oublierait jusqu'à ton nom. Et moi ? Je m'achèterai un putain de bateau !

Il est si calme, si posé… Je sais d'entrée de jeu qu'il ne plaisante pas.

Je demande :

– C'est une menace, Ronald ?

– Le monde et les gens sont hostiles, Brad. Tu le sais mieux que personne. Et il s'avère que je suis un homme très dangereux. Et pour être franc avec toi, je ne t'ai jamais apprécié. Quand je t'ai rencontré, tu n'étais qu'un gosse des rues, un vagabond, et tu n'as pas changé. Je sais qui tu es vraiment – je le vois dans tes yeux. Je ne te veux pas auprès de ma fille et je ne veux pas d'elle dans ton groupe. Quoi qu'il puisse se passer avec Lael, ça s'arrête là. Si la presse ne s'était pas entichée d'elle, je l'aurais virée de cette tournée sur-le-champ. Mais le mal étant fait, elle va devoir la terminer.

Ronald se rend à la fenêtre et mon pouls s'accélère. Les yeux fixés sur son dos, je l'écoute tandis qu'il reprend son discours :

– Pourtant, vous avez tous les deux un point commun. Tu veux savoir lequel ? Je vais te le dire : c'est à moi que vous devez vos existences. Rien de ce qui s'est produit dans ta vie ces dix dernières années ne serait advenu si je ne l'avais pas autorisé. Quant à Lael, je sais où est son intérêt et tout ce qui se passera dans les dix prochaines années de sa vie sera de mon fait. Mais il ne faut pas qu'elle s'en doute. Aussi insensée que soit cette situation, il faut qu'elle fasse cette tournée. Cela lui donnera l'impression d'avoir le contrôle sur sa vie, mais rien ne saurait être moins vrai. Quant à toi, Brad, tu n'as aucun rôle à jouer là-dedans.

Ronald se retourne et, avec un sourire commercial, il ouvre innocemment les bras et change de ton :

– Voilà, mon grand, c'est tout ! Sinon, prêt pour le concert de ce soir ?

– Hein ?

Je n'en reviens pas. En un clin d'œil, il est passé du parrain de la pègre au coach pour équipe de poussins !

– J'ai beaucoup de pain sur la planche, ajoute-t-il. Je te verrai au concert. *Merde*, conclut-il en insistant sur le mot, ce qui ôte clairement son côté figuratif à cette expression consacrée prononcée avant tout show.

Il s'avance vers la porte et un de ses gorilles vient lui ouvrir. Avant de sortir, il se retourne vers moi et m'adresse un clin d'œil.

– Je suis sûr que tu feras le nécessaire pour que nous surmontions ce malentendu.

Il quitte la chambre et les deux malabars lui emboîtent le pas. M'attendant à voir Lael revenir, je me tourne vers la fenêtre mais n'aperçois que les rideaux soufflés par la brise. Je m'approche et la trouve assise sur la plate-forme, dos au mur.

Je m'assois sur le rebord de la fenêtre.

– Salut, dis-je.

Lael observe pensivement le ciel.

– C'est la première fois que je l'entends parler comme ça.

Je ne trouve pas les mots. Nous avons tous les deux besoin de digérer ce qui a été dit. Mais elle ne peut pas rester assise là.

– Entre.

Lael m'ignore et déclare :

– Je vais foutre toute ta carrière en l'air. Je crois même que c'est déjà fait.

Comme je déteste l'entendre dire ça !

– C'est faux et tu le sais.

– Non, je pense que c'est la vérité.

Elle secoue la tête et entre dans la chambre. Une fois à l'intérieur, elle lève vers moi un regard à la fois frustré et ému.

– Il a déjà planifié les dix prochaines années de ma vie. Mais qu'est-ce que ça veut dire ?

Elle pousse un soupir las et, l'air défait, poursuit :

– Peut-être qu'il vaudrait mieux que je prenne du recul. Par rapport à toi, au groupe, à mon père… que j'arrête tout.

Une partie de moi s'attend à ce qu'elle s'en aille. J'ai complètement craqué pour elle et maintenant, j'en paye le prix. L'histoire se répète. Je l'imagine franchir la porte et ne plus jamais revenir. Cette simple pensée m'est insupportable.

Je tends le bras et l'agrippe. J'ai besoin d'elle, maintenant plus que jamais.

– Ne fais pas ça, dis-je à voix basse, en essayant de croiser son regard. J'ai besoin de toi, que tu sois sur scène ce soir. Sur toute la tournée, même.

Lael ne dit rien et au lieu de répondre, elle commence à se rhabiller. Je m'assois. Ronald ne me fait pas peur mais jamais je ne ferai l'erreur de le sous-estimer. Il détient les droits de tout mon travail et on m'a bien fait comprendre que même si je quittais Ramsey Records, il continuerait à faire du profit sur ma musique en toute légalité. Ma maison ne m'appartient pas, ma voiture ne m'appartient pas…

Ma vie est un vrai château de cartes.

Toutefois, Ronald a raison sur un point : je suis toujours le même gamin qu'il y a dix ans. Après toutes ces années, je n'ai jamais perdu de vue celui que je suis en réalité. Je n'ai pas besoin de tant de luxe et Ronald aura beau se démener contre moi, j'ai déjà une carrière bien établie et une solide fan base qui me suivra. Je n'ai peur de rien, sauf d'une chose : que Lael s'en aille.

– Tu dois regretter de t'être acoquiné avec la fille du patron, dit-elle.

Lael se tient face à moi, les mains enfoncées dans les poches du pantalon en cuir si sexy qu'elle a prévu de porter ce soir.

Je me redresse.

– Je ne regrette rien, dis-je. Et je n'ai pas peur de ton père. Tu m'entends ? Alors allons leur donner un concert dont ils se souviendront !

– D'accord, d'accord !

Elle garde la tête baissée pendant un moment. Lorsqu'elle la relève, un feu couve dans son regard.

– En piste !

*

Les loges bourdonnent d'activité. C'est souvent le cas quand autant de groupes jouent le même soir. Avec Lael, nous remontons le couloir en jouant des coudes, en quête d'un membre de l'équipe pour nous guider. Le long des murs, de nombreuses personnes me saluent comme si j'étais leur ami mais je n'en reconnais aucun. Enfin, j'aperçois l'homme que je cherche et crie son nom pour attirer son attention :

– Arnie !

– Espèces d'imbéciles ! Vous avez failli me filer une attaque ! dit-il avant de consulter sa montre. Vous êtes les prochains ! Vous avez exactement dix minutes avant de monter sur cette foutue scène ! Allez, on se bouge, les autres vous attendent !

Je me tourne vers Lael et nous échangeons un sourire, comme deux gosses malicieux. Il n'y a aucun groupe sur scène pour l'instant et nous n'entendons rien, si ce n'est le grondement de milliers de spectateurs. Différentes odeurs caractéristiques flottent dans l'air – vestes en cuir, tabac, herbe et machines à fumée.

Je vis pour ces instants. Je me sens toujours à ma place. Il y a de l'électricité dans l'air, qui m'apaise en s'immisçant dans mes poumons. Arnie nous guide vers un recoin où Switch et Calvi nous attendent. Ce dernier fait un signe de tête désapprobateur.

– Regardez qui se décide à se joindre à nous !

– Salut, les gars, dis-je d'un ton badin.

Peu concerné par notre retard, Switch continue à se peigner soigneusement quand soudain, il porte par-dessus mon épaule un regard inquiet. Je me tourne afin de voir ce qui attire son attention.

Ronald s'avance vers nous, accompagné d'un grand type aux cheveux gris et en costard. Une fois à notre hauteur, il s'arrête et me tourne délibérément le dos.

– John, laisse-moi te présenter Lael, dit-il en désignant sa fille comme si elle n'était qu'un morceau de viande au menu du jour. Tu seras épatante ce soir, mon trésor !

Lael lui adresse un sourire étrange avant de focaliser toute son attention sur le technicien guitare.

Ronald ne relève pas le dédain que lui manifeste sa fille et poursuit son tour des loges avec l'homme qui l'accompagne.

J'essaye de ne pas faire attention à lui. Pour moi, le concert a déjà commencé. Ma guitare est posée sur un rack et de là où je suis, je vois l'itinéraire qui me mènera sur scène. Je sais exactement quand je dois changer de personnalité et devenir cette autre version de moi-même, plus égoïste, qui prend le relais lors des concerts. Il ne faut pas que ça soit trop tôt, car trop de gens sont prompts à juger. Si on me dit bonjour poliment et que je reste dans ma bulle, cela pourrait avoir des répercussions catastrophiques. La personne que j'aurais battu froid pourrait interpréter mon attitude pour du dédain et faire part de cette impression dans un blog suivi par des millions de followers qui vont le partager à leurs contacts, qui feront de même avec les leurs, etc., jusqu'à me détruire dans chacun de leurs commentaires.

J'ai appris à me prémunir contre ce genre de choses grâce à quelques astuces. Quand je me retrouve dans un endroit bondé, que des gens veulent me parler mais qu'il m'est impossible de sociabiliser avec chacun d'entre eux, je m'assure de n'échanger qu'avec certaines personnes. Pas de manière commerciale – après tout, il y a toujours des gens intéressants dans le lot. Je repère une personne, la regarde fixement et ignore les autres. Aucun regard pour quiconque sauf celui à qui je m'adresse. Je sais que les autres ont les yeux rivés sur moi, en quête du moindre faux pas à rapporter au monde. Mais il suffit de sympathiser avec une seule personne et les autres le remarqueront.

Ce boulot est un vrai numéro d'équilibriste. On change de personnalité comme de matos et il ne faut jamais le faire trop tôt. Autrefois, le concert débutait dans ma tête des heures avant l'entrée en scène. La première partie n'avait même pas commencé que je faisais déjà les cent pas en coulisse, comme un animal en cage. Beaucoup de gens ne me comprenaient pas et je ne pouvais pas vraiment leur en vouloir. Plus le concert était important, plus il y avait de monde et moins j'avais les pieds sur terre.

Et en ce moment même, je suis très loin et très haut.

Il n'y a aucun son et tout ce qui m'entoure est comme nimbé de brouillard – plus rien n'existe. Je vois le chemin vers la scène, le groupe, et c'est tout. J'entends la voix d'Arnie mais je ne le vois nulle part. Sauf que je n'ai pas besoin de le voir. Je suis en mode égoïste et je ne prends que ce qu'il me faut.

On me tend ma guitare et je passe la sangle par-dessus ma tête, prêt pour le voyage. Ce soir, nous jouons avec des systèmes sans fil et je m'assure vite fait qu'aucun effet Larsen ne viendra cracher dans les enceintes.

Arnie pousse un cri :

– OK les gars ! C'est parti !

Les lumières se tamisent. Armé d'une lampe torche, un homme dont je ne vois pas le visage guide Calvi, Switch et Lael sur le chemin menant à la scène enténébrée. Je suis toujours le dernier à monter.

Je n'entends pas la foule crier. Je perçois la voix d'Arnie mais pas ce qu'il dit. C'est comme s'il était à des kilomètres de là. Mais peu m'importe ce qu'il dit. Suivant le halo de la torche, je flotte sur le chemin. Au passage, quelqu'un me donne une tape amicale dans le dos. Je commence à entendre la foule. Je sens les cordes tendues de ma guitare, l'air qui gonfle mes poumons et mon cœur chargé d'électricité qui envoie des éclairs de feu dans mes membres, parés pour livrer bataille.

Le public commence à rugir. Malgré la pénombre, on me reconnaît. En retard de quelques pas, mon esprit rattrape mon corps et prend place sur la scène.

Une pensée s'impose à moi, la première depuis que j'ai quitté les coulisses : *Enclenche ton volume. Attends le signal de Switch.*

Par le passé, il m'est arrivé d'être enfermé dans mon délire au point d'oublier de monter le volume de ma guitare ; cette voix dans ma tête, c'est moi, à moins que ce soit monsieur Robson.

Soudain, mon cœur s'arrête et je retiens ma respiration en entendant les quatre coups de baguette de Switch.

Clic. Clic. Clic. Clic.

Ça commence.

Les lumières s'allument en même temps que je joue la première note. Avec un bruit sourd, ma guitare fait vrombir toute la scène. Il ne nous faut qu'un bref instant pour enclencher la machinerie. Le piston monte et descend sous la pression et le moteur tremble et rugit.

La foule est comme une vague qui déferle droit sur moi. Les spectateurs font partie intégrante de cet immense mécanisme et ils assurent grave. Entre la fumée et les couleurs projetées par les projecteurs, on se croirait dans un rêve. Je chante la première strophe de cette chanson d'ouverture, aussitôt imité par le public.

Ce soir, nous jouons un set court et démarrons donc sur les chapeaux de roues. Je me tourne vers Switch qui sue déjà comme un bœuf. Calvi, d'ordinaire si placide et détendu, s'est perché sur un retour et se déhanche comme un beau diable, frappant les cordes de sa Gold Top en faisant mouliner son bras. C'est comme si chacun essayait de surpasser l'autre.

Même Lael a changé sa façon de bouger. Je ne l'ai jamais vue comme ça et j'aime beaucoup. Et au vu de la réaction du public, je suis loin d'être le seul.

Le temps passe à la vitesse de l'éclair et il ne nous reste déjà plus qu'une poignée de chansons à jouer – ces concerts sont toujours si courts. Lael est sous le feu d'un projecteur et je constate avec surprise qu'elle a ôté son T-shirt. Elle se tient là, avec pour seuls vêtements son pantalon en cuir et son soutien-gorge. Quand débutent les premières notes de *FuzzFace*, elle se déhanche avec de séduisants mouvements du bassin. Le public n'a d'yeux que pour elle.

Comme d'habitude, je n'ai moi aussi d'yeux que pour elle.

On voit bien qu'elle a étudié la danse. Le reste du groupe se place légèrement en retrait pour lui laisser le devant de la scène, et elle profite de chaque centimètre. La fin de ce titre n'a aucune structure prédéfinie. C'est volontaire – ça laisse de la place à l'improvisation. Lael choisit cet instant pour s'emparer d'une bouteille de whisky posée sur son ampli et la porte à ses lèvres tout en continuant de gratter ses cordes à vide avec la main droite. La foule est en délire.

C'est alors que je remarque la présence de Ronald sur le côté de la scène. Il a probablement assisté à tout le concert.

Une nouvelle perspective commence à s'imposer à moi.

Lael me passe la bouteille, goulot vers le bas. J'ignore ce qu'elle a en tête mais j'obtempère et la maintiens au-dessus d'elle. Lael tombe alors à genoux en jouant comme une sauvage et place sa bouche grande ouverte sous le flot d'alcool qui lui coule droit dans la gorge. L'ingénieur du son a dû enclencher sa pédale car la tonalité si familière de l'instrument de Lael résonne tout à coup.

La foule pète les plombs. Le premier rang déborde à moitié sur la scène. Poings en l'air, ils en demandent encore. Trempée, Lael laisse tout le contenu de la bouteille couler sur elle, du menton jusqu'au ventre.

Toujours à genoux, elle se trémousse et balance ses hanches d'avant en arrière, partant dans une improvisation aussi maîtrisée qu'impitoyable. Calvi, Switch et moi-même avons le bon sens de rester où nous sommes. Il est rare de conserver autant de contrôle face à une foule aussi énorme. Ils lui mangent littéralement dans la main !

Alors que la chanson a déjà duré bien plus longtemps que prévu, voilà que Lael grimpe sur les enceintes et je sais par avance que nous n'aurons pas le temps de faire notre rappel. Ce n'est pas plus mal car nous avons déjà atteint le clou du spectacle.

Lael grimpe de plus en plus haut et l'ingé lumière garde un projecteur braqué sur elle tout le long de son ascension. Après avoir utilisé la bouteille de whisky comme bottleneck, je la porte à mes lèvres pour en boire le fond. Mais ce n'est pas de l'alcool qu'elle contient. Juste du thé glacé sans sucre.

Je ne peux réprimer un sourire et lève les yeux vers Lael qui danse sur les montants des projecteurs. Quel tour a-t-elle encore dans son sac ?

13

Lael

Mince alors, c'était bien barré !

Les jambes toutes flageolantes et trempée de thé glacé, je quitte la scène plongée dans l'obscurité.

Brad marche à mes côtés, un large sourire éclaire son visage.

– C'était complètement fou, dit-il. Tu m'as impressionné, là !

Fatiguée et à fleur de peau, je trouve la force de lui rendre son sourire. Avec ce que nous avons partagé aujourd'hui, je me sens plus proche de lui que jamais. L'adrénaline et le désir courent dans mes veines. Je sens que je vais exploser mais je doute que les coulisses soient le lieu approprié pour donner libre cours à mes pulsions.

Mais avant que je n'aie pu proposer quoi que ce soit à Brad – boire un verre ou nous trouver une pièce vide à l'écart –, voilà que la silhouette de papa apparaît dans mon champ de vision, les bras croisés. Après ce dont j'ai été témoin à l'hôtel, j'ai à peu près autant envie de lui parler que lui de nous voir ensemble.

Je prends mes distances avec Brad et garde les yeux fixés devant moi. Je ne suis même pas certaine de pouvoir adresser la parole à papa. J'ai eu ses mots atroces en tête pendant toute la durée du concert. Cette mise en scène avec la bouteille de whisky n'avait eu pour but que de le provoquer.

Mais il y a une autre raison. Je voulais aussi prouver ma valeur, montrer que je ne suis pas qu'une bassiste de session. Je suis Lael Ramsey et j'ai plus d'un tour dans mon sac. Je voulais que chaque fan ait la mâchoire décrochée, que le groupe me respecte et que papa comprenne que je ne suis pas aussi influençable qu'il le croit.

C'est mon plus grand souhait.

Et je crois avoir obtenu ce que je voulais.

Papa s'adresse à moi :

– Lael ?

Son regard est chaleureux mais sa voix est sévère. Je ne dois pas perdre de vue qu'il croit me manipuler au point d'avoir toute ma vie planifiée dans son agenda.

Tout en tâchant de rester polie, je tends ma basse à un technicien et m'éponge le front avec le bras.

– Salut, papa.

Il ne me quitte pas des yeux et il n'a même pas un regard pour Brad quand celui-ci passe à côté de lui sans s'arrêter.

– Il fallait que je te voie jouer, dit-il. Je devais en avoir le cœur net. Tu t'en es bien tirée, Lael. Très bien, même. Je ne suis pas très fan du coup du whisky mais la foule a adoré. Vraiment adoré. Bon… il faut qu'on parle.

– De quoi ?

Il scanne les alentours pour s'assurer qu'aucune oreille indiscrète ne traîne dans les environs. Tout le monde s'agite dans les coulisses et personne ne fait attention à nous. Si on nous écoute, c'est avec une grande discrétion.

– De tout, répond papa. Cela fait un moment que tu es sur la route et nous avons beaucoup de choses à nous dire. Pourquoi ne pas aller boire un verre au bar de l'hôtel ?

Je soupire intérieurement. Boire un verre avec mon père est bien la dernière chose dont j'aie envie. Je ne me vois pas faire comme si de rien n'était, comme si je n'avais pas entendu ses horribles paroles cet après-midi, et prétendre que Brad et moi n'avons pas couché ensemble. Pourtant, je vais bien devoir m'y résoudre.

Par chance, papa adore s'écouter parler. Même si je comptais en placer une, je n'en aurais probablement pas l'occasion.

– Bien sûr, dis-je avec un sourire forcé. Le temps de me rafraîchir et on y va.

– Je vais demander à mon chauffeur de nous déposer.

J'acquiesce. Pas d'échappatoire possible.

– Je vais prendre mon sac.

Je pivote sur mes talons et rejoins au pas de course les loges situées à l'autre bout du couloir. J'ai besoin que Brad m'encourage.

Quand je déboule dans les loges, il n'y a personne à l'exception d'Arnie.

– Où sont-ils tous passés ?

– Ils sont au bar, chérie.

– Sans moi ?

– Ils se doutaient que ton père et toi auriez des choses à vous dire, déclare-t-il avec un petit sourire.

Dire que je vais rater la fête ! Je déteste ça ! Peut-être que je pourrai les rejoindre après. Tout dépendra du point auquel papa me surveillera.

Je me contente de hocher la tête et quand je me détourne, la voix d'Arnie s'élève dans mon dos :

– Brad fait de son mieux, Lael. Alors ne va pas tout gâcher.

Je le regarde de travers. Comme si j'avais l'intention de causer du tort à Brad !

Une fois à l'hôtel, je monte en vitesse dans ma chambre, me débarrasse de mon pantalon en cuir et, après une rapide douche chaude, je descends retrouver papa au bar.

L'endroit est très calme et c'est probablement pour ça qu'il a choisi de venir ici. À cette heure, les gens déambulent plutôt dans Bourbon Street et dans d'autres lieux emblématiques du quartier français. Il a pris place dans un box, dans un coin du bar, et je me glisse sur la banquette face à lui, m'attendant à ce qu'il me serve un sermon.

À ma grande surprise, il ne me fait pas la leçon, du moins au début. Tandis que je sirote un Hurricane, il commence à parler de l'industrie musicale, cognac à la main.

Le temps de finir mon verre et d'en recommander un autre, papa ouvre les hostilités.

Il croise les mains devant lui et fait peser sur moi un regard chargé de sévérité.

– Je fais énormément pour toi, Lael. Tu le sais, n'est-ce pas ? Je fais tout ce qui est possible pour assurer ton bonheur. Quand tu as fait ton baluchon il y a quelques années, nous nous sommes quelque peu perdus de vue, j'en suis conscient mais j'ai toujours agi dans ton intérêt et j'espère que tu le sais.

J'acquiesce d'un hochement de tête, priant pour que le serveur se dépêche. J'ai vraiment besoin d'un autre verre !

Papa ajoute :

– Mais j'ai entendu quelques rumeurs et elles m'inquiètent.

– Quelles rumeurs ? dis-je en gardant l'air le plus neutre possible.

– Pour commencer, on m'a dit que tu ne voyageais pas à bord de ton bus.

– Je joue bien mieux en tissant des liens avec les autres. C'est bon pour le moral des troupes.

– Ce qui m'amène à l'autre sujet : les *liens*, justement. Je ne veux pas de ça, c'est compris ? Tu n'as pas besoin de te lier avec eux, surtout pas avec Brad Snyder.

– Brad et moi sommes justes des amis. Des collègues de travail, même, dis-je avec un sourire pour le serveur qui m'apporte enfin mon second cocktail.

– Ce n'est pas ce qu'on m'a rapporté.

Je le dévisage avec méfiance.

– Et que t'a-t-on rapporté exactement ?

– Ne me prends pas pour un idiot, Lael. J'ai des yeux et des oreilles absolument partout. Brad était ton crush d'adolescente, c'était même ton idole ! Je le comprends bien. Mais tu ne peux pas… pas avec ce garçon-là.

Je lui rafraîchis la mémoire :

– Brad a vingt-sept ans. Il n'a plus rien d'un garçon, papa. Et il est tout à fait à même de prendre ses propres décisions.

– Brad est parti de rien et il ne serait rien sans moi. Je suis comme un père pour lui. Sais-tu seulement toutes les responsabilités qu'implique notre accord ? Je supervise jusqu'au moindre de ses gestes. Je l'ai créé, Lael. Moi ! Il est mon œuvre, c'est grâce à moi s'il est devenu qui il est. Or, il m'arrive de le trouver particulièrement ingrat envers moi. S'il me respectait, jamais il n'irait contre ma volonté. On ne mord pas la main qui vous nourrit.

Que puis-je bien répliquer à cela ? Qu'importe ce que je pourrais dire, il aura toujours le dernier mot. Tout le monde est redevable à Ronald Ramsey, moi y compris. Jamais l'inverse.

Il reprend d'une voix plus douce, comme s'il tentait une nouvelle approche, mais son discours n'en est pas moins rébarbatif.

– Écoute ma princesse, je continue à veiller sur toi. Je ne veux que ce qu'il y a de mieux pour toi et c'est pour ça que je ferai tout le nécessaire. Je ne le fais que dans ton intérêt. Le nom des Ramsey fait partie de la légende, tu sais ? Tu en es la représentante. Il faut en être fier et se montrer à la hauteur.

Je vide mon verre d'une traite dans l'espoir que l'alcool me monte à la tête au plus vite. Je comprends maintenant. Il n'a jamais été question de mes intérêts, mais de ceux de Ramsey Records.

– Tu sais que les médias disent que tu as eu cette place grâce à moi…

Jusque-là, la presse n'a fait que dire du bien de moi mais je ne me donne pas la peine de le lui préciser.

– Et je n'ai aucune envie qu'ils pensent cela, déclare papa en faisant tournoyer son cognac dans son verre. Mais si tu t'accroches à Brad, les choses ne feront qu'empirer. Et ça, ce n'est pas bon. Pas bon du tout. Les médias tourneront la chose autrement et on dira partout que c'est grâce à lui si tu as obtenu ta place dans le groupe. Crois-moi, ce n'est pas ce que tu veux. Tu préféreras qu'on dise que tu l'as obtenue grâce à ton seul talent.

Mon regard plonge dans le sien.

– Tu penses donc que j'ai du talent ?

– Évidemment que je le pense.

– Tu ne me l'avais jamais dit.

– Si j'avais pensé que tu pourrais me tourner en ridicule, crois-tu réellement que je t'aurais donné cette opportunité ?

Te tourner en ridicule ? Et moi, alors ?

Il reprend :

– Tu as du talent. Tu maîtrises parfaitement ton instrument. Je l'ai vu. Tout le monde le voit ! Maintenant, arrange-toi pour préserver ça et fais ce qu'il y a de mieux pour tout le monde : ne te rabaisse pas au niveau de Brad et n'alimente pas les rumeurs. Garde la tête haute.

– Sinon ?

Il m'adresse un regard noir.

– Sinon, il y aura des conséquences.

Des conséquences ? Faire disparaître Brad, par exemple ? Je sais que ce sont probablement des paroles en l'air, mais tout de même…

– Tu sais bien sûr qu'il sortait avec Lindsay Lyons, poursuit-il. Leur couple était peut-être monté de toutes pièces mais cela a été très profitable pour la carrière de Lindsay. Dans peu de temps, il sortira avec une autre artiste, une artiste signée chez Ramsey Records. Et je te déconseille fortement d'essayer d'empêcher ça. Vraiment.

Je déglutis difficilement et papa se lève brusquement.

– Il faut que j'y aille, Lael.

Il se penche par-dessus la table, enfonce son regard droit dans le mien et ajoute :

– Souviens-toi de ce dont nous avons parlé. On ne veut pas de problèmes. Tu ne veux pas de problèmes. Et Brad n'en veut pas non plus.

Puis il se redresse et conclut :

– Je pars demain pour New York. Si mon agenda le permet, je repasserai vous voir jouer. Tu t'en sors comme une chef, ma grande.

Là-dessus, il s'en va aussi vite qu'il est venu.

Je pousse un long soupir et essaye d'attirer l'attention du serveur pour qu'il m'apporte un autre verre. Ne l'apercevant nulle part, je me lève de table et me rends au bar d'un pas tranquille pour passer commande. On m'y servira bien plus vite et de toute façon, personne ne souhaite rester tout seul dans un box.

Mais aussitôt que j'ai pris place sur un des tabourets, je réalise m'être installée à côté de Jean-Marc, ce Français que j'adore et que Brad semble cordialement détester, pour une raison que j'ignore.

Je le salue.

– Eh !

Jean-Marc se retourne vers moi, me scanne de la tête aux pieds et me parle avec son plus bel accent :

– Tu es Lael Ramsey !

– Donc, tu sais qui je suis, dis-je avec bonne humeur.

– Bien sûr ! Comment pourrais-je l'ignorer ? Avec tes cheveux, tu ne passes pas inaperçue. Sans parler du fait que tu es une excellente bassiste.

Amusant. Il fut un temps, le simple fait d'être assise près de Jean-Marc m'aurait comblée de joie. Mais le concert m'a épuisée et maintenant que j'ai couché avec Brad, l'aura du chanteur de Satellite from Mars n'a plus du tout le même impact sur moi.

Mais il a l'air d'être un gars très sympathique, quoiqu'un peu pédant avec son foulard en soie et son feutre mou. Sérieux, qui s'habille comme ça ?

– Merci du compliment, Jean-Marc. Il paraît que tu as fait un super concert, ce soir.

– Tu veux dire que tu ne nous as pas regardé jouer ?

Je souris pour moi-même. Brad serait tellement content que Jean-Marc sache que nous n'avons pas regardé son groupe.

– Non, on est arrivés à la bourre.

– Quel dommage. En tout cas, je vous ai vus et je dois bien dire que je n'avais encore jamais vu une telle alchimie entre deux musiciens !

– Tu veux dire entre Calvi et Brad ?

Il me décoche un rictus et sirote le contenu de son verre.

– Non, pas eux. Ça se voit à des kilomètres qu'ils ne peuvent pas se piffer, ces deux-là ! Je parle de toi et Brad. Vous couchez ensemble, non ?

Tout en sentant mes joues s'empourprer, j'éclate de rire.

– Je ne vois pas du tout de quoi tu parles !

– Oh, tu peux me mentir, mais je sais ce que je vois. Je connais ça.

– Ah vraiment ? Et avec qui couchais-tu ?

– Un homme, un vrai, ne dévoile jamais ses conquêtes. Mais si je peux te donner un conseil…

– Je ne pense pas en avoir besoin.

– On a tous besoin de conseil, *ma chérie*[3]. Surtout quand on est aussi jeune que toi. Tu vis dans un monde que tu as complètement idéalisé.

– Et toi, tu es celui qui vient ruiner mes espoirs ?

– Du tout ! Ce n'est pas mon genre. Mon conseil est à l'opposé de ce que tu crois, déclare-t-il en se penchant vers moi. Tu dois avoir la foi, Lael Ramsey. Ce beau monde idéalisé, tu ne dois jamais le perdre de vue. Il doit continuer à vivre en toi. Ce milieu change les gens, il les pousse à se réfugier dans leur coquille. La vie fait ça à tout le monde, mais dans l'industrie musicale, c'est encore pire. C'est pourquoi

3. En français dans le texte.

tu dois garder cette pureté et cette bonté d'âme qui sont les tiennes. Ta jeunesse réside dans ton cœur. Fais en sorte qu'elle vive à jamais. Continue à voir le monde à travers des verres rose bonbon. Il sera tellement plus joli comme ça ! Aie foi en l'amour et en les bienfaits du changement. De tout ton être !

Je n'en reviens pas. Ce Frenchy parvient à me toucher au cœur. Mais en un sens, ce n'est pas si surprenant. Toutefois, je l'aurais imaginé un brin plus cynique en ce qui concerne la question de l'amour.

Jean-Marc hausse les épaules et reprend :

– Tu peux le prendre par dessus la jambe mais sache que c'est la vérité. Ne te dépare pas de ta bonté et ne laisse pas le monde te corrompre. Si tu aimes cet homme, ce Brad Snyder, alors tu ne dois laisser personne te dire que c'est mal ou que ça ne signifie rien. Il n'y a rien de plus significatif que l'amour. D'ailleurs, c'est bien pour ça qu'on lui dédie des chansons, non ?

J'acquiesce.

– Oui.

Absolument !

14

Brad

– Yoko. Ça y est, je l'ai dit !

Sur ces mots, Calvi se lève et s'éloigne du bar, comme s'il venait d'allumer un bâton de dynamite à mèche courte.

Switch s'envoie un shot d'un liquide indéterminé et regarde fixement devant lui. Ils ont déjà plus d'une fois discuté de ce sujet, ça se sent. Tout comme je devine que Calvi, frustré de devoir me dire mes quatre vérités tout seul, aimerait que son batteur le soutienne en ce moment.

Calvi se rassied au bar et nous restons tous les trois sans rien dire en regardant devant nous. Switch agite son verre vide à l'attention du vieux barman et passe commande :

– La même chose pour nous trois !

J'inspire profondément, me préparant à encaisser une nouvelle tournée. Je n'ai pas envie de me soûler mais tout bien considéré, je vais jouer le jeu. Il y a de la mutinerie dans l'air et il est nécessaire que je passe du temps avec les gars. Mais Calvi qui compare Lael à Yoko Ono ? Je ne peux pas laisser passer ça. Une sacrée gueule de bois m'attendra au réveil, et même si j'essaye de ne pas trop y penser, je le sais.

Si ça peut vous faire plaisir les gars, ce soir, je roule sous la table.

Le barman pose nos consommations sous notre nez et nous les vidons aussi sec. *La vache, ça brûle !*

– Qu'est-ce que ça peut vous foutre ? dis-je tandis que l'alcool m'arrache une grimace. Elle déchire, c'est clair ! Mais vous savez très bien que je ne vous laisse pas tomber pour autant.

Sans me regarder, Calvi dit :

– La vérité ? On aurait pu auditionner plus de cent personnes, on n'aurait pas pu trouver de meilleure bassiste. Mais c'est pas le problème, mec. C'est son daron ! On ne mord pas la main qui vous nourrit. Faut que je te fasse une explication de texte ? Ne va pas tout foutre en l'air. Ou on va tous le payer. Elle est jeune, bandante, et toi, t'es en train de faire n'importe quoi !

J'attire l'attention du barman d'un claquement de doigts.

– Une autre tournée !

C'est le problème avec moi. Je n'aime pas boire… jusqu'à ce que j'aie bu un verre. Après ça, difficile de m'arrêter.

– J'aime bien cette nana moi, dit Switch en faisant tournoyer son verre vide.

Calvi désigne alors un couteau invisible planté dans son dos.

– Pardon mec, mais tu peux m'enlever ce truc d'entre les omoplates, s'il te plaît ? Ça pique un peu.

Switch change alors son fusil d'épaule :

– Cal a raison, Brad. Tu te laisses emporter. Il faudrait peut-être que tu prennes un peu de recul, non ? Si le label nous laisse tomber et que Ronald nous coule avec son équipe d'avocats, il n'y aura pas que ta carrière qui va trinquer. Si tu bois la tasse, nous aussi !

J'avale d'une traite mon shot de whisky et songe aux mots de Switch tandis que la brûlure de l'alcool me réchauffe de nouveau agréablement la gorge. Je suis sur les routes avec ces deux-là depuis presque dix ans. Ils s'en sont remis à moi et j'ai toujours pu compter sur leur soutien. Ils n'ont jamais participé aux négociations avec Ramsey Records, car j'ai toujours été l'unique représentant du groupe auprès du label. Je leur ai fait systématiquement part de ce qui était dit en réunion et ils m'ont toujours accordé toute leur confiance. Je comprends bien l'idée : si je tombe, on tombe tous.

Calvi se rapproche de moi. Il est bien trop près. Son haleine pue le whisky.

– Réfléchis, Brad. Comment cette histoire pourrait-elle bien se finir ? Donne-moi un seul scénario dans lequel ta petite liaison avec Lael ne tournerait pas au désastre absolu. Tu ne peux pas garder ça secret. Ronald connaîtra le moindre détail de ce qui se passe pendant cette tournée.

Ça tombe bien que Calvi mette ce sujet sur le tapis. Il semble que quelqu'un fasse des rapports journaliers à Ronald et cela fait un moment que je m'interroge sur l'identité de cette taupe. Au départ, je suspectais Arnie mais Calvi est rapidement devenu mon suspect numéro un. À la manière dont il me dévisage, je vois qu'il devine mes soupçons et quand son corps se braque en position défensive, ces derniers ne font que s'accroître.

Je scrute son visage en plissant les yeux et dis :

– Tu ne trouves pas ça bizarre, cette façon dont Ronald semble toujours être au courant de tout ? Il y a une balance parmi nous, qui lui fait suivre des infos, et je me demande bien de qui il s'agit.

– Qu'est-ce que tu insinues ? demande Calvi, clairement offensé. Que c'est moi qui suis allé balancer à Ronald pour Lael et toi ?

– En tout cas, tu peux foutrement être certain que c'est pas moi.

Calvi se lève et je l'imite aussitôt. Face à face, nous nous jaugeons l'un l'autre. Switch se précipite entre nous et nous sépare, faisant tomber mon tabouret au passage.

– Tout doux, les gars ! Venez, on boit un verre.

Trois nouveaux shots ont été posés sur le zinc et chacun prend le plus proche de lui avant de le vider d'une traite.

Les yeux dans les yeux, Calvi et moi faisons violemment claquer nos verres vides sur le comptoir.

C'est alors qu'une voix masculine s'élève dans notre dos :

– Alors les mioches. Comme ça, c'est vous And Then ?

Remettant notre affrontement à plus tard, Calvi et moi tournons notre attention vers l'homme qui nous a interrompus.

Je le reconnais. Il s'appelle Gregg – Gregg quelque chose, je ne sais plus – et c'est le bassiste du groupe B.S.R. Un vieux briscard à la réputation sulfureuse. Si la moitié des rumeurs qui circulent à propos de lui et de son groupe sont vraies, il va y avoir de l'embrouille. Et à le voir en ce moment, Gregg cherche clairement les embrouilles.

Échaudé par le whisky qui me court dans les veines, je relève son défi et me place face à lui, paré à la baston.

– Eh les mecs, venez voir, lance-t-il. Je suis tombé sur le boys band de Ronald Ramsey !

Gregg s'est adressé à deux types louches, assis à la table juste derrière lui – les deux autres membres du trio B.S.R. Je suis surpris de ne pas avoir remarqué leur présence plus tôt. Dire que tout du long, ils étaient à seulement quelques mètres de nous.

Du temps de monsieur Robson, les techniciens du théâtre m'ont raconté de nombreuses histoires à leur sujet. J'adorais ces anecdotes qui tenaient de la légende urbaine. Et les voilà face à nous, l'un des groupes les plus sombres et obscurs de l'histoire du rock, qui veulent nous rabaisser à leur niveau. Les B.S.R. sont connus pour leur farouche indépendance. Ils ont refusé des offres de Ramsey Records et de tout un tas d'autres labels. Pour le meilleur ou pour le pire, ces types ne dépendent de personne. Je dirais plutôt que c'est pour le pire. Malgré leur petit statut de groupe culte et un consensus positif de la critique à leur égard, B.S.R. n'est pas plus connu que ça et voilà qu'ils viennent nous prendre de haut ?

Je n'apprécie pas ce genre d'attaque, encore moins de la part de vieux je-sais-tout dans leur genre. À son tour, Calvi s'avance face à notre agresseur bourré et roule des mécaniques. Putain, personne ne peut nous traiter de boys band sans s'en prendre une !

Nous faisons un pas en avant et Switch se joint à nous. J'ai l'impression que nous sommes trois loups au poil hérissé, grondant et grognant face à une intrusion sur leur territoire.

Les deux autres membres de B.S.R. quittent leur table. Nous sommes six, trois contre trois, prêts à en découdre. Alors que la tension atteint son paroxysme et que les coups de poing sont supposés commencer à pleuvoir, la porte du bar s'ouvre à la volée et un vieil ami déboule à l'intérieur : Roar.

Il est essoufflé et il a le regard haineux. On dirait qu'il a lutté pour arriver jusqu'ici. À grands coups de pied dans les chaises, il se fraye un chemin jusqu'à nous avec la démarche d'un guerrier prêt à livrer bataille. Un vrai Viking !

Notre équipe vient soudain de prendre l'avantage et je sens un sourire naître sur mon visage. Avec une bravade et une confiance quelque peu renouvelée, je toise Gregg du regard mais déchante aussitôt et mon sourire s'évanouit. Roar se positionne en face de moi, visiblement inconscient de débarquer au milieu des prémices d'une baston. Il me dévisage avec hostilité.

Ah oui, c'est vrai, j'oubliais. J'ai piqué sa bagnole et les flics l'ont embarquée à la fourrière. Ça remonte à plusieurs jours, au Nouveau-Mexique, mais je ne suis pas étonné que Roar ne débarque que maintenant, pas plus que je ne m'étonne qu'il soit venu pour me faire payer mon acte par le sang.

Comme dans un film au ralenti, je vois son poing s'élancer vers mon visage. Il grossit, grossit encore et vient cogner mon nez avec une force écrasante.

Je m'affale contre le bar et, pendant un moment, j'ai l'impression de flotter. En fait, ce n'est pas une impression : mes pieds ne touchent plus le sol. Comme si je ne pesais rien, Roar m'a carrément soulevé et balancé de l'autre côté du bar.

Je ne sens presque rien et j'ai l'impression d'être à moitié en train de rêver, mais quand mon corps vient s'aplatir de l'autre côté, je sens que ma dérouillée est passée. Ce coup de poing m'a brouillé la vue mais je parviens tout de même à voir le barman. Il essuie un verre, visiblement peu concerné par la rixe qui se déroule sous ses yeux. J'entends le bruit des coups de poing et de chaises qu'on brise, puis le boucan commence à s'éteindre et le vieux barman disparaît derrière le voile de mes paupières. Tout devient noir.

– Réveille-toi !

On dirait que ces mots me parviennent de très loin. Une infime partie de mon subconscient sait où je me trouve : sur le sol du bar. Mais je suis piégé dans l'espace intersidéral et incapable de répondre.

– Allez mec, réveille-toi !

Le son de la voix me ramène vers la réalité. Calvi est en train de me secouer. Il a un coquard, la lèvre fendue, et son visage est rouge d'épuisement.

Manifestement, j'ai raté toute la baston.

Je demande :

– On a gagné ?

Calvi agite la main d'avant en arrière, m'indiquant par là qu'on a fait match nul.

– Ces vieux briscards sont plutôt coriaces. Roar les a presque tous éclatés mais il a fallu que ce putain de barman vienne s'en mêler : il nous a mis une raclée à tous !

Je dois encore être en plein rêve. Ce vieux arrivait à peine à soulever un verre vide !

Je me redresse et constate l'étendue des dégâts. On dirait qu'il y a eu un attentat. Au milieu du chaos se tient le vieux barman, en train de ramasser tranquillement une chaise sur le plancher en bois. Par la fenêtre, je peux voir l'enseigne au néon qui clignote et la sono joue de la musique à très bas volume. À l'exception de la chaise qu'on replace, le bar est plongé dans le silence.

J'ai encore la tête dans le brouillard. En fait, je suis même complètement à la ramasse et je peine à comprendre où je me trouve. Vu le regard que m'adresse le vieux barman, mon permis d'enjamber son zinc vient d'expirer. J'émerge des limbes et, tout en me maintenant en équilibre contre la surface collante, je devine la sortie étroite sur le côté du bar et m'y engage.

Mes pensées commencent à s'éclaircir mais la migraine m'arrache une grimace de douleur. Je me sens comme un fantôme en train d'errer dans un bar clandestin. Comment ai-je pu atterrir là ? Cette impression est renforcée par le fait que les gars à quelques centimètres de moi ne semblent pas me remarquer. Pourtant, le barman m'a vu, lui. Peut-être que je suis un fantôme et qu'il est le seul à pouvoir me voir, comme le barman dans *Shining* ?

Non, attendez. Dans le film, c'est pas plutôt le barman, le fantôme ?

Décidément, c'est pas bon du tout pour la tête de se prendre une branlée.

Près de moi se trouvent Calvi, Switch et les trois membres de B.S.R. Switch et un des gars se regardent en échangent un haussement d'épaules. Calvi et un autre se fendent la gueule.

Qu'est-ce que j'ai loupé ?

– T'as été d'une grande aide, Brad, dit Switch d'une voix pleine de sarcasme.

Les autres gars explosent de rire. Roar surgit des toilettes avec l'expression d'un Viking qui vient de perdre une bataille.

Jack Willow, le chanteur de B.S.R., prend la parole :

– Je crois qu'il est temps qu'on remballe.

Il jette un œil au barman qui lui-même dévisage froidement Roar. Visiblement apeuré par le vieux taulier, notre ami viking entraîne toute notre petite troupe vers la sortie.

Dehors, la ville est plongée dans l'obscurité et il fait froid. Toute l'humidité de la journée s'est évaporée dans l'air. Les quelques passants semblent former une foule hétéroclite de junkies noctambules et d'étudiants bourrés, tous en marche vers Bourbon Street. En dehors d'une lueur en provenance d'un bar aux allures de pub situé un peu en amont, la rue n'est pas très animée.

Le petit gang fraîchement formé par nos deux groupes se tient en cercle sur le trottoir et chacun présente ses excuses à l'autre. Il semble que cela soit le début d'une bien malsaine amitié.

Roar ne participe pas à la causette et toute son attention est fixée sur moi. Mon cœur se serre. Je ne suis pas bien vaillant et j'ai bien peur qu'un pain supplémentaire de sa part ne signe mon arrêt de mort. Sans sourciller, le Viking marche vers moi à pas lourds. Je ferme les yeux et me prépare à rencontrer mon créateur.

Soudain, il me prend dans ses bras et me soulève de terre, murmurant à mon oreille :

– Je te pardonne, le charmeur de serpents ! Enfin, d'abord, tu dois me rembourser, ajoute-t-il. Ensuite, je te pardonnerai.

Je lève les yeux vers lui.

– Je peux commencer à régler ma dette en te payant une bière.

J'ignore si nous sommes dans Entertainement District ou à Warehouse, mais nous nous dirigeons tous vers le pub, comme des papillons de nuit attirés par une flamme. En plein milieu de la route, nous titubons et traînons des pieds sur l'asphalte défoncé, poussés par nos dernières bribes d'adrénaline. Je n'ai pas encore complètement repris mes esprits mais l'enthousiasme de notre petite troupe de paumés est des plus énergisants.

Les B.S.R. chérissent leur indépendance et, avec l'âge, ils ont conservé la sombre aura de mysticisme qui les entoure. And Then est leur parfait opposé. On nous considère comme un groupe grand public, formaté par les exigences d'un label, des gars qui s'affichent en première page des tabloïds avec leurs copines starlettes. Personne n'entre chez un disquaire pour demander un de nos vinyles. Mais B.S.R. ? On achète probablement les leurs avec beaucoup de fierté.

Jack Willow porte un blouson marron lâche puant le cigare, une paire de bottes en cuir et une chemise datée dont le col ressort à moitié. Il s'avance près de moi et j'attends qu'il parle.

– Tu sais petit, commence-t-il en s'allumant un cigare à moitié consommé. Je sais vraiment pas comment tu fais.

– Comment je fais quoi ?

– Pour bosser pour Ronald Ramsey. Ça doit être coton.

– Je ne bosse pas pour lui.

Je regrette aussitôt d'avoir dit ça, car je sais de quoi j'ai l'air. Jack souffle un nuage de fumée.

– C'est lui qui bosse pour toi, c'est ça ? Écoute, t'évolue dans ce milieu depuis un bout de temps et ça n'a pas l'air de t'avoir brisé. T'es un gentil, gamin.

– Euh, merci ?

Je me passe la main dans les cheveux. Difficile de dire si Jack est sincère ou pas. Il sent que je me braque et me dévisage fixement.

Il demande :

– C'est toi qui composes dans le groupe, pas vrai ?

– Ouais.

– J'aime bien ta chanson sur la limousine, m'annonce-t-il, comme si ce compliment était un genre d'offrande de sa part.

– Merci.

Jack passe son bras autour de mes épaules et nous approchons du pub – le Moby, si j'en crois le néon accroché au-dessus de la fenêtre. Près de l'entrée, le programme est étalé en toutes lettres sur une grande ardoise : *Ce soir, soirée Open Mic*[4]. Nous ouvrons la porte et depuis l'intérieur nous parvient la voix chevrotante typique d'une chanteuse fréquentant ce genre de soirée. Le videur me dévisage avec incrédulité. Pour l'anonymat, on repassera.

4. Soirée spéciale où les clients d'un bar peuvent venir chanter et jouer de la musique sur scène librement.

Le bras toujours passé autour de mes épaules, Jack m'attire contre lui, s'approche du videur médusé et lui remet un billet de vingt dollars.

– Et voilà, mon frère. Pour moi et mon fils ici présent.

Puis il m'entraîne à l'intérieur du bar et me relâche enfin, marchant tout droit vers le barman, son cigare dans une main et une liasse de billets dans l'autre. Il lui donne l'argent et se penche par-dessus le comptoir pour échanger quelques mots avec lui.

Notre groupe se déverse bruyamment dans la salle, couvrant presque la nana sur scène, qui chante nerveusement en grattant un ukulélé. Quand sa chanson touche à sa fin, nous l'applaudissons généreusement.

On met un verre vide et lourd dans ma main – Jack et le barman sont en train de servir des consos à tous les clients.

L'animateur remercie la joueuse d'ukulélé et demande dans le micro si quelqu'un veut tenter sa chance.

– Brad veut jouer une chanson ! crie Jack en remplissant mon verre avec ce qui semble être du whisky.

Puis il continue sa tournée, remplissant les verres vides avec une telle rapidité qu'on dirait que ses pieds ne touchent pas le sol.

J'agite mollement la main.

– Non merci, je passe.

Je bats en retraite au fond du bar. J'envisage brièvement de me joindre à Calvi et Switch mais ils sont assis à une table avec deux nanas et je ne vois pas de place pour moi.

– Très bien, déclare l'animateur. Ce soir, c'est moi qui anime cette session donc si vous voulez venir chanter ou jouer quelque chose, n'hésitez pas à venir me voir ! Je m'appelle Vince Stark et cette chanson s'intitule *Would*, d'Alice in Chains.

L'animateur commence alors à jouer une version acoustique et ultra-dépouillée du célèbre standard. Nous l'encourageons avec des cris, bien vite calmés par la douceur de son jeu. L'énergie dans la pièce est électrique. Je ne sais pas si ce sont les effets du whisky mais je passe vraiment un bon moment. Ma migraine de tout à l'heure n'est plus qu'un vieux souvenir et je me laisse envahir par l'énergie positive qui circule dans la salle.

J'aimerais que Lael soit là.

Le bassiste et le batteur de B.S.R. bondissent sur la scène. Tout le matériel est déjà sur place, attendant qu'on l'utilise. Monsieur Stark semble particulièrement heureux qu'un duo rythmique aussi prestigieux se joigne à lui. De nombreuses personnes viennent à ma rencontre pour discuter ou pour demander un selfie. Je pointe la scène du doigt et leur signale qu'ils devraient plutôt focaliser leur attention sur ce qui s'y passe.

Gregg, le bassiste, fait signe à l'animateur de continuer à jouer le même riff en boucle pour qu'ils puissent le rejoindre. La basse et la batterie viennent alourdir le son et les gens dans la salle poussent des cris extatiques. Accompagnés de leurs nouvelles conquêtes, Calvi et Switch se mettent à danser.

Bouteille à la main, Jack trinque avec moi.

– Alors ? Où est la fille ?

– La fille ?

– Votre nouvelle bassiste, précise-t-il. Ta nouvelle nana, si je ne m'abuse.

– C'est la fille de Ronald Ramsey.

– Je sais, dit-il avec un sourire.

Un ange passe. Jack sirote au goulot et continue :

– C'est la *fifille* du patron et tes musiciens pensent que ta relation avec elle va ruiner vos carrières. Fais en sorte que ça en vaille la peine.

– La peine de quoi ?

– Je sais pas… De tout ?

Je soutiens le regard de Jack et réponds sans sourciller :

– La question ne se pose même pas.

Jack me scrute avec une égale intensité et dit :

– La vie est courte, mon pote. Crois-moi, elle file comme l'éclair. Tu recommenceras sans Ramsey et tu t'en tireras très bien. Si tu es amoureux de cette jeune femme, saute sur l'occasion et embarque-la sans jamais te retourner.

Je dévisage Jack avec méfiance. Cet homme semble en savoir plus qu'il ne devrait. L'intuition, peut-être ?

Il repasse son bras autour de mes épaules et dit :

– Amène-toi.

Jack m'entraîne sur la scène et les clients explosent de joie à notre arrivée. Il me tend un micro mais je l'encourage d'un geste de la main à chanter le premier couplet.

Il accepte. Au moment où Jack et Vince Stark entonnent le couplet en chœur, je vais dans le coin de la scène et m'empare d'une guitare reliée à un ampli. Je passe la sangle au-dessus de ma tête et teste rapidement l'accordage.

Pour ce type de bœuf, ça fera l'affaire.

Jack place alors le pied de micro devant moi et l'approche de ma bouche pour que j'enchaîne avec le refrain. Je gratte les accords et chante en poussant sur mon diaphragme tandis que, bouteille à la main, Jack chauffe le public en mimant les paroles.

Vers la fin de la chanson, tout le monde dans la salle chante à tue-tête, plus fort que s'ils avaient été dans un stade.

« IF I WOULD, COULD YOU ? »

15

Lael

Dans le couloir, j'entends Brad claquer la porte de sa chambre.

Je devrais déjà être en train de dormir. Toute la soirée, j'ai eu envie de lui envoyer un texto mais je refuse d'être ce genre de fille. Quoi que je puisse représenter à ses yeux – sa bassiste, son amie ou autre chose –, je ne veux pas lui forcer la main.

Mais j'attends plus de Brad.

Bien plus.

Je sors de mon lit, avec pour seule tenue un T-shirt d'Anthrax tout usé que j'ai depuis une éternité. Il est un peu court mais la chambre de Brad n'est pas loin.

Je rafle la clé sur la table basse et en chemin vers la porte, je marque une pause devant le miroir pour contempler mon reflet. Pas maquillée et pas coiffée, mais je m'en fous. Brad m'a déjà vu sous toutes les coutures, y compris nue dans une ruelle dérobée où il m'a fait l'amour, accrochée à des tuyaux dégueulasses. Je ne me serais jamais crue capable d'une chose pareille mais cet homme a la capacité de m'inspirer des trucs complètement dingues.

Comme sortir dans le couloir en pleine nuit sachant qu'il y a des espions partout. Je sais ce qu'Arnie m'a dit et je n'oublie pas les menaces de papa, mais il semble que je sois parfaitement incapable de me passer de lui.

Peut-être que je suis folle ; que mes hormones se manifestent pour la toute première fois de ma vie ; que des années d'obsessions et de désir pour lui ont fini par me faire perdre la tête. Allez savoir.

Mais je le veux. J'ai besoin de lui et de personne d'autre.

Je déverrouille ma porte et la referme derrière moi avant de me rendre jusqu'à sa chambre d'un pas traînant. Je tape à la porte et patiente.

Rien ne se passe. Pourtant, je l'entends faire les cent pas de l'autre côté.

Je frappe à nouveau et l'appelle à voix basse :

– Brad ?

Les pas se rapprochent. La porte s'ouvre.

Brad se tient sur le palier, sexy en diable.

Et complètement pété. On dirait même qu'il titube légèrement.

Ses yeux s'écarquillent en me voyant et il s'apprête à crier mon nom.

– La…

Je lui intime le silence d'un index sur ses lèvres et le fais reculer dans la chambre. Une fois à l'intérieur, je referme la porte derrière nous et la verrouille, juste au cas où.

Il demande :

– Qu'est-ce que tu fais ici ?

Brad sourit. Il est content de me voir.

– Je ne sais pas, dis-je en posant une main sur ma hanche. As-tu beaucoup bu ?

– Pas mal. J'ai vécu une sacrée soirée !

Je m'avance vers lui, agrippe le bord de son T-shirt et examine son visage.

Il a le regard vitreux et ses lèvres sont recourbées en un sourire.

Son nez est gonflé et ses yeux sont cerclés de mauve.

Je pousse une exclamation :

– Brad, tu t'es battu ou quoi ?!

Je l'entraîne vers la lampe et quand je l'allume, je suis prise d'un hoquet. C'est encore pire à la lumière.

– C'est Roar, explique-t-il.

– Roar ? Comment ça, Roar ? D'où a-t-il débarqué ? Pourquoi est-ce qu'il t'a frappé ?

Il hausse les épaules, sans se départir de son sourire.

– J'en sais rien… les Vikings font ça, parfois.

– Brad…

– Oh ouais, je me souviens maintenant ! Son buggy ! Il était furax qu'on le lui ait piqué. Il a fini par recevoir la facture de la fourrière.

– Eh merde ! Je n'y pensais même plus.

– Moi non plus. D'habitude, quand je me fourre dans ce genre d'embrouille, il y a toujours quelqu'un qui débarque pour gérer le merdier à ma place.

– Comme mon père.

Brad garde le silence et son sourire s'affaisse quelque peu.

Je reprends :

– Bref. Mon Dieu ! Comment te sens-tu ?

– Je vais bien. Roar m'a fait valdinguer par-dessus le comptoir, puis ça a dégénéré en baston générale. J'y ai pas participé, j'étais sonné. Mais on s'est tous réconciliés après.

Je secoue la tête.

– Vous êtes une vraie bande de tarés. Tu le sais ?

Brad me toise de bas en haut.

– C'est toi la tarée. Pourquoi tu joues avec le feu ? Quand je t'ai vue parler avec ton père, j'ai cru que nous deux, c'était mort !

– Mort ? Mais enfin Brad, ça ne fait que commencer, au contraire.

Il se mordille la lèvre et son regard se charge de désir.

– Vraiment ? Il n'a pas essayé de te faire peur ?

– Et toi ? Tu as eu peur, tout à l'heure ?

– Bébé, que ce soit ton père ou le groupe, rien ni personne ne me tiendra éloigné de toi. Je sais que c'est risqué, mais je m'en branle. Tu en vaux la peine.

Ces mots, j'aurais pu tuer pour les entendre !

– Va te mettre au lit, dis-je.

Il arque un sourcil.

– Oh ?

– Exécution ! Tu es ivre et je compte bien profiter de toi.

– Ce serait avec plaisir. Je peux même te faciliter la tâche.

Là-dessus, Brad commence à se déshabiller. Au moment d'enlever son pantalon, il doit se retenir brièvement contre la coiffeuse pour ne pas tomber à la renverse.

Bon Dieu, que cet homme est beau. Bronzé juste ce qu'il faut, musclé juste ce qu'il faut et un torse poilu juste ce qu'il faut. Je mate à loisir son corps nu, élancé et bien taillé.

Et bien sûr, il y a son sexe. Plus tôt, dans la ruelle, je n'avais pas pris le temps de l'admirer mais il est généreusement épais et glorieusement dressé.

J'ai vraiment tiré le gros lot ! Brad Snyder est exactement comme je l'avais rêvé et bien plus encore.

Il me décoche un sourire suffisant.

– T'as fini de me mater ?

D'ordinaire, je l'aurais calmé et lui aurais interdit de faire montre d'autant de prétention. Mais sincèrement, il peut se le permettre. Cet homme est tout simplement parfait.

– Non, lui dis-je avant d'ôter mon T-shirt et d'enlever ma petite culotte.

Amusant. Je ne ressens pas la moindre gêne à me dévêtir devant lui. Cela me semble la chose la plus naturelle au monde.

Zut. Serais-je moi aussi un peu prétentieuse ?

Brad me regarde avec admiration.

– As-tu la moindre idée de l'intensité de ta beauté ? demande-t-il en susurrant d'une voix rauque.

– Je pourrais te poser la même question. Maintenant, mets-toi au lit.

Je marque une pause et repense à nos ébats dans la ruelle.

– Attends. As-tu un préservatif sur toi ?

– Peut-être… On n'en a pas utilisé tout à l'heure. Ça pose problème ?

– En toute logique, non. Je prends la pilule.

Mais depuis notre départ, il m'est arrivé d'oublier de la prendre et je ne veux pas courir de risque.

Il se rend à la salle de bains et je grimpe sur le lit. Lorsqu'il revient dans la chambre, Brad tient un préservatif à la main.

– Allonge-toi, commande-t-il.

– C'est toi qui prends le dessus, maintenant ?

– Un peu oui ! Allonge-toi, j'ai dit.

Je ne vois rien à y redire.

Impatiente, je m'exécute et je le regarde ouvrir l'emballage avant d'enfiler le préservatif sur son membre. Je sais que ça peut paraître bizarre mais j'ai toujours trouvé ce spectacle étrangement érotique. Je suppose que j'aime voir un homme se prendre en main comme ça.

Ses yeux restent plongés dans les miens, brûlants d'un désir renouvelé et digne d'un brasier. Je suis excitée et une chaleur humide commence à s'intensifier entre mes cuisses. Me voilà déjà toute mouillée.

Brad se hisse au-dessus de moi avec un sourire complice, son membre entre nous, comme si nous partagions le même secret. J'imagine que c'est le cas.

Il glisse sa main entre mes jambes et les écarte délicatement tandis que ses doigts viennent taquiner mon clitoris. Un petit hoquet anxieux s'échappe de ma gorge et à aucun moment Brad ne me quitte des yeux.

– Je n'ai pensé qu'à ça toute la journée, dit-il. Même pendant le concert.

– Et moi donc, admets-je avec un fugace et étrange sentiment de pudeur.

Brad s'empare de mes hanches et écarte davantage mes jambes. Quelque chose couve dans son regard.

Il s'empare de son sexe et vient frotter son gland contre mon clitoris. Puis il s'interrompt et me pénètre très brièvement avant de se retirer et de recommencer ses douces frictions.

Je ferme les yeux et me soumets à ses caresses taquines. J'aimerais qu'il ne s'arrête jamais et je meurs d'envie qu'il me pénètre. Mais il n'en fait rien. Il va et vient contre mon intimité, avec une délicieuse lenteur et je sens que je m'ouvre pour lui. D'abord affamé, mon corps est bientôt au désespoir, comme il l'était dans la ruelle. Je vous jure, cet homme me rend complètement folle. Pour lui, je me languis, je me cambre, je m'abandonne et le réclame tandis qu'il exerce sur moi ses délicieuses et incessantes caresses.

Je déglutis avec force et un gémissement quitte ma gorge, comme une supplique. Mon pouls commence à me battre les tempes ; ma peau est chaude, tendue, et mes seins dardent sous le souffle de la climatisation.

– Je te veux en moi, Brad. C'est une torture !

– La meilleure qui soit, susurre-t-il.

Sans jamais me quitter des yeux, Brad prend appui sur ses coudes et, avec une longue expiration, il s'introduit enfin en moi.

Lentement.

Centimètre par centimètre.

Au début, c'est bon. Puis ça devient intense et au final, je ne sais même plus ce que je ressens. Car il n'y a plus que lui.

Il ne s'agit plus d'un petit coup vite fait dans une ruelle. Mais de lui et de moi en train de faire l'amour, tendrement et langoureusement. C'est parfait. Tellement parfait.

Il me remplit, j'étire mes membres en prenant le temps de jeter un regard plein de vénération à l'union de nos deux corps et au plaisir mutuel que nous nous apportons.

Cet homme…

Je m'imprègne totalement de lui.

Il est mon dieu du rock.

Il est tout ce que je désire.

– Tout va bien ? demande-t-il en gémissant entre ses dents.

– Plus que bien.

Je me lèche les lèvres et le toise, prise dans le faisceau de son regard passionné et enthousiaste.

– Bon Dieu, ce que c'est bon de t'avoir en moi !

Brad hoche la tête et m'observe attentivement en me pénétrant plus profondément. Il entrouvre les lèvres en inspirant à fond et son front se plisse sous l'effet du désir et de l'émerveillement, comme s'il n'en revenait pas de ce qui arrive et de l'intense plaisir qu'il ressent.

Ses mains glissent sur mes seins et ses doigts viennent pincer mes tétons durcis.

Il gémit :

– J'aurais tant voulu te trouver avant, Lael…

Une émotion indéfinie gonfle dans mon cœur.

Je suis hors d'haleine et ma voix se brise en un gémissement.

– Mais tu as fini par me trouver.

Il me regarde ; il se regarde. Il *nous* regarde, baisse les yeux sur mon corps qu'il pénètre, là où son membre disparaît et réapparaît en de langoureux coups de reins. Il est en extase face à cette vision.

Comment cet homme peut-il être ainsi ? Et plus encore ?

À chaque mouvement de mon bassin et à chaque coup de reins, Brad me pénètre plus profondément. Nous sommes comme deux aimants et l'espace qui nous sépare vrombit sous le coup de l'adrénaline et de cette énergie que nous partageons. Tels des générateurs, nous produisons un flux électrique, changeant les atomes dans l'atmosphère qui nous entoure et qui influe sur tout : la manière dont ses abdominaux se contractent à chaque pénétration, la transpiration qui s'accumule dans les plis de sa peau, la fine pellicule de sueur qui se forme sur son front. Je tends les mains vers son dos et agrippe ses fesses, l'attirant fermement contre moi. J'en veux plus. Brad est entré si profondément que tout mon oxygène quitte mes poumons.

Je sens qu'un tourbillon d'émotions se forme en moi et sa puissance grandit tellement qu'il menace de me submerger.

Un râle quitte mes lèvres.

– Oh Brad !

Sous le choc, ma tête retombe sur l'oreiller et je ferme les yeux. Je m'abandonne complètement. Brad est en moi, au plus profond de moi et je voudrais que jamais il ne se retire.

C'est encore meilleur que n'importe quel concert !

Une intense secousse rugit en moi, provoquant un vibrant incendie qui lentement s'étend, s'élève, de plus en plus chaud. Il va s'emparer de moi, me noyer et me perdre. Jamais je n'ai autant eu envie de jouir de toute ma vie.

Envie que mon être soit totalement annihilé par le plaisir.

J'ordonne d'une voix rauque :

– Plus fort !

Il s'exécute aussitôt.

Avec un râle brutal, Brad s'enfonce davantage, agrippant ma chevelure dans son poing. Il se penche jusqu'à ce que son torse en sueur tutoie ma poitrine et il pose sur mes lèvres un baiser au goût sucré, rapide et passionné. Je dévore sa bouche voracement et le désir s'intensifie en moi, toujours plus fort. Nos ébats sont si sauvages et désordonnés que nos dents s'entrechoquent.

C'est alors que nous trouvons notre rythme et nos corps commencent à se mouvoir en une parfaite synchronicité. Brad me fait l'amour, encore et encore. Derrière moi, la tête de lit bouge et tape contre le mur.

Je ne peux m'empêcher de le regarder, son visage, son corps… Il dégouline de sueur et les muscles de son cou sont saillants. Un voile de luxure couvre son regard. À chaque coup de reins, il s'échappe de ses lèvres des gémissements si francs, si sincères qu'ils menacent de me faire jouir.

J'arrive à peine à me contenir.

Le lit continue de cogner contre le mur. Les draps sont en désordre et mes seins s'entrechoquent. L'énergie qui s'est accumulée en moi menace. Ce n'est plus qu'une question de secondes.

Je ne peux plus me retenir.

D'une voix rauque, enrouée et submergée par le désir, j'essaye de ne pas le perdre de vue et lui crie :

– Je viens !

Une ardente lueur de victoire dans les yeux, Brad soutient mon regard.

Puis mon corps submergé par l'orgasme s'agite de soubresauts. Il tremble, tressaille et je m'élève au-dessus du monde, faite d'un million d'univers. Lorsque je redescends, flottant dans les airs avec la légèreté d'un ballon, je ne suis plus que chaleur et joie.

Enserrant toujours mes cheveux, Brad pousse un nouveau râle.

– Putain !

Ses grognements bestiaux, le choc de sa peau claquant contre la mienne et le grincement du lit emplissent toute la chambre.

Puis, les épaules agitées de tremblements, Brad s'abandonne à la jouissance en poussant un long gémissement rauque.

Ses coups de reins ralentissent et il relâche lentement mes cheveux.

Brad s'écroule sur moi. Trempés de sueur, ses cheveux de jais lui collent au front. Haletant, il me contemple.

Pendant un long moment, nous ne disons rien. Il n'y a rien à dire. Nous nous contentons de reprendre notre souffle, nos cages thoraciques se soulevant et retombant l'une contre l'autre. Lentement, peu à peu, nous reprenons conscience.

Nous sommes dans la chambre de Brad, dans un hôtel de La Nouvelle-Orléans et nous venons de faire l'amour pour la troisième fois en une journée.

Nous en sommes encore à un stade où nous pourrions mettre cette folie sur le compte de nos hormones respectives, comme le feraient deux jeunes personnes plutôt séduisantes. Mais je sais que ça n'est pas le cas. Je m'étais préparée à ce que cela n'aille pas plus loin qu'une simple aventure purement physique mais il faut se rendre à l'évidence. Ce que je ressens pour Brad va bien au-delà.

Et je pense que c'est pareil pour lui.

Brad se détache de moi, roule sur lui-même pour s'asseoir au bord du lit et se débarrasse du préservatif. Puis il revient se coucher et rabat les couvertures, m'invitant à me glisser près de lui.

– Tu veux dormir ici ? demande-t-il.

– Je ne devrais pas. Pas envie de me faire prendre. Je te parie que mon père va surgir d'un instant à l'autre par la sortie de secours !

– Ce serait hyper flippant. Le pire, c'est qu'il en serait bien capable. Mets-toi sous la couette. Reste un peu.

Je le dévisage avec ironie.

– Brad Snyder aime les câlins ? Je ne l'aurais pas cru.

– Ne le répète à personne. Les sites de fans en feraient leurs choux gras.

Je ris et finis par le rejoindre sous les draps, au creux de son bras. Je lutte pour ne pas m'endormir. Je ne m'étais jamais sentie aussi bien, si détendue, de toute ma vie.

Brad dit :

– T'as vraiment assuré ce soir, tu sais ?

– Il paraît.

– C'est sincère. Tu es pleine de surprises !

– Mieux vaut que tu restes sur tes gardes.

Brad fait courir ses doigts sur ma joue et repousse mes cheveux derrière mon oreille.

– Alors ? Qu'est-ce que ton père t'a raconté ? À moins qu'il vaille mieux que je l'ignore ?

– Toujours les mêmes avertissements. Rien que tu ne saches déjà. Il m'a rappelé de ne pas trop m'attacher au groupe et de faire attention à ne pas me laisser corrompre par toi.

Je sens le corps de Brad se raidir. C'est clair que l'avis de papa le dérange. Je ne pense pas qu'ils s'aiment beaucoup tous les deux, mais je crois que Brad se sent peiné qu'il ne voie encore en lui que le gamin perdu d'autrefois. Pour papa, Brad n'est qu'un vagabond et je tiens à ce qu'il sache qu'il vaut infiniment plus que ce que mon père voit en lui.

Brad prend une voix douce.

– Je suis surpris que tu sois encore là.

– Je ne vais nulle part, Brad. Tu sais que je n'ai pas peur de lui. La seule chose qui m'effraie, c'est d'être séparée de toi.

– Dans ce cas, nous avons la même phobie.

Je finis par m'endormir. Quand je rouvre les yeux, le réveil indique quatre heures du matin.

Je m'extrais du lit. Brad et moi pourrions avoir de sérieux ennuis. Je me déplace précautionneusement pour ne pas le réveiller mais il dort comme un loir et ronfle comme un ours.

Puis, après m'être assurée que la voie est libre, je sors dans le couloir en catimini et rejoins ma chambre.

On pourrait penser que je me suis aussitôt rendormie mais je pense à Brad. Mon esprit est en ébullition et mes pensées sont comme un ouragan.

Comment une relation aussi belle que la nôtre peut-elle être considérée avec tant de méfiance ?

Les choses cesseront-elles un jour d'être aussi compliquées ?

Mais si j'étais honnête et lucide avec moi-même, je saurais qu'à partir de maintenant, elles ne vont qu'empirer.

16

Lael

Cela fait un mois que Brad et moi couchons ensemble.

Et nous sommes toujours en tournée. C'est officiel : les choses ne pourraient pas être plus compliquées !

Le bon côté, c'est que jusque-là, papa n'est plus venu nous voir et ni moi ni Brad n'avons eu la moindre nouvelle de lui. De plus, je n'ai vu aucune photo de nous dans les magazines ou sur les sites de fans. Nous devons être particulièrement doués pour dissimuler notre relation.

Ceci étant dit… tout n'est pas rose, loin de là.

Mais cela n'a rien à voir avec Brad.

Enfin, pas tout à fait.

Le temps s'est gâté et toute la côte est est actuellement balayée par de violentes tempêtes de neige qui ont retardé notre arrivée à plusieurs concerts. Ce serait tout de même plus simple pour nous si nous pouvions juste sauter dans un avion, mais avec de telles intempéries, la voie des airs est tout aussi dangereuse que celle des routes.

Et il y a autre chose.

Je ne me sens pas dans mon assiette.

En fait, chaque après-midi, je suis prise d'épouvantables nausées.

Des nausées auxquelles je m'efforce de ne pas penser.

Brad me prend par la main et m'entraîne en direction du bus.

– On a la tête dans les nuages ? dit-il.

Nous sommes à Détroit, dans l'enceinte du stade où nous allons jouer, et il neige sans discontinuer. Arnie et les garçons sont allés dîner en ville mais Brad et moi avons préféré rester sur place. Avant de partir, Calvi m'a jeté un regard assassin. Il doit se douter de quelque chose mais comme les autres, il ne peut rien prouver.

Mon Dieu, j'espère qu'il n'y a pas de caméras planquées dans le bus ! Ce serait tout à fait le genre de papa.

Les portes du bus s'ouvrent dans un sifflement hydraulique et je réponds :

– Si ce nuage s'appelle Brad, alors oui.

– Quelle charmeuse tu fais.

Il m'aide à grimper à bord du bus et referme les portes derrière nous.

Peut-être que c'est à cause de tout ce que j'essaye d'occulter en ce moment, mais à la seconde où il nous enferme à l'intérieur, je sursaute.

Du moins autant qu'il est possible dans cet espace étroit.

Brad fait le premier pas.

Il est vif et son baiser est doux et insistant. Le désir velouté se transforme peu à peu en une douce agressivité.

Il me prend par la nuque. Ses doigts pressent ma mâchoire et mes joues tandis que les assauts passionnés de sa langue me donnent la chair de poule. Il me domine et je succombe. Corps et âme. Je veux qu'il me prenne, là tout de suite, qu'il me dévore totalement, m'annihile même. Qu'il chasse toutes mes craintes et qu'il soit plus proche de moi que jamais.

Une pensée tourbillonne dans ma tête.

Et si ?

Une pensée fugace que je repousse dans mon esprit pour me concentrer uniquement sur Brad. Ici, dans ce bus, il me dépouille de toutes mes certitudes et de mes défenses, me rendant plus vulnérable que jamais.

Vorace, sa bouche s'aventure dans la vallée située entre ma nuque et mon épaule, me mordant sauvagement, tel un fauve sous l'impulsion du désir.

Un grognement rauque quitte ma gorge et l'une de ses mains court le long de mes hanches avant de relever le bord du T-shirt de rock XXL dont je me suis fait une robe. Mes nerfs dansent, agités d'impatience.

Je veux qu'il m'emporte loin. J'en ai tant besoin.

La main de Brad s'immisce sous mes sous-vêtements et descend jusqu'à mon intimité déjà mouillée.

Il murmure tout contre moi :

– Merde, tu vas finir par me tuer.

Et toi donc. Ses doigts épais et puissants se pressent contre mon clitoris et je fonds aussitôt sur lui. J'en veux encore et toujours plus. Je n'avais jamais eu autant envie de lui, je suis comme une allumette qu'on gratte et qui s'enflamme aussitôt. Mes émotions et mes hormones sont en feu, parées pour le grand frisson. Ses caresses font tout disparaître – le fait de vivre cachée, mes inquiétudes… Tout ce que je ressens en ce moment est décuplé.

À mon tour, je m'empare de sa nuque. Sa peau est brûlante et mon corps le réclame. Il continue de taquiner mon clitoris, ses doigts palpitent sur mon intimité comme de minuscules petites ailes avant de s'enfoncer en moi.

Un hoquet de surprise quitte mes lèvres.

Brad m'embrasse à nouveau. Sa voix est épaissie par le désir :

– Oh mon Dieu. Quand tu fais ce genre de bruit, je ne contrôle plus rien !

– Alors ne te contrôle pas.

– Tu joues avec le feu.

Il baisse la tête vers ma poitrine et tire sur le large col de ma robe jusqu'à libérer un de mes seins qui, aussitôt exposé à l'air libre, se met à darder. Brad le prend délicatement entre ses lèvres puis l'engouffre avidement dans sa bouche.

Mon dos se cambre sous cet assaut qui m'arrache des râles essoufflés. Nous sommes toujours debout au milieu du bus. J'ignore combien de temps encore je pourrais rester ainsi. Où ferons-nous l'amour ? Les couchettes sont bien trop petites.

Brad distrait mes pensées en mordillant le bout de mon sein pendant que ses doigts s'immiscent à nouveau en moi – trois à la fois. Je m'ouvre davantage, prête à le recevoir. Mon épiderme tout entier s'enflamme pour lui. Il est le seul qui puisse venir à bout de cet incendie.

Avant que je ne puisse reprendre mes esprits, Brad me repousse au fond du bus.

– Mets-toi à genoux, commande-t-il.

Sa voix est rauque et chaude, ruisselante de désir.

Je m'exécute et tombe à genoux sur la moquette du bus, l'observant tandis qu'il baisse d'un coup son jean. Son sexe superbement bandé me coupe le souffle.

Salivant au souvenir de son goût, j'agrippe une de ses fesses d'une main et mes ongles s'enfoncent dans sa peau tandis que je l'attire vers moi. De l'autre main, je m'empare de son membre que j'encercle avec mes doigts. Il est si dur et pourtant si soyeux au toucher. L'acier sous le gant de velours. Je peux sentir le flux bouillant de son sang et chaque pulsation de son cœur qui agite son sexe.

Je ferme les yeux et lui donne un long coup de langue avant de gober son gland. Brad s'empare de ma chevelure et l'enserre fermement en grognant tandis que j'essaye de le prendre entièrement dans ma bouche.

– Doucement, m'avertit-il entre deux râles. Si tu continues comme ça, je ne tiendrai pas longtemps. Tourne-toi.

Je m'exécute, le cœur battant d'impatience. Toujours à genoux, je pivote sur la moquette rugueuse et me mets à quatre pattes, les fesses cambrées vers le haut. Brad tombe à genoux derrière moi et je retiens ma respiration, avide de sentir ses caresses.

D'un coup sec, il relève ma robe jusqu'à la taille et baisse ma culotte. Puis il s'empare fermement de mes fesses pour me maintenir en place, ce qui me fait tressaillir. Il est un peu agressif, et dès le moment où il pose ses mains sur moi, j'en réclame davantage.

Il m'attire contre lui, prend position, et d'un coup de reins, enfonce son membre en moi. Tout l'air quitte mes poumons et ma voix se brise en hoquetant.

Impossible de parler ou de penser. Je ne peux que ressentir son sexe qui me prend et autour duquel mon intimité se resserre. Ma tête bascule et j'essaye de reprendre mon oxygène.

– Est-ce que ça va ? demande Brad, sa voix toujours plus rauque. Le sol te fait mal ? Tu pourras tenir ?

Il marque une pause et commence à se retirer très lentement et si langoureusement que c'en est une vraie torture. Il me manque aussitôt et je me sens vide sans lui. Je le veux, qu'il me prenne et m'emplisse encore et encore, jusqu'à me faire exploser comme un ballon.

– Je te sens parfaitement, dis-je.

– Oui, siffle-t-il.

Brad reprend alors ses coups de reins vifs, intenses et sans pitié. Encore et encore. Cette allure m'oblige à m'agripper à la moquette comme si ma vie en dépendait. Mes seins sont secoués en tous sens à chacune de ses pénétrations.

Il s'enhardit de plus en plus, comme s'il ne pouvait plus se contrôler, s'il ne souhaitait plus que jouir et m'emmener sur le chemin de l'orgasme. Je n'avais jamais rien connu de si profond, et je ne parle pas que de pénétration. Brad est tout ce dont j'ai toujours rêvé, tout ce que je ne devrais pas avoir… et cet homme est en train de me faire l'amour intensément, comme s'il n'y avait pas de lendemain.

Il ne s'imagine pas… Il ne se doute de rien…

Son sentiment d'urgence est contagieux. Je m'appuie sur un coude et porte ma main libre vers mon clitoris. La pression qui s'intensifie en moi atteint des sommets d'insoutenable extase au fur et à mesure des délicieuses allées et venues que son membre exerce sur ce bouton de plaisir qui est en moi. Son poing enserre mes cheveux et pousse ma tête en avant jusqu'à ce que ma joue soit plaquée contre la moquette. Il me maintient ainsi et continue de pousser des râles en poursuivant ses va-et-vient.

Je suis toute mouillée et si excitée qu'il n'en faut pas plus pour me faire jouir. J'ai l'impression d'être sur scène, quand les hurlements de la foule m'acclament et me portent aux nues, si haut que je pourrais ne plus jamais redescendre.

Sauf qu'on finit toujours par redescendre.

Et dans le cas présent, la descente est merveilleuse.

Brad n'a aucune pitié, grondant à chaque mouvement de son bassin. Ses gémissements d'animal sauvage deviennent de plus en plus rauques, indiquant qu'il va bientôt jouir.

Je n'ai pas le temps d'avertir Brad que la jouissance me prend. L'orgasme me submerge comme une vague soudaine et je chavire de toutes parts, comme si j'étais en train de slamer, portée par un million d'adorateurs. Des pieds à la tête, mon corps est agité de soubresauts. Je vibre autour de son membre. Je me sens lourde et légère à la fois. Sur mon cœur ont poussé des ailes. Je veux pouvoir ressentir cela toute ma vie, avec lui et personne d'autre.

Brad grogne mon nom.

– Lael…

C'est alors que je le sens jouir en moi. Il raffermit la pression sur mes cheveux et son bassin claque plus ardemment contre mes fesses. Ses râles enflent, de plus en plus rauques. Je donnerais tout pour voir l'expression de son visage pendant que sa jouissance se déverse en moi.

Puis ses coups de reins ralentissent, ses doigts se desserrent autour de ma chevelure et il relâche la pression qu'il exerce sur ma tête. Brad est à bout de souffle et son corps alourdi s'appesantit sur le mien. Sa transpiration goutte sur mon dos et m'arrache un frisson.

– C'est la première fois que je fais ça dans un bus, dit-il.

Il se retire délicatement et je me sens aussitôt privée de quelque chose.

Soudain, Brad pousse une exclamation :

– Oh, merde !

Sans attendre, je me retourne sur le dos et lève mon visage vers lui.

– Quoi ? C'est mes genoux ?

À force de friction, la moquette a laissé de profondes marques rouges sur la peau de mes genoux, presque à vif.

Brad répond :

– Non, j'ai oublié de mettre une capote ! Désolé, je n'ai pas réfléchi, j'avais tellement envie de toi… Je me suis laissé emporter.

Je m'éclaircis la voix.

Vu que tu en parles…

Je pense les mots mais ne les prononce pas.

– C'est pas grave, dis-je à la place. Ne t'inquiète pas pour ça.

– Tu es sûre ?

Son front se creuse de rides d'inquiétude. J'ai l'impression de recevoir un direct à l'estomac.

– Sûre.

– En tout cas, on n'a pas été mauvais sur ce coup-là !

Je ne veux plus penser à tout ça. Je bondis sur mes pieds, renfile mes sous-vêtements et réajuste ma robe en la lissant du plat de la main.

– Il faudrait qu'on sorte, dis-je. On pourrait nous avoir vus. Les gens causent…

– Quand même, on assure niveau discrétion.

Il m'attire contre lui et m'embrasse tendrement en souriant avant d'ajouter :

– C'est presque amusant de faire ça au nez et à la barbe de ton père.

Je parviens à lui adresser un sourire crispé.

Que se passera-t-il le jour où ce ne sera plus amusant ?

On ne peut pas passer notre vie à se cacher.

Et qu'arrivera-t-il si…

– Eh, Lael. Tout va bien ? demande Brad.

Il place son index sous mon menton et me force à lever les yeux vers lui.

Peut-être bien que oui.

Ou pas.

– Je vais bien, Brad. Allons manger un morceau. Je crève la dalle !

– Enfin, je te retrouve.

Nous sortons du bus et retournons au stade.

*

J'en étais sûre.

Putain !

Je fixe le test de grossesse que je tiens dans la main, le troisième d'affilée. Je n'en peux plus de me forcer à uriner et de voir sans arrêt le même résultat.

Positif.

C'est positif, putain.

Bordel de merde !

Je suis enceinte !

Et de Brad Snyder, en plus !

J'attends l'enfant de Brad Snyder !

C'est pas possible. Ça ne peut pas m'arriver à moi.

Pourtant, c'est arrivé, me dis-je en envoyant le test de grossesse rejoindre les autres dans la corbeille. *Et tu le savais.*

C'est vrai. Prenant la pilule, je ne me suis jamais trop inquiétée des risques de grossesse. Cela doit remonter à la première fois où nous avons fait l'amour, dans la ruelle. Nous n'avons pas utilisé de préservatif et à l'époque, j'avais commencé à être négligente. En tournée, le quotidien embrouille les repères. Même en réglant une alarme sur mon téléphone, j'ai souvent eu du mal à respecter les heures et j'ai plus d'une fois pris la pilule avec une ou deux heures de retard.

Puis j'ai commencé à ne pas me sentir dans mon assiette. Et je n'ai pas eu mes règles.

Cela a commencé quelques jours avant nos ébats dans le bus. J'espérais que faire l'amour finirait par faire passer la pilule – si j'ose dire.

Mais je me voilais la face. J'étais en plein déni.

À Détroit, j'ai joué avec moins d'enthousiasme que d'habitude et cette froideur soudaine a mis la puce à l'oreille de Brad. Mais je ne voulais rien lui dire, pas tant que je ne serais sûre de rien.

Maintenant, je le suis.

C'est aussi clair que le jour.

Tous ces + qui sont apparus sur les tests, quelle que soit leur marque, ne sauraient mentir. Sans parler des nausées, et de l'absence de règles. Tous les éléments s'assemblent et viennent déchaîner sur moi une tempête dont je me passerais bien.

Fait chier !

Qu'est-ce que je vais faire ?

Je n'ai que vingt et un ans et je me retrouve enceinte d'un homme que je ne suis même pas supposée fréquenter !

Si j'accouche de cet enfant, papa va me renier aussi sec !

On ne se parlera plus jamais et ma vie sera foutue !

Quant à Brad, il n'a pas signé pour ça. Nous avons beau être ensemble, nous continuons à vivre dans l'ombre. Assumer un enfant le lierait à moi pour toujours et il n'en a probablement aucune envie.

Nous n'avons même pas discuté de ce que nous étions vraiment l'un pour l'autre.

On ne s'est même pas dit *je t'aime*.

C'est à peine si je me suis demandé ce que je ressentais pour lui.

D'accord, c'est un mensonge éhonté.

Je l'aime, voilà la vérité.

Je suis amoureuse de lui.

Je l'ai toujours été.

Mais cette fois-ci, ce n'est plus un fantasme d'ado.

C'est la réalité.

Je vis quelque chose de brut, bordélique et magnifique à la fois.

Et c'est à moi.

Qu'importe ce que Brad ressent, cela ne changera rien à l'authenticité de mes sentiments pour lui. Quoi qu'il fasse, je l'aimerai.

Chaque seconde de ces derniers mois, je suis tombée un peu plus amoureuse de lui, d'un amour renversant.

Vu sous un certain angle, cet enfant est le fruit de cet amour et cette simple idée fait que je n'envisage même pas d'avorter. Je respecte le choix de chaque femme d'interrompre une grossesse mais l'avortement ne me semble pas être une option dans mon cas. Cet enfant représente mon amour pour Brad et le point auquel il est merveilleux avec moi.

Pour être honnête, j'ai toujours eu envie de fonder une famille, une famille basée sur l'amour ; j'ai toujours rêvé d'être maman. En revanche, je m'étais imaginé que cela se passerait autrement, de manière plus classique, vous voyez ce que je veux dire ? Je serais d'abord tombé amoureuse… d'un homme qui n'aurait pas été une star du rock, qui aurait eu des rapports plus cordiaux avec mon père. Il y aurait eu une demande, puis un mariage, et les enfants arrivaient en dernier sur la liste.

Mais ça ? Jamais je n'aurais pu le prévoir.

Tu t'égares Lael, ne mets pas la charrue avant les bœufs.

Prenant appui sur le lavabo, j'observe mon reflet dans le miroir. Je n'ai toujours pas bonne mine.

Et oui, je m'égare complètement. Pour ce que j'en sais, Brad n'assumera ni l'enfant, ni moi.

Pourtant, je ne peux me résoudre à l'imaginer. Brad n'est pas comme ça. Il se peut qu'il flippe, tout comme il est probable qu'il ne me considère que comme un plan cul le temps de la tournée, mais il n'est pas du genre à laisser tomber une femme enceinte. Ayant été la victime de ce genre de choses quand il était jeune, il fera ce qui est juste.

Mais il y a une énorme différence entre ce qui est juste et ce que moi je veux.

Et ce que je veux, c'est Brad.

Brad et son enfant.

Je secoue la tête. Ma vie a changé en un claquement de doigts et je dois l'accepter.

Par chance, quand la vie assène des coups, je réplique.

17

Brad

Je ne vois que rarement la neige mais je ne me souviens pas avoir déjà assisté à un tel déluge. Les bourrasques poussent le bus par le côté. George le sent lui aussi. Il lutte avec son volant, le nez quasiment collé au pare-brise. J'ai du mal à croire que ce bon vieux George puisse discerner quoi que ce soit ; de ma place, la route semble plongée dans les ténèbres. Pris dans les feux de route, les flocons sont comme des étoiles et des comètes filant à toute vitesse à travers le vide stellaire. Sauf que nous ne sommes pas dans l'espace, mais sur l'autoroute, au milieu de nulle part en direction de Chicago, et nous sommes tous terrifiés.

Dans le bus, personne ne moufte. Le regard fixé vers l'avant, nous serrons les fesses chaque fois que le bus tangue ou fait une embardée. Chacun occupe sa place habituelle. Comme d'habitude, Lael est assise sur la droite à l'avant, juste à côté de la porte. Elle semble terrifiée et la voir ainsi éveille quelque chose en moi. Je veux la protéger. Bien sûr, je ne pourrai rien faire si le véhicule est précipité dans un fossé mais j'ai bêtement l'impression que si. Je me dresse de toute ma hauteur, relève les épaules et marche vers l'avant du bus. Sans me soucier de ce que pensent les autres, je m'assieds près de Lael et, avec un sourire, je passe un bras autour de ses épaules.

On dit souvent que la peur est contagieuse. Mais toutes les émotions le sont. J'ai toujours vécu avec ce principe en tête. Même après des années de concerts, quand je monte sur scène, il arrive parfois que la foule soit complètement éteinte. Dans ces moments-là, la salle est traversée par une sorte de fréquence que tout le monde ressent sans savoir quand elle a commencé, mais ça n'est pas important. Quand on parle avec des gens mais qu'on n'aime pas la conversation, on change de sujet. C'est mon boulot de m'en charger et il faut le faire correctement. C'est comme avec un âne : on agite la carotte ou le bâton. Mais parfois, il est préférable d'agir comme un ours guettant patiemment un poisson à la surface d'une mare : mieux vaut ne rien dire et attendre le moment propice pour intervenir.

J'attends donc que Lael soit en confiance. Chaque fois que nos corps se touchent, je peux ressentir les vives émotions qui émanent d'elle.

– Tu comprends maintenant pourquoi c'est plus sûr de prendre l'avion, souligne-t-elle en ricanant.

Un autre truc à propos de la peur : ceux qui en souffrent rejettent souvent la faute sur les autres. Cela dit, elle marque un point. C'est ma faute si nous sommes obligés de voyager en bus.

Je m'efforce de prendre une voix rassurante :

– On ne risque rien.

Tout comme je prononce ces mots, nous voyons des gyrophares par la fenêtre et entendons le bruit de sirènes. C'est à peine si j'arrive à discerner les véhicules accidentés. Lael se crispe et se blottit contre moi.

Je l'attire plus près.

– Ne laisse pas la peur te dominer.

Lael se détend légèrement, probablement parce que mon conseil est cliché au possible, mais aussi et surtout car nous quittons l'autoroute. L'accident nous oblige à suivre une déviation.

Lael remarque :

– J'imagine que tu as essuyé plus d'une tempête de ce genre à force d'être sur la route.

– En fait, nous tournons majoritairement en été. Mais je me souviens d'une fois en Norvège, sur une route à flanc de montagne. C'est pas passé loin, ce jour-là.

– Pourquoi tourne-t-on en hiver, cette fois ?

– Je n'en sais rien, dis-je avec honnêteté. Je suppose qu'il faut bien que certains le fassent…

Pendant que je réfléchis à la question, Lael remarque mon intense méditation et nous partageons un rire complice.

– Lael ?

– Oui, Brad ?

Je parle comme si je pensais à voix haute :

– Quand la tournée sera finie, viendrais-tu avec moi en vacances ? Là où le sable est blanc et l'eau bleue ? Peut-être Tahiti ou un truc du genre ?

– Quoi ?

– Juste après la dernière date, toi et moi, on saute dans le premier vol à destination d'un décor de carte postale !

– Euh… d'accord ? dit-elle en faisant traîner sa réponse avant que sa voix ne fléchisse et ne retombe.

Soudain, le bus s'arrête avec un bruit sourd.

George déboucle sa ceinture de sécurité et se lève en réajustant sa veste trop lâche. Il nous fait face pour s'adresser à nous. Comme d'habitude, son visage est neutre.

– Nous n'irons pas plus loin, dit-il. L'autoroute est bloquée. Navré mais vous n'arriverez jamais à Chicago à temps. Je viens de nous garer devant le seul hôtel à des kilomètres à la ronde. J'imagine qu'il ne va pas tarder à afficher complet, si ce n'est déjà fait. Je suis vieux, donc je suis prioritaire pour une piaule. S'ils n'ont pas assez de chambres libres, il y a bien suffisamment de fuel dans le générateur pour garder le bus au chaud. Bonne nuit !

Là-dessus, George se couvre la tête avec son chapeau gris et ouvre la porte du bus. Un vent puissant et chargé de neige s'immisce à l'intérieur.

La voix de Calvi s'élève depuis l'arrière du bus :

– On va louper le show de Chicago ? Ça craint !

– Haut les cœurs, les gars, lance Arnie en essayant d'envoyer un mail avec son téléphone. C'est le genre de chose qui arrive. De toute façon, avec cette tempête, tous les concerts entre ici et Chicago ont été annulés.

Switch enfile sa veste en cuir ajustée et remonte vivement la fermeture.

– Magnons-nous d'aller prendre des chambres !

– D'accord, d'accord, dit Arnie en se levant. Je vais m'en occuper.

Puis il sort, poussant avec force contre la porte battue par les éléments.

Je m'empare subrepticement de la main de Lael et la serre très brièvement, lui indiquant que je m'apprête à me lever.

Elle m'attire vers elle.

– Il faut que je te parle, murmure-t-elle.

– D'accord, pas de problème.

– Plus tard. Seul à seul.

– Tout va bien ?

Switch pousse une exclamation :

– Pas moyen que je dorme dans ce bus ! Ça va faire huit heures qu'on y est !

– Moi, ça me dérange pas, réplique Calvi. Ce sera toujours mieux que cet hôtel miteux.

Nous ne sommes définitivement pas seuls. Quoi que Lael ait à me dire, cela devra attendre.

– Bordel, moi, je reste pas là ! dit Switch qui sort du bus avant de s'éloigner à pas lourds dans le blizzard.

Je me tourne vers Lael.

– Je vais aller voir ce qui se passe.

À mon tour, j'ouvre la porte et pose pied à terre. Le vent est si froid que j'ai l'impression que des millions de petites échardes glacées pénètrent ma peau. Une lumière jaune illumine le hall d'entrée de l'hôtel et je me précipite vers elle. Aussitôt que je suis à l'intérieur, une odeur de chat, de tabac froid et de chauffage électrique me prend au nez.

Devant l'accueil, Arnie discute avec une employée.

– Madame, je vous dis que j'ai besoin de cinq chambres. Vous êtes certaine qu'il n'y en a plus que deux de libres ?

La standardiste, une femme à la fine chevelure brune qui lui tombe juste sous les épaules, l'observe de ses grands yeux imperturbables.

– Ouaip, répond-elle en exhalant la fumée de sa cigarette.

Arnie s'éloigne du comptoir et se retourne vers Switch et moi.

– Bon, dit-il.

Je répète :

– Bon ?

– Je prends une des chambres, déclare Switch.

Je lève les yeux au ciel. C'est du Switch tout craché. Il cherche toujours à être preums.

J'achève la conversation :

– Alors honneur aux dames pour l'autre.

Par la fenêtre de l'entrée, nous voyons que d'autres personnes s'apprêtent à venir réserver une chambre. Arnie se retourne vivement vers la standardiste et sort son portefeuille.

– Très bien. Je vous prends les deux chambres.

– Ça fera cinq cents dollars, dit-elle avant de tirer une longue bouffée de sa cigarette à moitié consumée.

– Cinq cents dollars ? Vous êtes sérieuse ?

La standardiste exhale à nouveau de la fumée et confirme :

– Ouaip.

Le hall commence à se remplir. Arnie paye en espèces et récupère les clés. Switch en prend une et s'en va sans dire un mot.

Arnie me désigne la sortie d'un geste de la main.

– On y va ?

Nous sortons et nous nous frayons un chemin jusqu'au bus. Cela ne nous dérange pas d'y dormir. Ce ne sera pas la première fois et c'est même plutôt confortable. Après avoir passé huit heures enfermé avec les mêmes personnes, on s'y sent bien vite à l'étroit mais il y a amplement assez de place pour qu'Arnie, Calvi et moi-même puissions passer une bonne nuit.

Une fois à bord du bus, Arnie tend la clé à Lael qui proteste poliment :

– Tu devrais la prendre, Arnie.

– Et moi, je sens le pâté ? claironne Calvi en rigolant.

Arnie insiste :

– Assez discuté, ma chère ! Voilà ta clé. Ce n'est pas le grand luxe mais tu auras une douche chaude, de l'intimité et un bon lit.

Lael lui témoigne sa reconnaissance d'un hochement de tête, rassemble quelques affaires et sort du bus en me rappelant du regard que nous avons à parler en privé.

Arnie fait une suggestion :

– Que diriez-vous d'un petit scotch, les gars ?

Je décline.

– Non, merci. Je suis crevé. Je vais aller m'allonger.

Arnie se verse un verre et Calvi demande :

– Je peux emporter ma rasade au lit ?

Avec un regard déçu, Arnie lui tend son verre. Puis il ajuste quelques boutons sur le disjoncteur et disparaît au fond du bus. Aussi seul que je puisse l'être, je m'étends sur le divan avec une épaisse couverture.

En tournée, dans ces moments qui précèdent le sommeil, il m'arrive d'être submergé de solitude. Je me rappelle que je n'ai aucune famille et que mes seuls amis sont en réalité des partenaires de travail.

Je suis tout seul.

Puis, je me demande : pourquoi ? De toute évidence, c'est de ma faute si je suis seul mais pourquoi n'ai-je jamais laissé personne devenir proche de moi ? J'ai toujours été vigilant et l'amour ne s'est jamais immiscé dans ma vie, qu'importent les conséquences.

L'amour… C'est comme une drogue. Une drogue que je ne me suis jamais permis d'essayer car elle a détruit tant de vies autour de moi. Mais au final, peut-être que c'est moi la drogue et que je suis quelqu'un de profondément nocif. C'est vrai : qui aurait besoin de vivre la vie que je mène ? Quel homme voudrait se tenir sur scène chaque soir, face à des milliers de personnes qui scandent son nom ? Toute cette vie est factice, une simulation dans laquelle j'ai perdu mon individualité et qui me donne l'impression d'être un parfait égoïste.

Non, ce n'est pas moi que je protège. Mais tous ceux qui tentent de m'approcher. Je suis nocif, je le sais. Ma mère le savait.

Je commence à avoir sommeil.

C'est mon *modus operandi* : chaque soir, je m'assomme de pensées jusqu'à m'endormir.

Mon portable vibre.

Tiré de mes ruminations somnolentes, je prends mon téléphone. C'est un texto de Lael.

Ce lit est bien trop grand pour moi toute seule… ;)

Je ferme les yeux et souris. S'il y a une personne au monde que je me dois de protéger des aléas de mon existence, c'est bien Lael. Mais j'ai peur de ce qu'elle verra une fois que j'aurai retiré mon masque de rock star. Je ne veux pas tomber amoureux et finir par la perdre ; tous ceux que j'aime finissent par disparaître de ma vie. L'amour est bien une drogue et je crains qu'elle ne soit déjà en train d'infecter mon système, de parcourir mes veines et de corrompre mon cœur.

Je plane à l'idée de la rejoindre dans sa chambre et de l'emmener en vacances au soleil.

Je réponds à son texto :

Quelle chambre ?

213.

Je prends quelques affaires et m'y rends aussitôt. Mon sang bout dans mes veines, je ne sens donc pas le froid. Une fois devant la chambre 213, je tape discrètement à la porte qui s'ouvre presque immédiatement. Lael m'attendait.

Son corps est enveloppé d'une serviette et son visage est vierge de tout maquillage. Elle est magnifique au naturel. Le parfum de son shampoing flotte dans l'air.

– Dépêche-toi, dit-elle d'une voix coquine. Ça caille, filons sous la couette !

Elle me prend par la main et m'entraîne vers le lit. Tout chez elle me fait tourner la tête. Sa peau est soyeuse, son regard brillant et ses lèvres si douces, toujours à deux doigts de sourire. Le chauffage est à fond et de la buée s'échappe encore de la salle de bains. Il ne fait pas froid du tout.

Lael commence à me retirer ma veste en cuir.

– Allez, monsieur Snyder, tout nu !

Je l'attire à moi et l'embrasse. Nous nous complétons à merveille, tous les deux. Nos langues luttent l'une avec l'autre pendant un instant, puis Lael me repousse.

– Ta veste est trempée. Retire-la, retire tout, ordonne-t-elle.

Elle grimpe sur le lit et se met à genoux.

Je commence à me déshabiller.

Avec des gestes aguicheurs, Lael retire sa serviette. De mémoire, je n'ai jamais vu quelqu'un qui soit aussi à l'aise avec la nudité. Elle semble même plus à l'aise nue qu'habillée, pendant que moi, je reste planté là, complètement à poil. Je ne suis pas du genre pudique mais j'ai quand même l'impression d'être un parfait idiot. Toutefois, je suis on ne peut plus prêt à la rejoindre et cela ne lui échappe pas.

– Tu es parfait, dit-elle.

Lael rampe vers le bord du lit et s'empare d'une de mes fesses pour m'attirer vers elle avant de me prendre dans sa bouche avec passion. Cela ne dure que quelques instants. Lael s'assied et nous nous retrouvons face à face.

–Viens sous les draps, bébé. Tu n'as pas froid ?

Jamais elle n'avait parlé ainsi. Sans me quitter des yeux, elle fait courir sa main le long de mon sexe durci, réclamant toute mon attention.

Tout en l'embrassant, je viens m'agenouiller sur le lit avec elle. Nous sommes agrippés l'un à l'autre et couvrons nos corps de caresses. Même dans cette position, nous nous explorons mutuellement. Je la cherche et elle essaye de m'accepter. Je l'étends sur le lit et nos corps savent d'instinct comment se positionner – elle m'entoure de ses jambes et je passe mes bras autour d'elle. Nous faisons l'amour en nous embrassant avec fougue, roulant l'un sur l'autre, nous dominant à tour de rôle, laissant libre cours à notre passion.

Je veux qu'elle se sente bien, qu'elle m'aime. Avec mes mains, je fais tout ce qui est en mon pouvoir pour la faire jouir, prêt à la suivre. Nos corps se détachent l'un de l'autre et Lael ouvre son âme pour moi. Submergé de passion, je la pénètre profondément tout en prenant bien garde à être toujours doux.

Notre étreinte achevée, je ralentis la cadence. L'air émerveillé, Lael pose la main contre mon torse et demande :

– Mais d'où est-ce que tu viens ?

Allongé sur elle, je l'embrasse tendrement. Nous laissons nos lèvres se frôler et Lael tire délicatement sur mon oreille. Je ramène la couverture sur nous. Son sourire est si radieux. Nous nous regardons l'un l'autre tandis qu'une fabuleuse énergie circule entre nous. Notre bataille de regards se prolongeant, nous nous mettons à rire de concert.

Je demande :

– Au fait, de quoi voulais-tu me parler ?

Son sourire s'évanouit et dans la chambre, l'ambiance change du tout au tout. Lael se met sur le dos et remonte les couvertures jusqu'à son menton. Elle ne me regarde plus. Ses yeux scrutent fixement le plafond.

– Mon Dieu, Brad… J'ignore comment te le dire.

J'aurais dû le voir venir : elle va me quitter. Dire que j'ai baissé ma garde juste un instant. Tout s'achève aujourd'hui. Elle va me dire qu'on s'est bien amusés mais qu'il est temps d'y mettre un terme et que nous deux, c'est terminé. Je me déçois moi-même. Comment ai-je pu être aussi imprudent ?

Paré à me faire larguer, je me redresse, réfléchissant déjà à la manière dont je vais réagir. J'ai ma dignité et il est hors de question de perdre la face devant elle.

Lael murmure :

– Brad ?

– Quoi ?

Lael tourne vers moi son visage inexpressif. Mais son regard fait accélérer mon pouls.

– Je suis enceinte.

Je ne ressens plus rien. Je n'entends plus rien. Mon cœur s'est arrêté de battre et j'ai oublié comment on respire. Dans ma tête, une minuscule version de moi-même tente désespérément de me ramener à la vie. Ce que j'avais ressenti dans le bus pendant la tempête refait surface. Je veux protéger Lael, lui faire comprendre qu'elle n'est pas seule mais malheureusement, étant toujours incapable de m'exprimer, je ne fais que la dévisager fixement. Je sais que cet instant ne dure que depuis quelques secondes mais il me semble s'étirer sur des heures entières. D'habitude, Lael est pétrie de confiance en elle mais en cet instant, son expression ne manifeste que de la peur. Je ne l'avais encore jamais vue comme ça.

J'expire à fond et les muscles de mon visage se détendent. Peu à peu, je reprends contact avec le présent. Nous posons nos têtes sur les oreillers, laissant lentement se consumer les feux d'artifice qui explosent dans nos cœurs.

Je souris.

Elle me rend mon sourire et un flot d'émotions inonde son regard.

Une partie de moi se sent comme un enfant, immature et absolument pas préparé à ce que je viens d'entendre. Mais une autre partie se sent homme, comme jamais auparavant, et plus les secondes s'égrainent, plus cette sensation s'intensifie. Je garde les yeux fixés sur cette magnifique jeune femme et je comprends alors qu'elle est le début du reste de ma vie. Au fond de moi, je sais que c'est une bonne chose.

Je retrouve enfin l'usage de la parole. L'expression de mon visage se passe probablement de mots car Lael y réagit avant même que je n'ouvre la bouche.

Quand je lui prends la main, elle serre fermement la mienne, signe de l'intensité de son émotion. Je sens toute la solitude qui l'accable.

Je m'exprime comme si je disais tout haut une chose que je pense tout bas :

– Je sais que ça va te paraître dingue mais, à dire vrai, je suis heureux.

Pendant un bref instant, je me dis que, peut-être, Lael n'a absolument pas l'intention d'avoir cet enfant et que cette conversation va prendre une tout autre tournure.

– Ce que je veux dire, c'est que tu n'es pas seule, Lael. Je suis avec toi.

Le regard vitreux, Lael laisse couler une larme le long de sa joue.

– J'ai peur, dit-elle.

Et cette peur est palpable dans sa voix. Je répète alors les mots que j'ai précédemment prononcés dans le bus.

– Ne laisse pas la peur te dominer.

Lael sourit et lève presque les yeux au ciel. Ce sont des mots ringards mais ils ont l'effet escompté. Lael commence à se relaxer et moi aussi.

Je m'exprime avec le plus de tact possible :

– Quelle que soit ta décision, je marche avec toi. Mais je veux que tu saches que je ne vais pas m'enfuir.

Je me penche vers elle, l'embrasse et ajoute en murmurant :

– On peut y arriver tous les deux.

Lael balaye ses larmes.

– J'ai vingt et un ans, dit-elle. Je n'avais pas prévu autre chose que de rester en banlieue et de traîner pieds nus chez moi !

Poussé par l'enthousiasme, je me mets à parler très vite :

– Ce n'est pas un drame, ça se gère même très bien. On pourrait installer une garderie en coulisse ; Arnie serait notre baby-sitter ; on trouverait des protections auditives pour bébé et on ferait faire des T-shirts And Then taille enfant. Tu peux vivre une vie de star du rock, déchirer tous les soirs sur scène et être une bonne mère. Ce n'est pas incompatible. De nos jours, les mères sont professionnellement très actives. Toi, tu auras juste un boulot plus cool que les autres, c'est tout.

Encore submergée, Lael se permet tout de même de sourire.

J'explique :

– Écoute, on écrit notre propre histoire, d'accord ? C'est nous qui contrôlons notre vie. Je me fiche du groupe et du label. Tout ce qui m'importe, c'est toi.

Pour la première fois depuis qu'elle m'a annoncé la nouvelle, Lael relâche la pression sur ma main. Une onde électrique me parcourt le torse et je demande :

– On est OK ?

Lael me sourit, se retourne et éteint la lumière avant de se lover contre moi. Je la maintiens serrée dans mes bras. La chambre est plongée dans l'obscurité et au-dehors, le vent soulevé par la tempête souffle contre la fenêtre.

– On est OK, confirme Lael. Tu vas retourner dans le bus ?

Je murmure :

– Cette routine commence à me gonfler. On ne se cache plus, désormais. Je veux crier ce qui nous arrive à tout le monde.

Nous faisons à nouveau l'amour jusqu'à nous endormir.

★

Toc, toc, toc.

– C'est l'heure de se lever !

La voix d'Arnie me tire du sommeil. La lumière matinale filtrant par la fenêtre est une vraie bénédiction. La tempête a cessé et, sans projeter la moindre ombre, le soleil se réfléchit sur une épaisse couche de neige blanche. Les murs sont aussi fins que du papier et je peux entendre Arnie frapper à la porte de Switch, quelques chambres plus loin.

À mon côté, Lael émerge lentement.

– Salut, ma beauté !

Je m'habille et scrute la chambre en quête d'une machine à café mais c'est un hôtel modeste et il ne semble pas y en avoir.

– Je vais dans le bus faire du café, dis-je à Lael, l'embrassant sur le front. On se retrouve là-bas.

Je sors de la chambre, dans le blanc neigeux et enchanteur, et ferme la porte derrière moi. Quelques portes plus loin, j'aperçois Switch sur son palier. Il me lance un regard appuyé sans me quitter des yeux, je lui adresse un sourire goguenard. Switch passe devant moi sans dire le moindre mot.

Qu'il ose donc me faire la moindre remarque. Je demande :

– On en a gros sur la patate, Switch ? Tu as un truc à me dire ?

Il ne répond pas. J'en ai soupé de son comportement et de celui de Calvi. Au moins, le message est clair : ma patience a atteint ses limites et cette conversation est terminée. Désormais, quiconque aura un souci vis-à-vis de ma relation avec Lael pourra se le tenir pour dit : je me fous royalement de leur avis.

Avec une confiance renouvelée, je marche en direction du bus. Jamais je ne me suis senti aussi sûr de moi. Je contrôle mon existence. Je suis fort. Je suis un adulte, un vrai.

Lorsque je grimpe à bord du bus, un délicieux fumet de café flotte déjà dans l'air. Avec le flegme d'un homme qui se sent comme chez lui, George est en train de lire un journal. Switch déverse une quantité déraisonnable de sucre dans sa tasse et Arnie est en train de mettre fin à une conversation téléphonique. Cet homme a du mérite. Tous ces imprévus dans l'organisation ne doivent pas être toujours simples à gérer.

Arnie fourre son téléphone dans sa poche.

– J'ai une bonne et une mauvaise nouvelle, dit-il.

Je m'avance vers la machine à café située juste à côté de lui et remplis deux tasses.

– La bonne nouvelle d'abord.

Arnie sourit.

– La bonne nouvelle, c'est qu'on arrivera à temps à Denver pour votre concert.

Switch demande :

– Et la mauvaise ?

– Eh bien…

Arnie est interrompu par le bruit de la porte qui s'ouvre. Lael nous rejoint à bord du bus.

Je lui tends le café que je comptais lui apporter au lit.

Évitant mon regard, Arnie reprend :

– La mauvaise, c'est qu'il va falloir nous y rendre en avion privé et décoller d'un aéroport situé à quelques kilomètres d'ici.

Bien sûr, cette nouvelle me vise *moi*, étant donné que je suis le seul à avoir peur de l'avion.

– Dans l'intervalle, George nous rejoindra à Denver avec le bus, ajoute Arnie. Pendant ce temps, nous nous en tiendrons à notre planning.

Arnie s'installe près de George et les deux hommes commencent à établir un itinéraire.

Avec des gestes lents, je m'assieds sur le canapé pour digérer la nouvelle mais je bondis aussitôt :

– Aaaah !

– Aaaah ! crie Calvi en sursautant.

Caché sous les couvertures, ce dernier dormait encore. Je m'exclame :

– Mais comment tu fais pour dormir alors qu'on est tous là à causer ? T'es vraiment bizarre comme mec !

Calvi masse ses yeux endormis.

– Qu'est-ce que j'ai loupé ?

– Les extraterrestres ont débarqué, déclare Switch avec un sourire moqueur. On est les seuls survivants.

Lael intervient :

– On doit prendre l'avion pour aller à Denver.

– Oh, je vois.

Calvi se gratte la barbe et accepte la tasse de café que Lael lui offre.

George fait ronronner le moteur du bus.

– Et on est repartis, s'exclame Arnie.

L'aéroport en question n'est rien de plus qu'une piste de décollage flanquée d'un hangar. Un chasse-neige qui vient tout juste de balayer les dernières traces de neige poudreuse se gare près de nous. Le conducteur en descend et s'avance à notre rencontre, un cigare coincé entre les dents.

– Vous devez être Arnie, dit-il en ôtant le cigare de sa bouche.

– En effet.

– Super. Je m'appelle Chuck et c'est moi qui vais vous déposer à Denver, ce matin. C'est par là.

Il nous désigne un petit avion plus haut sur la piste.

– Allez les gars, on s'active, lance Arnie avant de saluer George d'un geste de la main.

Le bus s'éloigne. J'ai l'impression d'être un naufragé impuissant au beau milieu de l'océan et de regarder mon radeau de secours se faire la malle sur les flots. Malgré le froid ambiant, je sens une pellicule de transpiration se former sous mes vêtements.

Lael prend une voix rassurante :

– Tout va bien, ce sera un vol très court.

– Je vais bien.

Ou pas. Mais je refuse que Lael me voie ainsi. Aussi, je m'efforce de cacher mon état d'anxiété et suis les traces de pas laissées par les autres dans la neige.

Il ne faut pas longtemps pour que nous soyons tous à bord de l'engin, harnachés sur les sièges. La carlingue est minuscule et il ne reste pas une seule place libre. Arnie s'est assis sur le siège du copilote et a enfilé un casque sur ses oreilles.

Chuck grimpe derrière les commandes et claque la portière derrière lui. Son cigare est éteint mais il continue de le mâchouiller.

– Ça va secouer, nous prévient-il par-dessus son épaule. En cette saison, il n'y a pas pire que Denver comme destination. Gardez bien vos ceintures attachées.

Il enclenche quelques boutons, actionne des leviers et l'avion prend vie avec un tressaillement. En un rien de temps, nous nous élançons droit sur la piste et nous nous envolons. Je garde les yeux fermés et me concentre sur ma respiration, m'imaginant le moment où nous atterrirons sains et saufs à Denver. Je ne veux pas craquer devant Lael.

Quelques instants après le décollage, les premières turbulences commencent. J'ai l'impression que nous chutons de vingt pieds avant de nous redresser subitement. L'avion est secoué en tous sens, de gauche à droite et de bas en haut.

Je sens que c'est la fin. J'ai vingt-sept ans, je suis une star du rock mondialement connue et voilà que je vais mourir dans un crash aux côtés de mon amante qui est enceinte ! Si mes membres n'étaient pas engourdis et que je n'avais pas les poings serrés et les yeux fermement clos, ce serait presque poétique.

Je suis incapable de raisonner ou de me contrôler. C'est une crise de panique.

– Brad ? Chéri ?

La voix de Lael me parvient comme si elle était à des kilomètres.

– Brad ?

Elle est plus proche, maintenant. Elle me tient dans ses bras et me caresse les cheveux.

– Ne laisse pas la peur te dominer, murmure-t-elle à mon oreille.

Je repense à la nuit dernière, quand j'ai dit exactement les mêmes mots. Je veux être fort… pour elle et pour notre famille.

Notre famille. Je vais avoir une famille !

Ma respiration se fait plus régulière. Mon cœur bat encore la chamade mais je dois rester concentré – ne penser qu'à Lael.

Enfin, nous touchons terre et je suis à nouveau moi-même. J'adresse un sourire à Lael qui me le rend. Elle vient de me voir plus bas que terre et à la manière dont elle me regarde, je sais d'instinct que je ne l'ai pas perdue. Lael est parvenue à me calmer. À nous deux, j'ai l'impression que nous pourrions conquérir le monde.

Chuck se retourne vers nous et sourit de toutes ses dents noircies par le tabac.

– Bienvenue à Denver !

18

Lael

– Lael !

Surprise, je sursaute au son tonitruant de la voix de papa qui résonne juste dans mon dos. Merde, alors. Depuis notre atterrissage à Denver à bord de ce fichu avion, je suis sur les nerfs. C'est bien la dernière personne au monde que je m'attendais à trouver ici – et je n'ai aucune envie de le voir.

Pourtant, il est bien là, en plein milieu du hall d'accueil du Kimpton Monaco Hotel.

Et il sourit.

Un sourire qui ne me dit rien qui vaille.

Le diable en personne.

Je cherche le groupe du regard. L'hôtel organise un open-bar et les gars voulaient en profiter avant qu'on sorte dîner. Nous devions nous retrouver ici mais je suis en avance.

– Tu cherches le groupe ? demande papa. Je les ai envoyés ailleurs. Il faut qu'on parle en privé, toi et moi.

Mon cœur cogne dans ma poitrine.

Merde.

Il sait ! C'est certain.

J'ignore comment mais il sait que je suis enceinte.

Que j'ai une relation avec Brad.

Il sait tout.

Je savais bien que ce sourire était de mauvais augure.

Il a l'air d'un chat qui vient tout juste de gober un canari.

Je désigne le hall d'accueil d'un geste de la main.

– Quoi que tu aies à dire, tu peux m'en parler ici.

– J'ai bien peur que non, Lael. Tu pourrais piquer une crise.

Oh, bon sang.

Il pose ses mains sur mes épaules.

– Regarde, tu es déjà en train de fulminer, je le vois.

– Parle maintenant, dis-je en dégageant ses mains d'un haussement d'épaules. Que je fasse une scène ou pas, c'est mon problème.

Le hall est bondé de clients venus profiter de l'open-bar et je sais que papa craint que je ne provoque un scandale. De nombreuses personnes pourraient le reconnaître. Mais je m'en fiche royalement. Il veut me contrôler ? Il ne le pourra pas ici.

Son expression se durcit.

– Fort bien. Si tu veux la jouer comme ça, peu m'importe. De nous deux, c'est toi qui en souffriras.

Il baisse d'un ton et reprend :

– Je sais que tu m'as désobéi. Tu couches avec Brad.

– Et comment pourrais-tu savoir ça ? dis-je, me demandant ce qu'il sait d'autre.

– J'ai des yeux et des oreilles absolument partout.

– Qui t'a dit ça ? Comment peux-tu être sûr que c'est quelqu'un de confiance ?

– Parce que je le sais. C'est Marc Calvi qui me l'a rapporté. Il vous a surpris plus d'une fois donc ce n'est même pas la peine de faire semblant.

Calvi ! J'en étais sûre ! Je vais tuer cet enfoiré ! Puis Brad voudra le tuer une seconde fois. Ce sera un double meurtre et sans regrets.

Papa reprend :

– Calvi est simplement inquiet pour le groupe. Tout comme moi. Or, ton petit flirt avec Brad compromet absolument tout.

– C'est faux !

Mon cri attire l'attention de quelques personnes. Mes hormones me travaillent, ces derniers temps. Je me force à baisser d'un ton avant de poursuivre :

– Le groupe se porte très bien. Nos concerts se passent même de mieux en mieux ! Sérieusement papa, la tournée sera bientôt finie. Laisse couler.

– Donc, tu ne nies pas ?

– Non, je ne nie pas.

– Dans ce cas, tu n'es pas aussi futée que je le pensais.

– Je te demande pardon ? Moi, *pas futée* ? Pendant deux mois, j'ai roulé ma bosse dans ce sordide milieu de faux culs. J'ai géré la pression des médias, du public, et tout ça pour pouvoir donner chaque soir le meilleur de moi-même, au maximum de mes capacités. Voilà ce que je fais, papa. Constamment ! Je bosse dur et ça commence à payer. Et tu veux savoir ? Le seul qui ne me met pas la pression, qui me comprend et me soutient pleinement, c'est Brad !

Plus déçu que jamais, papa secoue la tête.

– Tu n'as pas les idées claires, Lael. Tu es jeune. Trop jeune pour cette carrière et trop influençable pour faire partie d'un groupe comme celui-ci. J'aurais dû m'en douter mais je pensais tout de même agir dans ton propre intérêt.

Mon pouce poignarde ma poitrine.

– C'est à *moi* d'agir dans mon propre intérêt ! Ça n'a jamais été ton rôle, papa ! Tu ne contrôles pas ma vie, *je* le fais !

– C'est justement là que tu as tort, Lael. Chacun de tes actes est totalement sous mon contrôle. Je n'ai qu'à claquer des doigts et tout s'arrêtera. Pour toi, comme pour Brad.

Mon pouls s'accélère et le feu me monte aux joues.

– Qu'est-ce que tu insinues ?

– Que c'est terminé.

– Terminé ?

Il lève dédaigneusement la main.

– Je ne te donnerai pas de seconde chance, dit-il. Je l'ai déjà fait et tu as tout gâché. Tu m'as trahi, ma grande. J'en suis blessé. Profondément blessé ! La douleur d'un père, tu ne sauras jamais ce que c'est.

– Ce qu'il ne faut pas entendre ! Quelle connerie !

– C'est fini, Lael. Soit tu fais ton dernier concert ce soir, soit ce sera le dernier pour Brad. En aucune façon vous ne rejouerez ensemble après aujourd'hui. Fais ton choix.

– Tu n'as pas le droit de faire ça.

– Mais si. Brad m'appartient. Tu le sais. Et il me doit tout. Je le virerai du groupe.

– Brad *est* le groupe !

Papa hausse nonchalamment les épaules.

– En ce cas, fini les concerts. Je m'en fiche, la tournée m'a déjà rapporté assez d'argent alors peu importe que tu joues les dernières dates ou pas. Qu'est-ce que ça peut faire que tout s'arrête ? Je fonderai un nouveau groupe, avec quelqu'un qui me respectera.

Je bous de rage.

– Tu n'es pas un père : tu es un monstre !

Ma remarque lui glisse dessus.

– Tu n'as pas d'enfant, dit-il. Tu ignores ce que cela signifie de faire des sacrifices.

Je ne peux alors plus contrôler mes mots. Ils surgissent de mes lèvres sans que je puisse les retenir.

– Je vais être maman.

– Oui, un jour prochain.

Je rassemble tout mon courage pour répliquer.

– Non. Dans huit mois exactement. Papa... Je suis enceinte.

Papa est le calme incarné, il me dévisage sans même sourciller.

– Tu es quoi ?

– Je suis enceinte. J'attends un bébé. Et Brad est le père.

Tout se déroule comme dans un film au ralenti. Papa devient tout pâle et sa peau se confond presque avec ses cheveux blonds. Il chavire légèrement, comme s'il était sur le point de s'évanouir. Il est bouche bée, en état de choc.

– Je suis désolée, dis-je vivement. Je ne voulais pas que tu l'apprennes comme ça. Mais c'est la vérité. Je vais avoir l'enfant de Brad et il n'y a rien que tu puisses faire pour l'empêcher.

Je dois bien admettre que je m'étais attendue à ce que sa colère m'explose au nez, mais contre toute attente, il parvient à conserver bonne figure. Son visage est neutre et impassible mais je pourrais jurer qu'il est en train de faire une attaque.

– Tu sais parfaitement comment me faire souffrir, n'est-ce pas Lael ?

– Ne fais pas ça.

– Je ferai comme bon me semble. Certes, je ne pourrai pas t'empêcher d'aller plus loin. Mais je peux faire en sorte que tout s'arrête pour And Then ce soir. Ce que j'ai dit tout à l'heure tient toujours : soit tu quittes le groupe, soit ce sera Brad. Ce soir, c'est ton dernier concert. Tu m'as bien compris ? C'est toi ou lui. Fais ton choix.

– Qui assurera la basse ?

Il me décoche un rictus suffisant et dit :

– J'avais l'intuition qu'une chose pareille pourrait se produire alors j'ai mis Bruce Ross sur le coup. Il a déjà auditionné pour eux et il fera parfaitement l'affaire. Bien mieux que toi, en tout cas.

Je pointe sur lui un index menaçant.

– Personne n'assurera autant que moi !

Il me toise de son regard glacial.

– Ne fais pas l'enfant. En te laissant partir de toi-même, je te fais une fleur. Il est fini, ton doux rêve. Il est temps de redescendre sur terre. Avec ton *bébé* ! Bon courage pour entraîner Brad là-dedans avec toi.

Puis il tourne les talons, attrape un verre de vin sur la table et quitte l'hôtel avec, comme s'il quittait sa propre maison.

Seule dans le hall, je bous de rage. Mon cœur bat la chamade et mes membres sont engourdis.

Comment ose-t-il ?

Évidemment, je n'espérais pas des câlins et des bisous mais je ne m'attendais pas non plus à ce qu'il s'en aille comme ça, comme si de rien n'était.

Pas plus que je ne m'attendais à ce que le concert de ce soir soit mon dernier.

Fait chier !

Bien sûr, c'est encore la meilleure chose à faire. Je m'en remettrai, je n'étais là que temporairement. Mais Brad ? Le groupe représente tout pour lui. De plus, si je lui raconte tout ce qui vient de se passer et ce qui s'est dit avec papa, il quittera le groupe aussitôt.

Je ne peux pas laisser cela arriver. La musique, c'est toute sa vie.

Il va donc falloir que je lui mente.

Mais ce ne sera pas simple.

Je vais devoir inventer un prétexte ; que je ne suis plus aussi enthousiaste, que j'ai envie de rentrer pour me préparer à être une bonne mère. À part un peu de fatigue, je me sens bien mieux depuis quelque temps mais la grossesse sera un alibi tout à fait crédible. Brad ne me questionnera pas.

Mais quel que soit mon argument, je joue mon dernier concert ce soir.

C'est la fin.

Comment vais-je parvenir à l'accepter ? Comment leur dire au revoir et renoncer à tout le bonheur et la joie que le groupe m'apporte ? À ce sentiment d'avoir un but dans la vie ?

Peu importe que j'en sois capable ou non. De toute façon, je n'ai pas le choix. Après ce soir, le groupe n'aura plus que trois concerts à donner. Papa a raison, le doux rêve sera bientôt terminé. Mais j'avais besoin de temps pour faire le deuil de cette tournée. Au seul prétexte que tout ce qui m'arrive de merveilleux dans la vie va avec son insurmontable lot de complications, voilà que je me retrouve éjectée. Ce n'était pas ce que je voulais.

C'est comme si on m'avait dépouillée. J'ai envie de monter dans ma chambre, de sombrer sur mon lit et de pleurer. C'est peut-être dû à l'altitude mais j'ai l'impression que je pourrais m'endormir pour toute une vie. Peut-être que quand je me réveillerai, tout n'aura été qu'un mauvais rêve.

Mais je ne peux pas faire ça.

Impossible.

Ce soir, c'est mon ultime concert.

Je vais arrêter de faire l'enfant, monter sur scène et leur en faire voir !

J'y mettrai tout mon cœur et toute mon âme.

Même enceinte, je vais déchirer comme jamais !

Mais avant ça, il faut que je fasse une chose.

Trouver Calvi et lui coller un pain en pleine tronche.

19

Brad

Je ne regarde jamais jouer les groupes de première partie. Malgré tout le respect que j'ai pour eux, je n'y arrive pas, même si je sais que je devrais le faire. Les instants qui précèdent le concert sont à moi. Avant de me produire devant un stade plein à craquer de fans en délire, j'ai besoin de m'isoler dans mon palais mental.

La tendance musicale actuelle me déplaît – trop superficielle. Je n'ai rien à voir avec ces gars qui montent sur scène habillés comme à la ville en mangeant une pomme. Je prends cet aspect de la musique très au sérieux. J'espère que Lael a compris ce que je voulais dire quand je lui ai conseillé de n'avoir aucun respect pour la foule. J'éprouve un respect sans borne pour le public, c'est juste que je ne le crains pas. Mais l'énergie négative qui se dégage parfois de ces instants ? On ne devrait avoir aucun respect pour ça.

Aurais-je l'air humble ou modeste pendant les concerts ? Je ne me prends jamais la tête à ce sujet. Quand je monte sur scène, je ne demande qu'à être respecté. Le public veut qu'on le prenne par la main. Quand l'énergie dans la salle devient comme une mer déchaînée, il ne faut pas se jeter à l'eau : on se présente à eux à bord d'un bateau pirate et on fait en sorte qu'ils supplient pour monter à bord.

Ce soir, j'ai le sentiment que ça va être une de ces nuits-là. Pourtant, il reste du temps avant le début du concert. Assis seul dans les loges, je sens déjà l'énergie enfler en coulisse, ainsi que les intenses vibrations en provenance de la scène où se produit actuellement le groupe d'ouverture. Le grondement de la foule me parvient à travers les murs. J'ai besoin de cette solitude, elle m'est nécessaire pour bâtir mon bateau pirate dans ma tête.

Calvi et Switch regardent toujours les premières parties. Je ne pense pas qu'ils le fassent par réelle sympathie mais plutôt par souci de véhiculer une bonne image d'eux-mêmes. Cela m'enlève un poids des épaules et je suis ravi qu'ils le fassent pour le groupe. Pendant ces moments-là, Lael en profite habituellement pour se dégoter un coin tranquille afin de s'échauffer et se faire belle. Elle s'est faite très discrète aujourd'hui. J'ai eu vent de la visite impromptue de Ronald et depuis, je ne l'ai pas revue. D'ordinaire, dans les derniers moments avant d'entrer sur scène, j'ai l'esprit vierge de toute pensée, mais pour de multiples raisons, ce soir mes émotions me transportent.

Je n'en reviens toujours pas : nous allons avoir un enfant. Je crois bien que cette nouvelle m'a fait traverser tout le spectre des émotions humaines et depuis que Lael m'en a fait part, je me sens plus vivant que jamais. Cela remet les choses en perspective. Je me demande si, quelque part, je n'avais pas toujours profondément désiré que Lael attende mon enfant. Pendant des années, j'avais pris d'infinies précautions sur ce terrain-là et aucun de mes spermatozoïdes n'était parvenu à faire une percée.

Lorsqu'elle m'a appris la nouvelle, j'ai ressenti de la peur, aussitôt suivie par un profond sentiment d'acceptation. Si une ancienne conquête devait refaire surface pour m'annoncer qu'elle est enceinte, je n'ose pas imaginer ma réaction. Me retrouver pieds et poings liés à cause d'une fille quelconque pour le restant de mes jours a tout de terrifiant.

Mais avec Lael, rien ne saurait être moins vrai. Quand elle me l'a dit, je me suis presque senti… libéré. Elle est ma lumière, mon astre brillant : je vais créer la vie avec le soleil.

Lucide, je laisse mon esprit vagabonder à loisir, tant qu'il ne s'aventure pas dans les mers agitées qui font rage par-delà ces murs.

Le temps passe et le groupe de première partie achève son concert. Les murs ne tremblent plus ; le vacarme de la foule baisse, bientôt réduit à un bruit de trafic nocturne.

Lael entre en coulisse, sans un mot, ni un regard pour moi. Elle est prête. Je ne lui ai jamais fait part de mes rituels d'avant-concert mais elle a déduit d'elle-même mes habitudes et elle a vite trouvé son propre espace. Elle possède cette capacité musicalement aussi.

Tout comme moi, Lael reste seule avant les concerts. Elle prend cela très au sérieux et ça me plaît. Aussi, je suis très surpris quand elle s'adresse à moi :

– Brad.

Je laisse passer quelques instants et tourne la tête. Avachie, Lael s'est assise sur le canapé. La défaite se lit sur ses traits. Jamais je ne l'ai vue comme ça avant un concert. Une chose terrible a dû arriver.

– Toi, tu as une mauvaise nouvelle à m'annoncer.

– Assez mauvaise, confirme-t-elle.

Je quitte la chaise et le miroir devant lequel je m'étais assis et viens prendre place sur le canapé à ses côtés.

– Tu peux te confier à moi.

Soudain, Arnie passe la tête dans l'entrebâillement de la porte.

– Cinq minutes, dit-il.

Il disparaît aussitôt. Lael replace ses cheveux derrière ses oreilles et déclare :

– Désolée, il y a une chose que tu dois savoir mais je ne veux pas en parler avant le concert.

Cela ne m'ennuie pas le moins du monde de l'entendre maintenant. Mon bateau pirate est paré à l'abordage et c'est un fier navire. Lael peut tout me dire, je donnerai tout de même un concert d'anthologie.

Mais elle peine à trouver les mots. Je demande :

– Qu'est-ce qui ne va pas ?

– Je suis désolée, Brad, mais je ne vais pas pouvoir aller au bout de la tournée. Navrée, mais j'ai bien peur que ce soit mon dernier concert avec vous ce soir.

J'entends ce qu'elle dit mais l'information refuse de faire son chemin. Mon cœur s'emballe.

Je proteste :

– Hein ? Mais pourquoi ? Il ne reste que deux ou trois dates ! Tu te sens bien… C'est le bébé ?

– Je vais bien, m'assure-t-elle sans lever les yeux vers moi. Le bébé aussi.

Inquiet, je demande :

– Et nous ?

– Oui, mon chéri, rassure-toi. Notre couple va très bien.

Son regard croise enfin le mien. Lael me prend la main et poursuit d'une voix émue :

– C'est un truc de fille. Un truc par rapport à ma grossesse. Il faut que je rentre, que je lève un peu le pied. Peut-être même que je consulte un médecin.

Je me sens soudain comme un parfait égoïste. Je n'y connais rien en grossesse et je n'ai même pas pensé un seul instant que Lael pourrait avoir besoin de consulter un docteur. Peut-être devrait-elle être à l'hôpital en ce moment même ! Souffre-t-elle ?

Submergé par ma propre ignorance, je demande :

– Tu as mal ? On s'en fout du concert, tu n'es pas obligée de jouer ce soir. Tout ce qui m'importe, c'est toi. Je te ramène immédiatement chez toi.

Je parle à cent à l'heure, rongé d'inquiétude à l'idée de l'avoir mise en danger.

Lael me fait comprendre par ses gestes de me calmer. Je prends alors conscience que je suis tombé à genoux et que je lui tiens la main, comme face à un soldat à l'agonie.

Je me reprends et me rassieds à ses côtés.

– Relax, dit-elle. Tout va bien, pour moi et pour le bébé. Mais c'est quelque chose que je dois faire et il est important pour moi que tu le comprennes.

Sa voix est pleine de conviction. C'est moi qui devrais la rassurer et non l'inverse. Je me sens terriblement coupable.

Dans la salle, la clameur des spectateurs s'intensifie. Ils ont dû tamiser les lumières. Nos cinq minutes sont écoulées. Cette tournée a été la meilleure de toute ma vie. Je sais qu'il y en aura d'autres mais celle-ci restera spéciale.

Et celle qui l'a rendue si spéciale va à présent se retirer.

Je m'accorde un moment pour l'accepter.

Le public commence à scander notre nom. On dirait une foule en colère, mais une foule unie, ce qui rend le boulot bien plus facile à faire.

And Then ! And Then ! And Then !

– Lael, je veux que ce soit toi qui chantes la première chanson.

L'idée semble l'embarrasser.

– *FuzzFace* ? Mais pourquoi ?

– Tu te l'es complètement réappropriée, dis-je. C'est ta chanson. Je veux garder ce souvenir de toi. S'il te plaît, fais-le pour moi.

À présent, la foule tape du pied en rythme sur chaque syllabe. Au-dessus de nos têtes, les lumières du plafond commencent à trembler et à se balancer.

L'expression de Lael me fait comprendre qu'elle est prête à le faire.

À ce moment, Calvi passe la tête par l'entrebâillement de la porte. Son nez est enflé et tout bleu.

– Qu'est-ce qui t'est arrivé ? je lui demande en désignant son visage.

– Ça s'agite là-dehors, dit-il en ignorant ma question. Faut qu'on monte tout de suite !

Je remarque que Lael lui lance un regard assassin et que Calvi évite soigneusement de le croiser. C'est la première fois qu'elle montre autant d'hostilité. Il y a même une étincelle d'autosatisfaction dans ses yeux.

– On arrive mec, dis-je. On sera juste derrière vous.

Calvi disparaît et je me focalise à nouveau sur Lael. Si c'est notre dernier concert ensemble, je veux en garder chaque moment en mémoire. Je veux qu'elle vive une expérience inoubliable dont elle pourra être fière pendant des années.

Sans un mot et les yeux dans les yeux, nous nous levons et laissons l'énergie nous envahir. Chaque cellule de mon corps vibre et rien qu'à la regarder, je sais qu'elle ressent la même chose.

– Tu vas me manquer, dis-je.

– Je ne suis pas encore partie.

– Alors, on y va !

Nous nous engageons dans les coulisses et nous nous regardons l'un l'autre une dernière fois avant de nous engager vers ce lieu dont nous avons tant besoin.

Quand Lael s'avance sur scène, la foule cesse de scander le nom du groupe et se met à hurler. Elle marche fièrement jusqu'à sa basse et je sais d'instinct que chaque femme dans le public aimerait avoir ne serait-ce qu'un quart de son assurance.

Quant aux hommes, j'aime autant ne pas songer à ce qu'ils pensent.

Je reste en retrait quelques instants et observe.

Un projecteur se braque sur Lael.

Éclairée par le faisceau de lumière, elle s'avance jusqu'au bord de la scène et laisse la tension grimper d'un cran.

Tous les regards sont sur elle.

Comme dans un film au ralenti, Lael tape du poing contre la caisse de résonance de sa basse. La note résonne dans l'arène et la fait trembler. Elle garde les yeux fixés sur le public et je m'imagine chaque spectateur se sentir pénétré par son regard. Lael flanque un nouveau coup sur sa basse, en regardant toujours droit devant elle. Stoïque, maîtresse de la situation…

Magnifique.

Au troisième coup, son pied enfonce sa célèbre pédale et le son qui était déjà puissant devient carrément violent. Lael tombe à genoux et balance ses cheveux bleus vers l'avant.

Au quatrième coup, l'ingé lumière illumine la scène d'une lumière bleue.

Je m'avance et le groupe entame le riff lourd, lent et aguicheur de *FuzzFace*. Lael fait basculer sa chevelure par-dessus son épaule. Sur scène comme dans la fosse, c'est elle qui commande.

Je reste en retrait près de la batterie et assiste au spectacle comme si j'étais son plus grand fan.

Peut-être que je le suis.

Lael s'avance vers le micro et entonne le premier couplet :

Combing back my hair
Thinking of you, late night phone calls
Lead us to our end

Quand je me joins à elle sur le refrain, le public scande les paroles d'une seule voix tandis que Calvi et Switch jouent en parfaite harmonie avec nous. Les autres membres du groupe chantent eux aussi en chœur :

An emptiness, I need a companion
In the dead of the night I can find reasons too
And there is something in you that turns me on

La manière dont elle chante cette partie me donne envie de réenregistrer complètement la chanson. Grâce à Lael, elle sonne mieux, plus sexy aussi. Lorsque *FuzzFace* touche à sa fin, le public l'ovationne, lui faisant savoir qu'elle a assuré.

Conserver un tel niveau d'énergie sur le reste du concert s'avère être un vrai défi. Si c'était à refaire, il vaudrait mieux chanter *FuzzFace* en rappel.

Difficile de passer après Lael.

Mais le groupe parvient à gérer.

Le concert est absolument dantesque.

À chaque chanson, le public est époustouflé.

Le show s'achève et la foule nous remercie d'un tonnerre d'applaudissements qui dure plus longtemps que nécessaire. On sent que pour eux aussi, cette soirée a été des plus spéciale.

Arnie nous accueille au sortir de scène.

– Waouh, c'était génial, les gars ! Plions la rencontre VIP et allons fêter ça !

Ces derniers temps, nous rencontrons nos fans après les concerts. Je préfère. Je ne peux pas prétendre que ça m'arrange toujours mais c'est bien plus plaisant que de les rencontrer pendant que je suis dans mon palais mental – les fans peuvent parfois être très perturbants.

Arnie nous mène sur le plateau où nous attendent les gagnants des concours radio et nos fans les plus dépensiers. Nous bifurquons dans un couloir et je suis à la fois surpris par le monde qui nous attend mais aussi et surtout par le nombre d'adolescentes dont les cheveux sont teints en bleu.

Et je ne crois pas être le seul que ça surprenne.

– Regarde, dis-je à Lael. Des mini-toi !

Lael est aussi flattée que gênée mais elle assume plutôt bien son rôle. Je ne peux imaginer meilleur modèle pour ces jeunes filles. Pour moi, Lael incarne une vraie force. Son énergie et sa féminité lui octroient un réel pouvoir et il semble positivement contagieux.

Comme d'habitude, Calvi, Switch et moi-même nous plaçons côte à côte mais les jeunes filles nous ignorent et s'avancent droit vers Lael, levant sur elle des regards admiratifs.

En allant à leur rencontre, Lael change légèrement sa façon d'être. Elle m'apparaît plus inflexible, comme si elle savait qu'elle n'allait passer qu'un bref moment en compagnie de ces jeunes filles et que ses manières pourraient les influencer.

J'aime le message qu'elle véhicule : *Soyez fortes, car si vous vous laissez faire, le monde vous traitera en conséquence.*

J'éprouve pour elle une fierté sans borne. Bien sûr, je suis triste que Lael s'en aille et qu'elle ne termine pas la tournée mais je ne pourrais pas imaginer meilleure manière de quitter la scène.

Lael pose avec chacune de ses jeunes fans aux cheveux bleus. Lorsque l'une des plus jeunes adopte des allures de princesse devant l'appareil, Lael lui montre comment faire les cornes avec ses doigts et prendre une mine renfrognée et *badass*. Quand elle s'en va, la gamine a toujours l'air d'une princesse de conte de fées mais ce n'est plus une baguette magique qu'elle tient à la main : c'est une épée de guerrière.

Ce show est le plus beau des rêves. Mais tous les rêves ont une fin. D'un seul regard, Lael m'informe qu'il est temps pour elle de partir. La descente sur terre est rude.

Pour moi, c'est même un crash.

Elle m'adresse un demi-sourire.

– Allez collègue, on se revoit dans une semaine !

– Tu pars vraiment maintenant ?

– Raccompagne-moi.

Lael salue Switch et Calvi et leur fait à chacun une accolade d'adieu. Celle avec Calvi est plutôt embarrassante et désagréable à voir mais Lael préfère en rire. Puis nous remontons tous les deux le couloir et Lael s'arrête devant la porte métallique menant à la zone de chargement du matériel.

– J'ai un chauffeur qui m'attend, dit-elle.

– Alors, on se dit au revoir.

Lael tempère :

– Ce n'est que pour une semaine. Moins que ça, d'ailleurs. Quand tu arriveras à L.A., tu as intérêt à faire un crochet direct par chez moi !

Puis, d'une voix calme et douce, elle ajoute :

– Appelle-moi et écris-moi aussi souvent que possible. Dès que j'aurais des nouvelles concernant le bébé, je te le ferai aussitôt savoir.

– Tu vas me manquer.

Je fais au mieux pour ne pas en faire trop car je ne souhaite pas l'effrayer.

Mais la vérité, c'est que la voir partir me brise le cœur.

Toutefois et sans savoir comment, j'arrive à faire bonne figure. J'aimerais trouver les mots mais rien ne me vient.

Elle ouvre la porte et je la lui maintiens pour qu'elle sorte.

Une limousine noire attend dehors.

Merde, le temps passe trop vite.

– Ne m'oublie pas, Snyder ! me lance-t-elle en s'éloignant.

– Je déteste te voir partir mais j'adore te regarder t'en aller !

Elle tourne la tête vers moi et rit.

Nous échangeons un sourire.

Malgré les circonstances, c'était la meilleure façon de nous quitter. Mais il a fallu que la portière de la limousine s'ouvre et qu'il apparaisse.

Ronald.

Il porte un long imperméable noir et ses lèvres sont pincées en un rictus.

Nos regards se croisent brièvement et je perds aussitôt toute envie de sourire.

Sans un dernier regard, Lael monte dans la limousine rutilante, suivie de près par Ronald.

Appuyé contre un poteau de la zone de chargement, je regarde la limousine s'éloigner et repense à *Spaceship Limousine*, une chanson issue de l'un de nos premiers albums. Le texte parle d'un jeune conducteur de limousine qui, pour impressionner une fille, transforme sa voiture en vaisseau spatial.

La chanson n'a pas eu beaucoup de succès mais elle reste une de mes favorites. Quand on est amoureux d'une fille, on ferait tout pour l'impressionner. J'aime Lael et je serais prêt à voler jusqu'à la lune pour elle.

Cette semaine va être la plus longue et la plus pénible de toute ma vie.

20

Brad

Je fais face au public et parle fort dans le micro.

– Merci ! Nous sommes And Then ! Notre musique est disponible sur tous vos supports physiques et numériques habituels ! C'est une soirée spéciale pour nous : la dernière date de notre tournée. J'espère que vous avez passé un bon moment. C'est la dernière chanson pour nous. Elle s'appelle *Shut the Door, Have a Seat* !

Cette dernière date est complète et le public est très hétéroclite – comme toujours à Vegas. Ici, les concerts sont toujours assez particuliers. Le buffet à volonté est gratuit et les spectateurs profitent allègrement de la bonne chère. La plupart des spectateurs du soir sont des fans mais, comme à l'accoutumée dans cette ville, il y a également des curieux de passage, simplement venus pour passer du bon temps. Ils pourraient aller voir le spectacle d'un grand illusionniste ou même Céline Dion, et pourtant, c'est ici qu'ils sont venus.

En soi, je n'ai rien contre Vegas mais j'ai parfois l'impression d'y jouer uniquement par obligation professionnelle. Contrairement à une ville comme Portland où le public vient participer à une vraie expérience de scène, celui de Vegas vient voir des concerts pour se divertir.

La chanson touche à sa fin et nous saluons poliment la foule avant de quitter la scène. Bruce Ross n'a pas le quart de l'énergie déployée par Lael, mais c'est un vrai pro et son aide a été la bienvenue. Je dépose ma guitare sur son trépied, juste à côté d'un Arnie tout sourire.

– Ça a été une tournée d'enfer, mon ami, me dit-il.

– Oui, ça l'a été. Vivement la prochaine !

J'ouvre mes bras en grand et lui fais une accolade avant d'ajouter :

– Mais à l'avenir, oublie l'avion.

Nous éclatons de rire tous les deux et nous nous séparons. Je descends les escaliers en direction des loges. Tout le monde essaye d'établir un contact visuel avec moi, ce qui me met la pression. Chacun veut me raconter ce qu'il a pensé de moi pendant le concert. Je salue et souris sans m'arrêter, gardant à l'esprit qu'un concert ne s'achève vraiment qu'une fois qu'on est à l'abri dans sa chambre d'hôtel. Faire bonne figure devant les gens, c'est juste un autre genre de prestation.

Au détour du couloir, je comprends que cette fois-ci, la prestation contiendra un défi de taille : Ronald Ramsey est là, dans les loges. Assis sur une chaise, il discute avec un petit groupe de personnes. Il agite les bras en tous sens et accapare plus d'espace que nécessaire. Comme les figurines de petits chiens qu'on met à l'arrière des voitures, son auditoire acquiesce à chacune de ses paroles.

Lorsque Ronald m'aperçoit, il fait un geste dans ma direction et pousse une exclamation :

– Le voilà ! Le héros de la soirée !

Je m'approche et le salue avec politesse mais sans enthousiasme.

– Ronald. Qu'est-ce qui t'amène à Vegas ?

– Je suis venu voir la dernière date de la tournée. Complète, en plus. C'est très impressionnant. Les chiffres de cette tournée ont été absolument fantastiques. Ils ont grimpé en flèche !

Il s'adresse directement à moi et son petit auditoire commence à se réduire jusqu'à ce qu'il ne reste que les types en costard qui le suivent dans tous ses déplacements. Ronald lisse sa cravate et poursuit avec entrain :

– Quand je pense que tu n'étais qu'un gamin dans une ruelle. Et regarde-toi maintenant ! Il en a fait du chemin, non ? demande-t-il à l'un de ses gorilles sans attendre de réponse en retour.

Switch nous rejoint et prend un siège.

– Ah, Steve ! s'exclame Ronald. Ravi de te voir.

N'a-t-il vraiment pas la mémoire des noms ou bien est-ce une manière bien à lui de conserver un ascendant sur les autres ? Je ne saurais le dire.

Switch lève son verre et hoche la tête sans dire un mot.

Ronald observe son reflet dans la glace des loges et sa voix emplit la pièce :

– Ainsi, c'est la fin de la tournée ! Vous vous accorderez une petite pause et vous retournerez fissa en studio. Il faut battre le fer tant qu'il est chaud ! Pas de temps à perdre !

Pendant un moment, j'envisage de lui dire qu'il ne contrôlera plus jamais ma carrière et qu'il peut me faire tous les procès qu'il voudra, je me tire et j'emmène sa fille. Cette simple pensée me fait sourire, mais ne nous emballons pas. Après tout, il s'agit du père de Lael. Pour l'heure, mieux vaut la jouer fine.

– On va faire ça, dis-je d'un ton badin.

– Parfait ! J'ai hâte d'entendre vos prochaines démos ! Sur ce, messieurs, j'ai du pain sur la planche.

Ronald fait pivoter sa chaise et se lève avec autant de grâce qu'en est capable un grand et vieux bonhomme rondouillard tel que lui. Il ajoute :

– Je suis très heureux de la relation professionnelle que nous entretenons, Brad. Je le pense sincèrement ! Quand je pense que nous avons failli rompre notre partenariat à Denver ! C'est beaucoup mieux ainsi, pour toi comme pour moi. Lael a vraiment fait le bon choix. Cet ultimatum a réellement été bénéfique. C'était toi ou elle.

Ses mots restent suspendus dans l'air et un sourire diabolique s'étire sur son visage.

Ainsi, Lael m'a menti. Je suis conscient qu'elle l'a fait pour me protéger mais j'enrage quand même. Je me sens trahi et blessé. La haine que j'éprouve pour Ronald est presque impossible à contenir et je lutte de toutes mes forces pour conserver mon sang-froid. Par chance, ce dernier prend de lui-même la décision de s'en aller, mais pas avant d'ajouter :

– D'un orphelin en foyer, tu es devenu le leader d'un des groupes les plus populaires du monde… J'ai vraiment assuré avec toi, dit-il en passant à côté de moi pour m'assener une claque dans le dos. Ne me remercie pas ! Contente-toi de respecter notre accord et tout ira pour le mieux.

Puis il se penche vers moi pour que je sois le seul à entendre la suite.

– Lael va avorter. Là aussi, elle prend la bonne décision.

Là-dessus, Ronald s'en va, suivi de près par ses minions.

Mon sang bout dans mes veines. Mon enfant… Il parle de mon enfant ! Alors, il sait ? Pourquoi Lael ne m'a-t-elle rien dit ? Et pour l'ultimatum ? Cette fois, c'est clair : ma relation avec Ronald va changer du tout au tout – et comme j'ai hâte que ça se produise !

Switch demande :

– Pourquoi il ne retient jamais mon nom ?

Je prends place de l'autre côté du canapé où il s'est assis, essayant au mieux de chasser de mes pensées le mensonge de Lael. Calvi entre dans les loges.

– Qui est mort ? demande-t-il.

Je réponds :

– Tu viens de louper Ronald. Il est passé nous donner nos ordres. On repart en studio.

– Cool, dit-il en portant à ses lèvres une tasse gravée d'un motif tribal de laquelle tourbillonne une volute de fumée.

Je m'avance vers le bord du canapé et m'adresse à eux d'une voix mesurée :

– Les gars, je veux que vous sachiez une chose : quoi qu'il puisse arriver, vous êtes mes frères. Un jour, nous serons libérés de Ramsey Records. J'ignore quand, mais quand ce jour viendra, ce ne sera pas la fin d'une ère mais le début d'une nouvelle.

Je me lève et entoure Calvi d'un bras. Je peux sentir la chaleur de sa boisson près de mon oreille.

– Prends soin de toi, dis-je avec une tape dans le dos avant de me tourner vers Switch qui vient de se lever. Toi aussi, tête de con ! Approche !

Je l'attire vers nous pour un câlin général et je m'adresse à eux :

– Je sais que vous ne pensez qu'au bien du groupe, tous les deux. Mais sérieusement, détendez-vous à propos de Lael. Elle me rend heureux.

– T'es sûr de ce que tu fais, mec ? demande Calvi, avec une note étrange dans la voix.

– Sûr. Je veux qu'elle fasse partie de ma vie et j'ai besoin que vous me souteniez sur ce coup-là.

Un ange passe.

– Je ne t'ai jamais vu comme ça mec, déclare Calvi en rompant le silence. Je suis content que tu te sois trouvé quelqu'un. J'aurais juste préféré que ça ne soit pas la fille de Ronald. Tu vas faire quoi ? Perso, je te souhaite le meilleur.

J'ignore s'il est sincère. Je me tourne vers Switch et guette sa réaction. Il pointe Calvi du doigt et dit :

– Tout pareil que lui.

– Très bien, dis-je. Je vous aime, les gars, mais nos chemins se séparent ici. Et je pique le bus, si ça ne vous dérange pas.

Tandis que je m'apprête à sortir, Switch se penche au-dessus de la tasse de Calvi, inspecte son étrange contenu et déclare :

– Embarque-le. J'en ai ma claque de ce bus.

– Prenez soin de vous, les mecs !

Je quitte les loges avec un salut de la main.

Sur le parking à l'arrière de la salle, je retrouve ce bon vieux George, une visière de croupier vissée sur le crâne. Il est pété comme un coing.

– Eh George ! Tu es allé faire un tour aux tables de jeux, à ce que je vois ! Moi qui espérais que tu me déposerais à L.A., dis-je, sachant pertinemment qu'il n'est pas en état.

D'une voix épaissie par l'alcool, il dit :

– J'ai fini mon service, fiston. Tiens, voilà les clés ! Il est tout à toi, prends-en soin !

Il me balance le trousseau et je le rattrape. C'était facile. George n'attend même pas que je réponde et s'en retourne au casino. Je lève les yeux vers l'énorme engin. Je n'ai même pas le permis (même si je sais conduire), donc encore moins celui pour les poids lourds. Un rapide coup d'œil à la rue encombrée dans laquelle je vais devoir faire demi-tour, et je sens mon cœur sombrer.

– La vache…

Je grimpe à bord et ferme la porte derrière moi. Après quelques tâtonnements, je parviens enfin à mettre le contact. Il me vient alors à l'esprit que je ne connais même pas l'adresse de Lael. Je dégaine donc mon portable et lui envoie un texto :

J'ai piqué le bus, je débarque chez toi.
Ton adresse stp :)

La réponse ne se fait pas attendre :

Quoi ?! Mais t'es dingue, tu vas te tuer !
Prends un taxi !

Trop tard, je suis en chemin.

Pitié, n'aie pas d'accident.
150 Nagle Avenue, Sherman Oaks.

J'entame mon demi-tour et presse le klaxon. On m'invective et on me balance des bières dessus mais j'ignore ce brouhaha et ne lâche pas l'affaire. Au moins, je parviens à éviter les piétons.

Enfin, après être parvenu à quitter le parking, avoir essuyé les coups de klaxon d'une centaine d'automobilistes et avoir provoqué un embouteillage monstre, je suis en chemin sur le Las Vegas Strip, souriant comme un dément. Je vais revoir Lael. Bon Dieu, ce qu'elle me manque ! J'ai hâte de voir la tête qu'elle fera quand j'arriverai devant chez elle avec ce truc !

À tâtons, je lance le GPS de mon portable. Quand l'heure d'arrivée estimée s'affiche, je manque de perdre toute motivation. *Six heures du matin ?* Pour sûr, j'aurais pu m'organiser un peu mieux sur ce coup-là, mais maintenant que je suis lancé, hors de question de faire demi-tour. J'allume la radio et tombe sur une chanson des Allman Brothers. Nickel ! C'est pile la bande-son dont j'ai besoin !

Au moment de m'engager sur l'autoroute, les roues arrière chevauchent le trottoir, provoquant un violent soubresaut qui manque de m'éjecter de mon siège. J'arrête la radio et attache ma ceinture.

Après une longue et pénible traversée d'autoroute durant laquelle je suis parvenu à rester éveillé, j'arrive enfin à Los Angeles. D'après mon GPS, Lael n'habite pas très loin. Sur le cadran, un voyant jaune m'informe que je n'ai presque plus d'essence. Je supplie intérieurement.

Pitié, ne me lâche pas maintenant !

On y est presque ! Je t'en supplie, accroche-toi !

Le GPS me dicte ses indications.

Tournez à gauche.
Prenez à droite.
Votre destination se trouvera sur votre droite.

Enfin, j'y suis. Je l'ai fait ! Je suis arrivé !

Je me gare au plus près du trottoir et coupe le moteur. Je me trouve dans un tranquille petit quartier résidentiel, le genre d'endroit où un bus de tournée n'a absolument rien à faire. C'est le petit matin et l'atmosphère est complètement irréelle. Résumons : j'ai joué dans une salle pleine à craquer, puis j'ai conduit toute la nuit pour arriver jusqu'ici et sans permis. J'ai l'impression d'être défoncé !

C'est alors que je la vois, une maison plus loin. Lael pose le pied sur son porche et referme la porte derrière elle.

J'ai tellement hâte de la prendre dans mes bras. J'inspire à fond, pris d'une nouvelle bouffée d'énergie. Juste pour avoir l'air relax, j'enfile ma veste et bois une longue gorgée d'eau pour remédier à l'intense sécheresse de ma bouche. Je me sens hyper nerveux. Pourvu qu'elle ait toujours des sentiments pour moi !

Tandis qu'elle marche à ma rencontre, je m'apprête à descendre du véhicule en ayant l'air aussi vaillant que possible, tel un chevalier quittant la scelle de sa monture, un capitaine mettant pied à terre, ou bien…

Soudain, je loupe une marche et tombe tête la première sur la pelouse.

Lael accourt en poussant un cri :

– Oh mon Dieu, Brad ! Tu n'as rien ?

Je roule sur le dos.

– Ça a été plus long que prévu…

Lael s'allonge près de moi sur le gazon et prend mon visage à deux mains avant de l'embrasser tendrement.

– Je n'en reviens pas que tu aies fait une chose pareille, dit-elle. J'étais si inquiète que j'ai veillé toute la nuit. J'ai voulu t'appeler ou t'envoyer des messages mais j'avais peur que tu aies un accident en décrochant ton téléphone. Est-ce qu'au moins tu as le permis pour conduire ce genre de truc ?

– Non.

– Brad !

Je la couvre de baisers et parle en même temps :

– Tu… m'as… trop… manqué !

Lael se lève et me tire par les manches :

– Allez, lève-toi ! On est vautrés sur la pelouse de mon voisin, là.

Je me dresse sur mes pieds et nous nous faisons face. Lael a ramené sa chevelure bleue en une longue queue-de-cheval. Elle est habillée d'un T-shirt trop long et d'un pantalon d'intérieur. Le soleil matinal lui fait plisser les yeux et un parfum de fleurs flotte dans l'air. Près de Lael, je me sens comme chez moi. J'aurais fait le tour du monde avec ce bus pour être à nouveau auprès d'elle.

– Lael ?

– Oui, Brad ?

– Je suis amoureux de toi.

Elle se love contre moi et m'embrasse tendrement. Son expression est totalement sereine et son regard est le plus attentionné que j'aie jamais vu. Elle incline la tête sur le côté et quand elle m'embrasse à nouveau, je ressens toute sa confiance et toute sa vulnérabilité ; Lael est parfaite.

– Rentre avec moi dans la maison, ordonne-t-elle d'une voix douce.

Elle m'agrippe délicatement la main et me guide jusqu'à la porte de sa maison, puis dans l'entrée et jusque dans sa chambre.

Lael commence à retirer mon T-shirt.

– Mon bébé, tu dois être épuisé.

Elle me déshabille complètement. Pour ma part, j'aurais au moins gardé mon boxer mais ce serait oublier à qui j'ai affaire. Elle se dénude à son tour. J'ai l'impression qu'elle a l'habitude de dormir toute nue.

Nous nous glissons dans la douceur de son lit où nos deux corps s'entremêlent.

Lael susurre à mon oreille :

– Moi aussi, je suis amoureuse de toi.

Baigné par la lumière du matin, je m'endors paisiblement et je ne cesse de sourire pendant tout le temps que dure mon sommeil.

Je suis tiré de ma torpeur par un bruit sourd suivi d'un grand fracas.

J'ignore l'heure qu'il est, et avec les rideaux fermés, j'ai l'impression d'être dans une autre chambre.

Tout à coup, la porte s'ouvre et une jeune femme s'invite à l'intérieur pour ouvrir les rideaux. Lael se réveille aussitôt.

En nous découvrant, la jeune femme pousse une exclamation surprise. Elle ne s'attendait pas à nous voir.

– Oups, désolée ! Je ne savais pas que tu avais de la compagnie ! Il est onze heures du mat ! Vous avez dû passer une sacrée nuit.

Elle s'avance fièrement vers le lit, s'assied en tailleur face à moi et se présente en me serrant la main.

– Je m'appelle Christy.

– Brad, dis-je d'une voix peu assurée.

Elle rigole.

– Je sais.

– Euh, Christy ? intervient Lael.

À ce moment-là, un petit chihuahua se précipite dans la chambre et bondit sur le lit avant de me regarder de travers. Lael nous présente :

– Et lui, c'est Baby Groot. Bon, maintenant qu'on se connaît tous par nos petits noms, on peut avoir un peu d'intimité ?

– Bien sûr, dit Christy. Ravie de te connaître, Brad !

Elle marche vers la porte et Lael crie dans son dos :

– La porte !

Christy arque un sourcil et s'exécute.

Je demande :

– Elle fait ça souvent ?

– Je fais beaucoup la grasse matinée, ces derniers temps, répond Lael. C'est sa façon bien à elle de me réveiller gentiment.

Il semble que je puisse être de très mauvais poil si on me force à sortir du lit. Sinon, tu as bien dormi ?

– Comme un loir ! Comment se fait-il que ton lit soit si confortable ?

– On passe une bonne partie de son temps à dormir, alors il vaut mieux en avoir un bon !

– Au fait, je voudrais te parler de quelque chose. La tournée... Je sais pourquoi tu es partie...

Lael ferme les yeux et sa tête retombe sur l'oreiller. J'attends qu'elle dise quelque chose mais le silence s'appesantit. N'y tenant plus, je reprends :

– Je ne t'en veux pas mais je tiens à ce que tu saches que nous ne sommes pas obligés de prendre des gants l'un avec l'autre. Bientôt, ton père n'aura plus aucune influence sur moi. J'en ai marre de tout ce cirque, je veux commencer un nouveau projet. Pas besoin de conquérir le monde, juste composer quelque chose de génial ! Je veux qu'on crée à deux, qu'on se forge une nouvelle vie. Pour nous trois.

Lael sourit. Elle tire la couverture et la garde sur son visage quelques instants avant de l'enlever. Nous rions comme des gosses en train de jouer.

Elle demande :

– À quoi penses-tu ?

Je roule sur le côté et me place au-dessus d'elle, la plaquant contre le matelas. Puis je glisse mes mains derrière sa tête et la regarde intensément.

– Je n'en ai pas la moindre idée.

Nouvel éclat de rire.

– Ça a l'air cool, je veux en être !

Nous passons le reste de la journée nus dans son incroyable lit à regarder Netflix en dégustant de la nourriture qu'elle a fait livrer. Nous sommes parfaitement à l'aise ! En dehors de son lit, le monde extérieur n'existe pas. Je sais que je ne peux pas rester là pour toujours et que certaines choses réclament mon attention. Le bus, par exemple ; mon appartement ;

sans oublier mon avenir. Mais pour ce dernier point, je sais exactement par où commencer.

À l'issue de cette agréable parenthèse, j'embrasse Lael et lui fais la promesse de revenir très vite.

J'appelle un chauffeur et lui demande de m'emmener au seul endroit où je parviens à prendre du recul sur ma vie : le vieux théâtre.

La journée est bien entamée et il est donc un peu tard pour que je puisse avoir les lieux pour moi tout seul. Peut-être que je vais tomber sur un groupe en train de faire des balances. Tant mieux. Je ne peux pas me concentrer sans un bruit de fond.

Une fois arrivé, je sors de voiture et me tiens sous le panneau de l'ancienne et majestueuse salle. Je connais jusqu'à la moindre fissure de ce trottoir et jusqu'au son que fait la pluie quand elle tombe sur le toit. J'ouvre la porte en grand et pénètre dans le vestibule. La porte se referme lourdement dans mon dos et j'ai soudain l'impression qu'on a baissé le volume de la ville au minimum.

Cet endroit est comme un temple. Je m'attarde dans le vestibule et m'imprègne de ses odeurs afin d'effacer le présent et de commencer à me souvenir. Je perçois les bruits familiers que fait un groupe en train de s'installer sur scène. Je gravis la volée de marches sinueuses recouvertes d'un tapis rouge et m'installe à l'un des balcons. Dans ces moments où l'on passe de la pénombre du vestibule à la vaste salle de spectacle, il y a toujours quelque chose d'indéfinissable qui s'éveille en vous.

Depuis le balcon, j'observe le groupe du jour s'affairer et rire avec l'équipe. Derrière moi, juste au-dessus des projecteurs, se trouve un coin où j'avais l'habitude de grimper pour avoir un meilleur point de vue sur l'ensemble de la scène. J'ai tant de souvenirs ici, des bons comme des mauvais. Je repense à l'enfant que j'étais, traînant partout sa honte et sa culpabilité. L'ironie dans tout ça, c'est que je n'avais aucune raison de ressentir ces choses : je n'étais qu'un enfant.

Un enfant. Lael va donner naissance au mien. Un petit être qui ne me connaîtra pas en tant que Brad Snyder. Il m'appellera par un autre nom : papa.

Je vais être papa. Je n'ai jamais eu de famille. J'avais grandi en acceptant l'idée que je vivrais seul pour toujours. Pour moi, c'était définitif et, à aucun moment, je n'avais envisagé qu'un jour, cela puisse changer ou que je pourrais fonder ma propre famille.

J'aimerais pouvoir partager cette nouvelle avec quelqu'un ; je me demande ce qu'en penserait monsieur Robson. Il serait probablement fier de devenir grand-père.

Quand Lael m'a annoncé la nouvelle, l'enfant en moi s'est retrouvé terrifié. Mais c'est du passé. Cela m'a poussé à faire face à l'enfant que j'avais été et à présent, je sais ce que l'avenir me réserve. Pour en arriver à ce stade de ma carrière, j'ai fait le nécessaire, mais il est grand temps que je reprenne le contrôle de ma vie. Il est temps pour moi de devenir un adulte.

Si Ronald n'était pas le père de Lael, je me contenterais de me tirer. Je déchirerais le contrat qui nous lie et point barre. Il ferait tout pour me pourrir la vie mais je finirais par m'en sortir. J'ai beau détester ce type, c'est quand même le père de Lael et c'est donc pour ça que je vais lui donner une chance de bien agir. Il a proféré des menaces et je dois garder à l'esprit qu'il peut être dangereux – pour lui, j'ai peut-être plus de valeur mort que vif. Cela dit, je n'y crois pas trop. Je doute que ma vie soit en danger. Ses menaces sont souvent des paroles en l'air.

Soudain, une voix me fait sursauter :

– Tu es venu faire tes adieux ?

Une femme s'avance sur le balcon. Elle est bien plus âgée que dans mon souvenir mais aucun doute possible, c'est bien Miss Sugar.

– Mes adieux ?

Elle prend place sur le siège à côté de moi.

– Comment ça va, mon grand ?

– On fait aller.

– Eh bien, j'imagine que c'est tout ce qu'on peut te souhaiter, dit-elle avec un léger ricanement.

– Pourquoi mes adieux ? Vous allez quelque part ?

– Tu n'es pas au courant, mon chou ? C'est la salle. Ils vont la transformer en appartements. Dans quelques mois, ce sera un chantier ici. Une histoire de fric, j'imagine.

Ses mots sont comme des coups de poing. Miss Sugar dévisse le bouchon d'une flasque et s'en envoie une bonne rasade avant de me la tendre. Je refuse d'un geste de la main.

– Non, merci.

Les mots me manquent. Je garde donc le silence et scrute la salle tout autour de moi, comme on assiste au décès d'un vieil ami. Je prends une longue inspiration pour calmer le flot d'émotions qui menace de me submerger.

Puis, d'une voix badine, je dis :

– Je vais être papa.

– Formidable, tant mieux pour toi ! Le gamin va avoir un gamin, qui l'aurait cru ?

Miss Sugar a l'air ivre. Elle porte la flasque à ses lèvres mais elle est vide.

– J'ai un gamin de huit ans, tu sais ? déclare-t-elle.

– J'ignorais. Comment s'appelle-t-il ?

– Kevin.

Nous partageons cet instant d'émotion. J'ai du mal à l'imaginer maman mais elle doit se dire exactement la même chose de ma future paternité.

Je demande :

– La salle. Combien la vendent-ils ?

– Aucune idée. Je ne sais même pas qui en est le proprio. Un agent immobilier a laissé traîner sa carte.

Elle fouille dans son sac à main à motifs léopard et en sort une carte qu'elle me tend.

– Tiens. On se reverra dans le coin, mon grand. Et félicitations pour ton bébé. Ça fait chaud au cœur.

And then?

Avec moitié moins de grâce qu'autrefois, Miss Sugar se lève et part comme elle est venue. Je baisse les yeux sur la carte de visite. *Mary Cade*. Il y a sa photo dessus. Pourquoi est-ce que les agents immobiliers se sentent tout le temps obligés de placarder leur tronche partout ?

En tout cas, Mary Cade et moi-même allons avoir une petite conversation.

Mais d'abord, j'ai des choses à régler avec Ramsey Records.

21

Brad

De retour chez moi, j'attends la venue de Carlos Cortez.

C'est un avocat.

Mon cœur bat la chamade – j'ai bu trop de café. Je n'aime pas cet appartement mais la jolie vue me manquera. Debout près de la fenêtre, j'observe l'horizon comme s'il s'agissait d'une peinture. J'ai les mains qui tremblent, et de peur que ma tasse ne m'échappe, je la pose sur la table basse, près d'une énorme pile de papiers : les contrats qui me lient à Ramsey Records. Il m'a fallu une bonne heure pour les rassembler et il ne reste plus à Carlos qu'à les examiner.

J'ai honte d'être si désordonné. Vivre de ma musique a été une telle bénédiction qu'à aucun moment je n'ai remis en cause le fonctionnement des choses. J'avais peur que la moindre question ne rompe le charme et que je doive retourner dans cette ruelle où Ronald m'avait trouvé. Mais le temps a passé – dix longues années – et je mérite amplement ma part.

Je n'ai jamais pris le temps de consulter ces documents. Je n'ai jamais eu ni agent, ni avocat. D'ailleurs, cela n'a pas été une mince affaire que de trouver un avocat qui ne soit pas lié à Ramsey Records. Je ne connais pratiquement personne en dehors des employés du label. C'est alors que j'ai repensé à ce type aux pouces levés dont on voyait les affiches jaune pétant placardées partout en ville et dans les parcs. Pas besoin de chercher son nom sur Internet, sa phrase d'accroche était restée gravée dans ma mémoire : *Appelez Carlos.* C'est une chance qu'il ait pu se libérer si vite.

Bzzz.

Mon téléphone vibre. Chaque fois qu'on m'appelle, j'ai l'impression d'entendre un signal d'alarme. Qui peut bien m'appeler ? De nos jours, à moins qu'il y ait eu un mort, les amis se contentent d'envoyer des textos. Mais c'est juste le portier qui m'annonce que Carlos vient d'arriver. J'ai oublié de le prévenir. Même ça, je n'ai jamais songé à le faire.

J'accueille l'avocat en lui serrant la main de manière presque agressive et m'exprime à cent à l'heure :

– Carlos, merci d'être venu si vite !

– Aucun problème.

– Je vous en prie, asseyez-vous.

Pendant les heures qui suivent, je dis tout ce que je sais à Carlos, peut-être même plus que nécessaire. C'est un de ces très rares moments où j'ai besoin de parler et de vider mon sac. Je commence par ce fameux anniversaire et mon premier concert au vieux théâtre ; ma rencontre avec Ronald et comment je suis passé de gamin des rues à star internationale ; puis mon amour pour Lael et comment elle est tombée enceinte ; enfin, je lui annonce que je souhaite quitter Ramsey Records et que pour ce faire, j'ai besoin de son aide.

L'avocat désigne l'épais dossier sur la table basse.

– Ce sont tous les documents que vous possédez ?

– Absolument tout.

Il se penche en avant et feuillette la pile.

– Je vais vous dire, Brad. Quand on est prêt à y mettre les moyens financiers, on peut accomplir de vrais miracles. J'imagine que votre compte en banque est bien garni. Il vous serait donc possible de racheter votre contrat. Mais il va me falloir un peu de temps pour potasser tout ça.

– Je n'ai aucun compte en banque, admets-je avec une nuance de honte dans la voix. Je n'ai pas le moindre sou et rien qui soit à moi.

– Comment cela ? Vous êtes bien rémunéré, non ? Comment réglez-vous vos dépenses ?

Je dégaine les cartes de crédit au nom de Ramsey Records.

– J'utilise ça dès que j'en ai besoin, dis-je.

– Et cet appartement ?

– Il n'est pas à moi.

Incrédule, Carlos secoue la tête.

– Écoutez Brad, il va vraiment falloir que je réfléchisse, d'accord ? C'est trop d'infos d'un coup.

Il se lève et va pour s'en aller.

– Mais vous, qu'en pensez-vous, Carlos ? Y a-t-il un moyen de se tirer de là ?

– Je n'en ai pas la moindre idée, répond-il avec honnêteté.

Sitôt Carlos parti, l'appartement me paraît à nouveau totalement vide. J'ai envie de voir Lael.

Je lui envoie un texto et lui propose d'aller dîner. Il y a un excellent restaurant pas loin de chez elle, le Bellwether. Malheureusement, elle a prévu une soirée entre filles avec Christy, alors nous reportons au lendemain. Je lui dis que je l'aime et lui souhaite bonne nuit avant d'aller me coucher.

C'est dingue comme mon lit est inconfortable. Je préfère celui de Lael. Je finis par m'endormir profondément et je ne rêve que d'elle.

★

Bzzz.

Au matin, je suis tiré de ma torpeur par l'atroce bourdonnement de mon portable. C'est une alerte m'informant qu'un autre être humain souhaite s'adresser à moi et cela n'augure jamais rien de bon. J'ouvre les yeux mais ne fais aucun effort pour décrocher.

Bzzz.

Et si c'était important ? Quand on vous rappelle immédiatement sans laisser de message, c'est souvent le signe d'une extrême urgence. Je tends la main et m'empare du téléphone. Qui peut bien m'appeler si tôt ?

Carlos Cortez.

Je me redresse aussitôt et décroche.

– Carlos ? Quelles sont les nouvelles ?

– Bonjour Brad ! Donc, pour vous la faire courte : vous êtes un genre d'enfant star un peu barré ; vous n'avez jamais eu de compte en banque à votre nom et vous n'avez jamais encaissé le moindre chèque. Exact ?

Le temps de me remettre de ce manque total de respect, je réponds :

– Exact.

– D'accord. J'ai bûché toute la nuit sur ce dossier… et je crois qu'on tient quelque chose, déclare-t-il d'un ton enjoué.

– Génial ! Je vous écoute !

– Commençons par une mauvaise nouvelle : vous avez probablement signé le pire contrat de toute l'histoire du rock'n'roll. C'est presque criminel ! Mais étant donné que vous avez étalé votre signature sur tous ces documents, Ramsey Records vous entube en toute légalité.

– D'accord. La bonne nouvelle étant… ?

– Eh bien, vous n'avez jamais été rémunéré. Pas une seule fois ! En fait, vous avez été traité moins comme un être humain que comme un pur produit. Tout ce que vous avez acheté avec vos cartes de crédit a dû être revalorisé en notes de frais. Je vous en fiche mon billet !

L'avocat semble exalté mais je ne parviens pas à saisir en quoi c'est une bonne nouvelle.

– Euh… OK.

– Oui, c'est plus que OK ! Vous avez peut-être signé le contrat le plus merdique de toute l'histoire, mais à titre rétroactif, votre pourcentage sur ventes vous est toujours dû !

– Et ce pourcentage s'élève à combien ?

– Deux pourcents.

– Ce qui nous fait combien ?

– Je n'ai pas le détail mais deux pourcents de tout ce que And Then a produit ces dix dernières années vous reviennent de droit.

Putain de merde !

– On file au siège de Ramsey Records, Carlos ! Maintenant !

– Quoi ? Non, Brad, c'est trop tôt. Ces choses-là prennent du temps et Ramsey va dégainer ses propres avocats. Au meilleur des cas, on pourra négocier sans aller au procès mais la bataille sera longue et difficile.

– Je prends ma veste.

Carlos prend une voix suppliante :

– Brad, contrôlez-vous. Vous allez tout faire foirer en agissant comme ça !

– On se retrouve dans vingt minutes ou j'y vais seul !

Carlos abandonne.

– Bon, fort bien. Je serai dans le centre, au croisement de West 1 et de Olive. Envoyez-moi un texto quand vous y serez.

Je raccroche et commande un chauffeur. J'enfile la tenue la plus sombre de ma garde-robe, ainsi que mes lunettes de soleil les plus opaques. Ce matin, l'histoire est en marche !

Après nous être retrouvés, nous pénétrons dans les locaux de Ramsey Records avec un air sérieux et une démarche assurée. Un silence complet pèse dans l'ascenseur jusqu'à ce que Carlos se fende d'un murmure :

– C'est complètement dingue.

Je souris pour moi-même et les portes de l'ascenseur s'ouvrent sur une vision familière : le dernier étage du siège. Je marche droit en direction du bureau du Ronald, Carlos sur les talons.

À mon approche, la secrétaire personnelle de Ronald se lève et s'adresse à moi avec un sentiment d'urgence dans la voix :

– Brad ! On ne t'attendait pas aujourd'hui ! Tu sais pourtant que tu dois prendre rendez-vous.

J'ignore sa présence et entre sans être annoncé. Assis à son bureau, Ronald lève aussitôt le nez d'un document et me toise avec une évidente surprise. Sa secrétaire entre dans le bureau et me dépasse.

– Je suis désolée monsieur Ramsey, j'ai essayé de…

– Ce n'est rien, l'interrompt Ronald, le visage totalement inexpressif. Laissez-nous. Qu'est-ce que tu veux, Brad ? demande-t-il en ignorant superbement Carlos qui se tient à mes côtés.

Je m'exprime calmement, sans élever la voix :

– Ce que je veux ? Je veux me tirer de Ramsey Records et que tu me donnes ce qui m'est dû. Aujourd'hui.

– Ferme la porte et prends un siège.

Shut the Door, Have a Seat. C'est le titre d'une de nos chansons mais je doute fortement qu'il ait fait le lien. C'est dire à quel point il se soucie vraiment de And Then.

Carlos ferme la porte et nous prenons tous deux place dans les fauteuils en face de Ronald. J'ôte mes lunettes de soleil et les replie calmement, une branche à la fois.

Ronald relève enfin la présence de Carlos.

– Qui êtes-vous ?

– Carlos Cortez. Je suis l'avocat de Brad.

– Tant mieux pour vous. Alors, Brad. Tu veux ton chèque et prendre la porte, c'est bien ça ? D'abord, tu mets un polichinelle dans le tiroir de ma fille et voilà que tu viens m'extorquer de l'argent ? Je t'ai tiré du caniveau et j'ai fait de toi une star ! Tu devrais m'être reconnaissant. Où est le respect, je te le demande !

– Ça dépend : où est l'argent ?

– Quel argent ?

– Je suis auteur-compositeur de chaque note de And Then et le groupe a été récompensé de plusieurs disques de platine. Je te parle donc des royalties sur ventes d'albums, sur le merchandising et sur les tournées à guichets fermés… Cet argent-là, Ronald.

– Alors là, c'est absolument prodigieux ! Est-ce que tu te rends compte que toute ta carrière est gérée depuis ces bureaux ? Et du budget que ça représente ? Je t'ai *tout donné*, Brad ! hurle-t-il.

Rouge de colère et la bave aux lèvres, il se lève et tape du poing sur le bureau. Une veine palpite sur son front.

Il ajoute :

– Tu n'étais *rien* ! Rien, avant que je ne fasse *quelque chose* de toi !

Je me lève à mon tour et imite sa position agressive.

– Deux pourcents ! Tu penses que je ne mérite même pas deux putains de pourcents ? dis-je en martelant le bureau à chaque mot que je prononce.

Nous reculons en même temps. Ronald a perdu et il le sait. Il ne peut plus me contrôler et ça l'exaspère.

Je reprends :

– J'en ai terminé avec cette vie. Une autre m'attend. Je vais être père et je ne te demande que ce qui m'est dû. Rien de plus.

Ronald me tourne le dos et regarde fixement par la fenêtre.

– Alors tu veux te la jouer père de famille, hein ?

– Oui, dis-je avec une volonté nouvelle.

Ronald se détourne de la fenêtre et me fait face.

– Quel père est assez irresponsable pour déclencher une guerre ?

J'avance d'un pas.

– Rien ne nous oblige à nous faire la guerre. Tout ce que je veux, c'est deux pourcents de tout ce que tu as gagné en dix ans. Qu'importe le montant. Divise en deux, rédige le chèque aujourd'hui et on s'arrête là. On sait toi comme moi que nos avocats pourront nous obtenir bien plus en négociant. Mais nous avons quelque chose en commun : nous aimons Lael et aucun de nous ne tient à ce qu'elle souffre. La dernière chose dont elle a besoin en ce moment, c'est du stress. Penses-y en ces termes, Ronald. Ce chèque que tu vas me faire, il est pour ta fille et ton futur petit-enfant. Parce que c'est à eux que cet argent est destiné.

Carlos intervient :

– Attendez. Diviser par deux, vous avez dit ? Vous ne voulez que la moitié ?

– Pour commencer, cela suffira amplement. Je n'ai pas besoin d'être un homme riche. Tout ce que je veux, c'est refaire ma vie – avec Lael. J'entends bien tout le travail que vous avez accompli, toi et le label, pour m'amener où j'en suis, Ronald. Mais il me semble que tu as déjà été très largement rétribué pour ça.

Je marche vers la porte et me tourne vers Carlos.

– Allons-nous-en.

L'avocat se lève, prêt à me suivre, quand Ronald m'interpelle de derrière son bureau :

– Attends !

La main sur la poignée, je me fige et garde le dos ostensiblement tourné. Ronald sait qu'il a toute mon attention. Il demande :

– Que comptes-tu faire ?

Je l'observe par-dessus mon épaule.

– C'est-à-dire ?

– Si j'accepte de te laisser partir, tu comptes aller signer chez la concurrence ?

– C'est pas tes oignons.

– Lael, c'est mes oignons !

Je me tourne et marche vers lui, un pas après l'autre. Ce que je m'apprête à lui dire est un fait. Je ne lui demande aucune permission et il faut qu'il le comprenne bien.

– Je vais racheter le vieux théâtre. Lael et moi continuerons à faire de la musique en indépendants.

Ronald se rassied doucement dans son siège. Il lève les yeux au plafond et sourit comme pour lui-même. Son expression est indéchiffrable.

– Le vieux théâtre, répète-t-il d'une voix rêveuse. Tu sais Brad, je suis bien conscient que je n'ai jamais été un père exemplaire, mais…

Il lève docilement la main et ajoute :

– Si Lael est déclarée copropriétaire de la salle, je te donnerai tes deux pourcents.

Je ne sais pas trop quoi dire. Bien sûr, je ne pouvais pas rêver meilleure issue à cette entrevue, mais que Ronald se montre tout à coup si humain me désarçonne. Je ne trouve pas les mots et garde donc le silence.

Je m'avance et lui serre la main. Nous nous fixons longuement. Il a de la poigne et il ne me lâche pas. Impossible de savoir ce qu'il pense. Je maintiens ma position et attends patiemment qu'il me relâche. Lorsqu'il finit par le faire, je me retourne vers la porte mais Ronald m'interpelle encore :

– Une dernière condition…

Je pivote sur mes talons et le considère en haussant un sourcil de manière interrogative.

– Tu baptiseras le théâtre du nom de sa mère, demande-t-il en rédigeant quelque chose, de retour aux affaires.

– Considère que c'est fait.

Là-dessus, je quitte Ramsey Records.

Quand je pose le pied dehors, l'air semble différent. Je me sens comme libéré d'un poids.

– Je vais nous appeler un chauffeur, dis-je à Carlos. Hein ? Mais qu'est-ce qui se passe ? Ça veut dire quoi, ça ?

Je montre l'écran de mon portable à l'avocat.

– Que votre carte de crédit est refusée, mon vieux.

– C'était jamais arrivé avant ! Eh ! Mon téléphone ne marche plus non plus, je n'ai plus Internet !

Carlos ne peut réprimer un rire.

– Ramsey n'a pas traîné : il a annulé toutes vos cartes de crédit ! Vous voilà devenu un humble mortel, mon bon ami !

– Vous ne pourriez pas nous commander une voiture ?

– Je l'ajouterai à ma facture. Cela dit, vous devriez aller vider votre appartement, pendant qu'il en est encore temps.

Mes pensées vont aussitôt à la guitare que monsieur Robson m'a offerte et qui trône sur son trépied dans un coin de l'appartement.

Une fois arrivé, Carlos insiste pour m'attendre dans la voiture – il faudra bien qu'on me dépose quelque part une fois que j'aurais récupéré mes affaires. Comme l'avocat l'avait prévu, l'appartement est déjà sous scellé. Par chance, je m'entends bien avec le portier de l'immeuble qui accepte de me laisser récupérer quelques trucs à l'intérieur. Le temps de prendre ma guitare et de fourrer quelques affaires dans une valise, je n'en ai que pour cinq minutes.

De retour en bas, Carlos demande :

– Où va-t-on ?

– Sherman Oaks.

Le trajet se déroule dans le silence le plus complet. Nous nous garons devant la petite maison de Lael et je donne à Carlos la carte de l'agent immobilier que Miss Sugar m'a remise.

Je demande :

– Vous êtes bon négociateur ?

– Je vais voir ce que je peux faire. J'imagine que vous voulez également que je m'occupe de faire encaisser votre chèque ? Si vous rachetez ce vieux théâtre, je suppose aussi que vous allez fonder votre propre société.

– Eh bien…

– N'ayez crainte, je pourrai vous aider. On reste en contact, conclut-il en me serrant la main.

– Merci, Carlos. Sincèrement.

Je sors et tandis que la voiture s'éloigne, il passe la tête par la fenêtre ouverte :

– Attendez de recevoir ma facture avant de me remercier !

La porte est fermée à clé. Il n'y a personne à la maison. Je m'assois sur le porche près de mes maigres possessions.

Attendant patiemment que l'amour de ma vie soit de retour.

22

Lael

– Tu es certaine que c'est une bonne idée ? demande Brad en poussant le caddie.

Je lève les yeux au ciel.

– Pour la dernière fois, oui !

Je ne fais même pas attention à lui et continue à explorer les rayonnages en quête de produits ménagers. Malgré les nombreux cadeaux reçus pendant les baby showers, je suis un peu paranoïaque et je ne veux rien laisser au hasard. Quand le bébé viendra au monde, il aura le meilleur nid dont on puisse rêver.

Mais il y a une autre raison pour laquelle j'évite de regarder Brad. Ces derniers temps, chaque fois qu'il pose les yeux sur moi, j'ai l'impression d'être sous un microscope. Il est comme ça depuis des semaines et sa constante inquiétude commence à être contagieuse. La dernière chose au monde dont j'aie besoin, c'est de stress supplémentaire.

Zen, Lael. On se détend. Pense positif.

Brad n'en démord pas :

– C'est juste que le docteur Anderson a dit qu'il vaudrait mieux que tu passes ta dernière semaine de grossesse au repos.

– Eh bien le docteur Anderson peut dire ce qu'il veut : Lael Ramsey veut aller chez Ikea !

– Cette façon dont tu parles de toi à la troisième personne n'est pas pour me rassurer non plus.

Je le fusille du regard.

– Lael Ramsey aimerait que tu la fermes !

– On devrait peut-être retourner à l'étage pour t'acheter d'autres boulettes de viande à la suédoise ?

– Je vais très bien. En plus, les stands de hot-dogs et de crèmes glacées nous attendent derrière les caisses.

J'ai beau faire la fière, la vérité, c'est que j'ai tout le temps faim, je suis grincheuse et je suis énorme ! J'ai l'impression de me dandiner en *muumuu*, ces robes amples hawaïennes, depuis une éternité, et la seule façon de ne pas y penser, c'est de garder constamment l'esprit occupé.

Notre fille arrive bientôt et je suis on ne peut plus parée à l'accueillir. Plus j'y pense, plus je suis anxieuse et impatiente.

D'où notre petite excursion chez Ikea. C'est bon pour mes nerfs. Encore une semaine à tenir !

Je pioche une passoire bon marché et la balance dans le caddie. J'en ai déjà plusieurs mais on s'en fiche. Après quelques instants de silence, Brad demande :

– Tu es sûre ?

– Brad, fous-moi la paix !

– D'accord, d'accord ! Tu sais, je veux juste que tout soit parfait.

J'acquiesce.

– Je sais. Et j'ignore si tout sera parfait ou non, mais les choses se passeront bien.

– Je sais.

Le seul problème quand on déambule dans les rayons d'Ikea avec un gros bide (à part qu'on fait sans arrêt tomber des trucs des étagères), c'est qu'on se fatigue très vite. Mes pieds me font un mal de chien et ils sont si enflés qu'on dirait les mains de Jabba le Hutt.

Après m'être régalée d'un hot-dog et d'une glace, et ravie de mes achats compulsifs, je décide qu'il est l'heure de rentrer. Brad nous ramène à Sherman Oaks, dans la maison qui est maintenant la nôtre.

Après que Brad a perdu son appartement, il a emménagé chez moi. Christy a déménagé. Elle a été engagée en tant que graphiste à plein temps dans le comté d'Orange et il fallait qu'elle se rapproche de son lieu de travail. Mais nous nous voyons encore chaque week-end. Et puis, je tenais absolument à ce que le père de mon enfant vive auprès de moi et de Baby Groot.

Inutile de dire que ces neuf derniers mois ont été des plus intéressants.

D'un côté, nous vivons d'intenses moments de bonheur à l'idée que notre petite fille vienne bientôt au monde. Brad est aux petits soins avec moi et jamais je ne me suis sentie aussi aimée de toute ma vie.

Mais de l'autre, être enceinte entraîne aussi son lot de frustrations. Bien sûr, je ne m'étais pas attendue une seconde à ce que cela soit une partie de plaisir, mais c'est loin d'être aussi fun que certaines femmes le laissent supposer. Je ne suis pas rayonnante, et ne l'ai jamais été ; je suis plus lourde que ce que je devrais et je suis sans arrêt en sueur. Quant à mes nausées, du matin comme du soir, elles ont évolué en un sentiment de malaise constant.

Je suis devenue une vraie peau de vache, je suis tout le temps de mauvaise humeur et j'ai du mal à voir le bon côté des choses. En plus, je suis crevée en permanence, ce qui n'aide pas. Depuis le jour où j'ai appris pour ma grossesse, je n'ai cessé d'être épuisée. Mon esprit est constamment embrumé, j'ai tout le temps la dalle, et mes goûts en matière de bouffe changent constamment. Par exemple, aujourd'hui, la glace à la vanille de chez Ikea a été un vrai délice mais la semaine dernière, la simple idée d'en manger m'aurait retourné l'estomac. Difficile de suivre le rythme.

Inquiète que quelque chose ne tourne pas rond ou que porter un enfant soit trop difficile pour mon corps, j'en ai parlé à mon médecin. Mais je suis jeune et je pense que c'est le moment idéal pour mettre un enfant au monde.

Il m'a assuré que j'étais en parfaite santé et le bébé aussi. Il semble juste que toutes les femmes ne réagissent pas de la même manière à leur grossesse. Être enceinte, ce n'est pas le pays des bisounours pour tout le monde ! Certaines femmes transpirent, deviennent énormes et flatulent avec assez d'entrain pour évacuer une pièce de tous ses occupants.

Pauvre Brad !

Je ne lui mène pas la vie facile.

Cela va sans dire, nous avons hâte que tout soit terminé et de rencontrer enfin notre petite fille.

Nous avons choisi Emma, en l'honneur de ma mère, dont c'était le second prénom.

Je suis très excitée à l'idée de devenir maman, et aussi de pouvoir refaire de la musique. Aux premiers stades de ma grossesse, j'avais encore le cerveau en ébullition et des poussées d'émotions assez intenses pour écrire des chansons, mais ça n'a pas duré bien longtemps.

Une fois qu'Emma sera née, je pourrai m'y remettre, que cela soit pour composer, aider Brad pour sa carrière solo ou bien me concentrer sur mon propre projet.

Depuis sa rupture avec Ramsey Records, Brad s'en sort bien. Il a de nombreux projets en tête, surtout depuis que nous avons acheté un studio et le vieux théâtre. Les choses se mettent tranquillement en place. Au départ, il s'est senti complètement perdu ; après des années avec un label pour l'épauler, c'est on ne peut plus normal. Il n'avait jamais rien connu d'autre. Qu'on apprécie mon père ou pas, il lui avait appris les ficelles du métier et bien d'autres choses. Il était synonyme de toute sa carrière. Il l'avait pris sous son aile.

Mais c'était l'aile d'un rapace, celle d'un vautour se repaissant des faibles et n'ayant à cœur que ses propres intérêts, jamais ceux de Brad.

Ce que Brad a fait est très courageux – et éperdument romantique. Il a laissé tomber sa carrière, son groupe, et il nous a choisies.

Mais ce n'est pas un idiot et depuis qu'il a coupé les ponts avec papa, il n'a cessé de travailler d'arrache-pied. Pour l'heure, And Then s'est séparé mais Brad et Switch ont récemment parlé de refonder un projet dans la même veine. Quant à ce con de Calvi, il a été laissé sur la touche. Avoir joué les petits rapporteurs ne lui a finalement pas été profitable. Malgré la séparation du groupe, c'est une certaine consolation. Il pensait qu'être une balance lui attirerait les faveurs de papa mais les choses n'ont finalement pas bien tourné pour lui et je doute qu'il se relève facilement. Les rumeurs vont vite dans un si petit milieu et aucun musicien ne voudra bosser avec un type dans son genre. Dans la musique, on tient à sa vie privée.

En attendant que notre studio soit opérationnel, Brad a beaucoup composé pour d'autres artistes. Pour la première fois de sa vie, il jouit d'une liberté artistique totale. Il se donne le temps de faire les choses comme il faut, et il en profite à fond.

De plus, c'est très agréable de l'avoir à mes côtés. Brad est mon partenaire à plus d'un titre et bien que nous n'ayons pas parlé mariage, je sais qu'il m'aime et que nous sommes dans un engagement à long terme. Il me l'a maintes fois prouvé.

Au moment d'arriver sur Ventura Boulevard, je demande :

– Est-ce que cela te dérange si on s'arrête chez 7/11[5] ? Je meurs d'envie de manger des nachos !

– Enfin Lael, c'est même pas de la vraie nourriture ça ! Des chips aux OGM avec du plastique orange fondu !

Je l'avertis du regard qu'il n'a pas intérêt à me contrarier.

– Je sais, mais j'en veux quand même !

Une femme enceinte obtient toujours ce qu'elle veut.

Il pousse un soupir las et se gare sur le parking. Tandis que je m'extrais de la voiture, Brad proteste et insiste pour que je reste assise mais il ignore que je ne veux pas que des nachos au fromage : le moindre aliment qui me fera envie dans les allées finira dans mon panier.

5. Chaîne de supermarchés de proximité aux États-Unis.

Tandis que nous explorons le magasin, mon regard s'attarde sur le rayon des vins et je gémis intérieurement. J'ai tellement hâte de boire un coup. *Un jour, tu seras mien, mon Précieux. Oh oui… Un jour prochain, tu seras mien.*

Je parcours les rayons et pioche au hasard paquets de chips et autres trucs à grignoter (pas étonnant que je sois grosse comme une maison) en les fourrant au fur et à mesure dans les bras de Brad avant de filer droit vers le centre du magasin où se trouve le snack-bar.

Malbouffe ou pas, je veux manger des nachos bien gras ! Après m'être assurée qu'ils ont bien macéré dans le fromage fondu, je choisis ma portion et envisage de la corser avec du piment jalapeño. Ces derniers temps, la nourriture épicée ne m'a pas beaucoup réussi mais ça accélère l'accouchement (en tout cas, c'est ce qu'on dit), et pour l'heure, c'est tout ce que je souhaite !

Au moment où je m'apprête à me servir d'une généreuse cuillerée de piment, j'entends une faible détonation, comme le bruit de quelqu'un qui se fait craquer les doigts.

Sauf que ce bruit vient de moi.

Soudain, un flot liquide s'écoule telle une chute d'eau le long de mes jambes et éclabousse le sol.

De surprise, je laisse tomber les nachos dans la flaque.

C'est un véritable foutoir.

– Tout va bien ? demande Brad avant de baisser les yeux au sol. Oh mon Dieu ! Tu viens de perdre les eaux ! Oh mon Dieu, tu vas commencer le travail ! Mon Dieu, mon Dieu ! Tu ne peux tout de même pas accoucher chez 7/11 !

J'en reste muette de saisissement. Le choc y est pour beaucoup mais c'est quand même la honte. On aura rarement vu spectacle plus cradingue chez 7/11 – et c'est dire.

– Faut y aller ! s'exclame Brad.

Il m'entoure de son bras et me guide vers la sortie. Les eaux ne cessent de couler, comme si j'avais un tuyau d'arrosage entre les jambes. On pourrait croire que c'est comme se pisser dessus mais ça n'a rien strictement rien à voir et je suis incapable de me retenir.

En panique, Brad présente ses plus plates excuses à un employé flegmatique et m'amène en quatrième vitesse jusqu'à la voiture dans laquelle il m'aide à m'asseoir.

– Tu te sens bien ? T'as mal ? Tu te sens bien ?

– Je vais bien, dis-je tandis qu'il boucle ma ceinture. Je… je crois qu'on y est.

– Okay, okay, okay, okay ! La maison n'est qu'à une minute, on va y passer vite fait pour récupérer ton sac et… Oh mon Dieu, on y est, j'arrive pas à le croire ! Attends, mais je suis con ou quoi ? Il faut d'abord que je t'amène à l'hosto, non ?

Je lui jette un regard que j'espère rassurant.

– Allons à la maison. Tu prendras mes affaires et tu appelleras ma copine Sally pour qu'elle vienne s'occuper de Baby Groot. Les contractions ne se sont pas encore manifestées et tu sais que ça peut prendre du temps. Souviens-toi de ce que le docteur a dit : si je perds les eaux, pas besoin de se précipiter à l'hôpital. On peut y aller plus tard.

– Non, on y va tout de suite ! Pas question d'attendre vingt-quatre heures pour voir comment ça se présente. C'est en cours ! C'était déjà en cours chez 7/11 ! On y va direct !

– Très bien.

Mon propre calme me sidère.

Bien évidemment, ça ne dure pas et à l'instant même où Brad entre chez nous pour récupérer mon sac, je suis frappée par une contraction.

La première – et non des moindres – de toutes les contractions !

C'est comme une énorme crampe qui me tord l'utérus.

Je m'agrippe au bord du siège et pousse un glapissement.

Bon Dieu de merde !

Saloperie de contractions !

Ça fait des mois que je flippe à l'idée d'en avoir et voilà qu'elles s'invitent sans prévenir.

Et c'est tout sauf marrant !

Coup de bol, le temps que Brad revienne en voiture, la crise est passée et je parviens à reprendre mon calme.

Mais la malchance me rattrape. La route vers l'hôpital est embouteillée et je suis prise de deux contractions successives.

Sous le coup de la douleur, je plante mes ongles dans le bras de Brad et la voiture manque de se planter dans le décor. Pourtant, on avance à une allure d'escargot.

Brad pousse une exclamation de douleur :

– Aouch !

Je lui crie aussitôt dessus :

– *Aouch ?* Tu penses avoir mal ? Je vais t'en donner, moi, de la douleur !

Je suis à deux doigts de lui mordre le bras mais Brad se recroqueville contre la portière.

– C'est bon, je te crois ! Mais ça fait trois contractions en une heure. Ça veut dire quoi ? Que ça s'accélère ? Est-ce qu'il ne vaudrait pas mieux qu'on appelle une ambulance ?

– Non, c'est normal, je lui réponds en essayant de respirer comme on me l'a appris, mais on ne peut pas dire que ça marche des masses.

Quelle arnaque ce truc !

J'ajoute :

– Si elles redoublent, c'est que le bébé ne sera plus très loin.

– D'accord, d'accord. Tu en es sûre ?

– Contente-toi de conduire, Brad. Tais-toi et roule !

Nous arrivons pile dans les temps à l'hôpital. Les contractions n'ont pas empiré en chemin mais aussitôt que je m'installe en salle d'attente, elles reviennent réclamer vengeance toutes les cinq minutes. Elles sont si fortes que j'ai des étoiles dans les yeux et que je manque de laisser des traces de griffes sur les murs.

Pendant que Brad se dispute avec une infirmière, on vient m'installer dans un fauteuil roulant avant de m'emmener vers une chambre.

Tour se passe à la vitesse de l'éclair. Les infirmières m'installent sur un lit, on m'examine, on pose des instruments médicaux sur moi. Puis le docteur passe me voir et m'annonce que mon col est dilaté sur cinq centimètres. Selon lui, les choses vont vite mais en douceur.

C'est alors que je suis frappée d'une épiphanie : Brad et moi, nous sommes seuls face au monde entier. Il n'a aucune famille. Moi, je n'ai que mon père et depuis qu'il a découvert que j'étais enceinte et rompu son contrat avec Brad, je n'ai plus eu de ses nouvelles à l'exception d'un texto pour mon anniversaire.

Pour la première fois de ma vie, papa me manque. Il n'a pas été très présent pour moi et jouer au papa poule n'a jamais été son truc, mais il est ma seule famille.

Une larme coule sur ma joue.

– Tu vas bien ? demande Brad. Tu veux qu'on demande la péridurale, finalement ?

– Non… Non, je me dis juste que… nous sommes seuls, toi et moi.

Il me serre la main.

– Non, Lael. Tu as une foule de gens qui te soutiennent.

– Je sais, dis-je en hochant la tête. C'est juste que…

Soudain, je suis prise d'une nouvelle contraction – la pire de toutes jusque-là. La douleur est aveuglante.

Oh mon Dieu !

Je me croyais courageuse et je pensais que je pourrais supporter la souffrance sans qu'un anesthésiste me plante une aiguille dans le dos, et voilà que je me retrouve à hurler de douleur.

– J'ai changé d'avis : je veux une péridurale ! Prenez votre seringue et plantez-la-moi ! Tout de suite !

Une infirmière penche sur moi son visage bienveillant.

J'ai envie de lui cracher dessus.

– L'anesthésiste est occupé ailleurs, dit-elle. Je peux vous donner un sédatif pour vous calmer et vous endormir. Ça ne sera plus très long. Votre bébé arrive.

Elle approche une intraveineuse et je lui hurle dessus :

– Je veux une péridurale ! Pas une prise de sang ! Dans le dos la seringue, pas dans la veine !

De son côté, Brad semble sur le point de défaillir.

– Je ne me sens pas bien…

C'est alors que tout se brouille. Je suis toujours consciente et bien que la douleur ait quelque peu diminué, chaque nouvelle contraction me fait hurler à la mort. Quand le médecin m'ordonne de pousser, j'ai heureusement encore assez de force pour m'exécuter.

Tout va vraiment très vite – à moins que ce ne soit le sédatif qui me donne cette impression.

En un rien de temps, l'euphorie et les pleurs de bébé succèdent à une ultime et intense douleur.

Emma est parmi nous.

Je ris et pleure en même temps, submergée d'émotions contraires. On dépose Emma dans mes bras, tout contre moi. Son petit corps est ridé et son visage est tout rouge.

À mes côtés, Brad baisse les yeux sur sa fille. On dirait qu'il vient d'arriver au paradis.

Je ne me suis jamais sentie aussi aimée et accomplie qu'en ce moment.

Tout à coup, on dirait qu'il n'existe plus rien au monde à part nous trois.

Mon cœur ne bat plus que pour ma famille.

Une heure et des poussières plus tard, après une première tentative d'allaitement (un succès !), Emma s'est endormie. Avec un sourire malicieux, Brad sort de la chambre.

Lorsqu'il revient, il n'est pas seul.

Arnie est là. Et Christy aussi. Et papa ! Tous les trois entassés dans l'encadrement de la porte.

Sous le choc, émue et heureuse, je fonds à nouveau en larmes.

Papa reste en retrait mais Arnie et Christy s'avancent. Ils me félicitent et gazouillent devant Emma.

Ce n'est que quand ils reculent que papa finit par s'avancer.

À mon grand étonnement, un seul regard à sa petite-fille suffit à faire naître une larme au coin de son œil.

– Elle est magnifique, dit-il. Tout simplement magnifique. Elle a les yeux de ta mère.

Il se penche, dépose un baiser sur mon front et ajoute :

– Je suis si fier de toi, Lael. Si tu ne l'avais pas encore compris, j'espère que tu le sais, maintenant. Je regrette ce qui s'est passé avec Brad et je pense sincèrement qu'il valait mieux pour nous deux qu'on aille chacun de notre côté. Mais sache que je ne ferai jamais obstacle à ta famille.

Jamais je n'aurais permis qu'une telle chose arrive mais je suis trop épuisée pour le lui dire. Je ne parviens à dire qu'une chose :

– Merci, papa.

Puis je baisse les yeux sur ma fille :

– Et merci à toi, ma puce. Pour être enfin là. Et pour tout le reste.

23

Brad

– Ne te réveille pas, Emma. Tout va bien. La vie, ce n'est pas si dur. Je te le promets.

Je murmure si bas que ma voix est à peine plus qu'un souffle. Nous sommes en plein milieu de la journée et je suis au lit, ma merveilleuse petite fille recroquevillée contre mon torse. Elle s'appelle Emma, elle a quatre mois et j'en suis fou.

Elle est en train de rêver et sa minuscule petite main enserre mon doigt. Elle ne porte rien d'autre qu'une couche et tandis qu'elle dort, je sens tout une série d'émotions la traverser. D'un geste délicat, je repousse sa fine chevelure au-dessus de sa tête. Nous nous rendons chacun nos sourires. Ses petits yeux s'ouvrent et elle quitte momentanément le monde des rêves. Une lueur d'amour brille dans ses yeux bleus. Son regard plonge dans le mien, puis elle referme ses paupières, s'enfonçant à nouveau dans ses rêveries de nouveau-né.

Sur la table de nuit, mon téléphone se met à vibrer et je l'interromps aussi vite que possible. C'est un texto de Lael :

Regarde ce qu'on vient de recevoir !!

En dessous se trouve la photo de la table de mixage vintage que nous avons achetée pour notre studio. Une Neve.

Un matos d'anthologie qui nous a coûté presque aussi cher que le théâtre. Comme je partage son enthousiasme ! C'était la touche finale qu'il nous manquait. Les travaux sont presque terminés.

L'immeuble jouxtant la salle était inclus dans l'achat des locaux et nous avons très vite songé à la création d'un studio d'enregistrement. Le théâtre est devenu notre camp de base, un quartier général entièrement dédié à la création. Cet endroit a toujours revêtu un aspect sacré à mes yeux et je ne pouvais pas imaginer meilleur lieu pour voir ma famille grandir. La plupart des anciens techniciens y bossent encore et certains nous prêtent main-forte dans la construction du studio.

Je réponds au texto de Lael :

Yes ! On arrive !

Je meurs d'envie d'aller au studio pour admirer notre dernière acquisition mais je décide de m'attarder encore un peu. Mon adorable petite Emma dort à poings fermés et je n'ai pas envie de la réveiller. Ou peut-être que je retarde volontairement mon départ le plus possible car c'est trop agréable d'être là, avec elle, et j'aimerais que ça ne s'arrête jamais. Aujourd'hui, c'est un jour pas comme les autres et pas uniquement parce que nous avons reçu une belle console de son.

Jamais je ne me suis senti à ce point chez moi. Lael dit souvent que nous devrions déménager dans un endroit plus grand mais j'aimerais que les choses restent en l'état aussi longtemps que possible. Au fond de moi, je sais que la maison n'a rien à voir, que Lael et Emma sont mon vrai foyer. Où que nous vivions, les choses seront grosso modo pareilles. Je ne ressens tout simplement pas le besoin de déménager dans une plus grande maison. C'est probablement dû au fait que nous avons converti l'espace au-dessus du studio en appartement. Nous adorons ce pied à terre en ville. J'ai comme dans l'idée que les prochains chapitres de nos vies vont s'écrire dans ce théâtre, ce studio et cet appartement. L'avenir s'annonce exaltant, tout comme cette journée.

Je commence par rassembler mes affaires ; une chose à la fois et sans me presser, comme je l'ai appris. Il m'aura fallu du temps pour apprendre la patience.

Un jour, par accident, j'ai enfermé Emma dans la voiture en oubliant les clés sur le contact. J'ai dû appeler à l'aide. Lael n'est pas au courant. Peut-être que plus tard, quand nous serons vieux et que nos cheveux seront gris, je lui avouerai cet incident.

Je fouille inlassablement dans mes poches pour m'assurer de n'avoir rien oublié. J'y cherche une chose que je ne trouve pas. Mon cœur a un raté, mais je finis par trouver ce que je cherche.

Je pousse un long soupir de soulagement.

Ouf! C'est encore là, me dis-je en boucle dans ma tête.

Pendant que j'attache Emma dans le siège pour bébé, cette dernière continue de dormir comme une masse. Je vérifie une dernière fois le contenu de ma poche et me glisse derrière le volant. J'ai enfin mon permis de conduire en bonne et due forme. Carlos m'a aidé sur pas mal de points – il appelle ça « devenir un humble mortel ». Obtenir le permis figurait en priorité sur sa liste. Il a littéralement dressé une liste ! Je ne pense pas me tromper en concluant que je suis son client favori.

Au moment de démarrer, je jette un œil au reflet d'Emma dans le rétroviseur. Oui, c'est définitivement une journée pas comme les autres.

Je parcours la route sinueuse des collines menant à la ville, là où Lael attend notre venue. Une fois arrivé, je trouve une place pour me garer juste en face du théâtre. C'est assez rare mais les rues sont très calmes, cet après-midi. Je m'approche d'Emma et refais les mêmes gestes que pour son installation, mais à l'envers. Puis je passe le sac sur mon épaule, prends ma fille dans mes bras et fouille ma poche plusieurs fois de suite.

Le théâtre n'a pas changé, à quelques détails près, dont son nouveau nom : le Francesca Theater. Je dois bien admettre que ce nom et ce qu'il symbolise me plaisent beaucoup.

Sur le chemin du pardon, Ronald et moi avons encore beaucoup à parcourir, mais nous sommes parvenus à rétablir une vraie relation de travail. C'est d'ailleurs lui qui nous a trouvé notre fameuse console de son. Il n'intervient pas dans nos affaires et depuis l'arrivée d'Emma, son tempérament s'est quelque peu adouci.

And Then n'était qu'une marque, un produit conçu par Ronald et ses exécutifs pendant un brainstorming. Je reste fier de la moindre note composée pour le groupe, mais en aucun cas je ne peux continuer à en produire sous le nom de And Then. Dorénavant, je compose en mon nom propre.

Au départ, Switch n'était pas très emballé à cette idée mais il semble finalement s'y être habitué. Bien sûr, je ne travaille plus avec Calvi et c'est mieux comme ça. En soi, nous avons partagé de grandes choses tous les deux mais Calvi n'est pas un type fiable et je ne veux pas d'embrouille dans notre projet.

En revanche, je suis absolument ravi que Switch y participe. Les gens ne se rendent pas compte du point auquel un batteur peut contribuer au rendu du son d'un groupe. J'aime son jeu. Grâce à lui, ma musique est tellement meilleure.

On peut entrer dans le studio par l'entrée de service mais je préfère passer par la grande porte du théâtre. Au moment de passer le seuil, je me fais la réflexion que cette dernière est très rarement fermée à clé. C'est un lieu ouvert en permanence, comme un hôpital, une bibliothèque ou un de ces restaurants ouverts vingt-quatre heures sur vingt-quatre.

Dans le vestibule, un vieux copain qui a passé plus d'années ici que moi sur terre me tient la porte.

– Salut, patron !

Patron. Ce mot me fait doucement rire mais je dois admettre que j'apprécie grandement le soutien que m'apporte l'équipe. Ils savent qui je suis, d'où je viens et ce que j'essaye d'accomplir. Je pourrais partir en tournée ou en vacances avec ma famille l'esprit tranquille. Je sais qu'ils géreront. J'ai bien plus besoin d'eux que l'inverse.

Il m'arrive de craindre qu'ils ne se surmènent. Aussi, j'ai engagé le neveu de l'un d'eux pour les aider. Un type avec plus de muscles que de cervelle.

L'homme qui me tient la porte échange un sourire avec Emma et me demande :

– Dis patron, j'ai ma fille qui débarque du Vermont avec sa famille demain. Tu crois que je peux avoir la journée pour rester avec eux ?

– Eh bien, tu sais quoi ? Je viendrai personnellement prendre ta place ! Ça fait un bout de temps que je ne suis pas venu bosser.

– Génial, merci patron !

Puis il s'éloigne très lentement en se dandinant joyeusement.

J'ai l'impression que les membres de l'équipe technique se sont concertés pour ne plus m'appeler gamin.

Avec Emma, nous prenons le temps d'inspecter le vestibule. Je passe la porte, me rends près de la console de mixage et prends place dans le vieux fauteuil de monsieur Robson.

D'une voix de bébé, je demande à Emma :

– Qu'en dis-tu ? C'est plutôt romantique d'être propriétaire d'un théâtre, non ? Ton papa a passé presque tout son temps ici quand il était petit et il a fait son premier concert sur cette scène. Avant, il y avait un vieux monsieur qui travaillait ici et il s'asseyait toujours dans ce fauteuil. J'aurais aimé que tu le connaisses. C'était quelqu'un de très spécial pour moi.

Ma façon de parler lui arrache un rire et je ressens comme un pincement au cœur. Monsieur Robson serait si fier.

Poussé par l'enthousiasme, je décide de me rendre sur le chantier du studio, mais sans me presser – je veux encore passer du temps avec ma fille. Cette enfant m'a vraiment inculqué la notion de patience !

Avec flegme, je me rends au studio où Lael attend notre venue.

Pour y aller depuis l'intérieur du théâtre, il faut passer derrière la billetterie et emprunter la toute nouvelle porte reliant les deux édifices. Les ouvriers ont vraiment fait de leur mieux pour qu'elle ait l'air d'avoir toujours fait partie du bâtiment mais la poignée et la serrure font trop modernes et bon marché.

Tant pis, on les changera.

Je glisse la main dans ma poche. *Elle est toujours là.*

Dans la partie studio, l'atmosphère change du tout au tout. Une odeur de chantier flotte dans l'air ; c'est le parfum typique et familier d'une ancienne pièce ou d'un vieux bâtiment en cours de rénovation. Un mélange de bois coupé et de vieux matériaux en lambeaux. Le studio est presque prêt mais il y a encore des traces de démolition un peu partout – outils, containers et rouleaux de plastique. Dans quelques jours, Lael accrochera des tableaux aux murs et apportera quelques touches de décoration supplémentaire. Elle est douée pour bâtir des foyers. Elle appelle ça la *nidification.*

Je traverse les parties communes jusqu'à un couloir étroit terminé par une porte. Au-dessus, un panneau rouge clignote : *Enregistrement en cours.*

La porte s'ouvre. La voilà. Lael lève vers nous des yeux brillants d'amour, tout comme ceux de notre fille. Une main sur l'interrupteur, elle se contorsionne hors de la cabine des commandes pour s'assurer que le panneau au-dessus de nous fonctionne.

– Ça fonctionne ! déclare-t-elle.

Je confirme.

– Ça fonctionne.

– Oh, mais regardez-moi ces deux-là ! Comme je vous aime !

Lael se précipite vers nous et nous entoure de ses bras. Elle m'embrasse et Emma sourit en reconnaissant sa maman. Lael la prend dans ses bras et la serre contre elle.

– Prêt? me demande-t-elle en serrant le poing d'excitation.

– Prêt!

Plus qu'elle ne le croit.

Je revérifie une nouvelle fois l'intérieur de ma poche.

Nous entrons enfin dans la salle des commandes. C'est plus petit que ce à quoi je m'attendais mais je n'arrive toujours pas à croire qu'on ait réussi à tout faire tenir là-dedans. Les côtés et le plafond sont en imitation bois à l'ancienne et il y a plus de curseurs et de boutons sur la console que je ne peux en voir au premier coup d'œil. Il y a même des baromètres avec des aiguilles. Rien de numérique ici. Tout est purement analogique. Authentique. On croirait le laboratoire d'un savant fou dans un film, sa machine à voyager dans le temps ou celle qu'utiliserait un sorcier pour traverser les dimensions.

Le croisement parfait entre la science et la magie.

– On a eu quelques pépins techniques, dit Lael. Mais on en voit le bout! C'est l'heure de vérité.

Je sens combien elle s'est démenée et que c'est son enthousiasme qui la fait tenir le coup.

La pièce est pleine de gens, la plupart des membres de l'équipe sont là – en fait, ils sont tous là. L'effervescence du chantier a attiré les foules – sans parler de l'arrivée de la Neve.

Je n'escomptais pas avoir un public aujourd'hui.

Pas pour ce que j'avais prévu de faire.

Lael tire un fauteuil.

–Voici votre place, capitaine!

Je m'exécute et m'installe devant la console – pas trop près car un technicien est en train de brancher des câbles juste en dessous. Pour le fun, je pousse le potard du master. C'est grisant de songer à toute l'énergie créative qui sera véhiculée à travers cette bécane et à tous les souvenirs que canaliseront ses câbles et ses ampoules. Peut-être même qu'un jour, Emma chantera une chanson qui sera mixée par cette console.

Tzzz !

– *Aouch !*

Sous la console, le technicien se redresse vivement et se cogne la tête. Une odeur de câble brûlé flotte dans l'air. Le pauvre gars s'est électrocuté.

– Désolé, dit-il. Je n'ai rien, tout va bien ! Il va me falloir un peu de temps pour la mettre en marche.

Je ne reconnais pas le type. C'est probablement un des spécialistes en Neve qu'on a engagés et qui est venu avec sa propre équipe. Ces vieilles machines demandent un entretien tout particulier et seules quelques personnes au monde savent comment elles marchent.

– Mince ! dit Lael qui ne laisse pas son enthousiasme vaciller. Bon, c'est pas grave ! Brad ? Viens voir le studio à musique !

Depuis mon fauteuil, je peux parfaitement voir ce dernier à travers la vitre insonorisée, juste au-dessus de la console. On pourrait être les yeux dans les yeux avec n'importe quel musicien en train de jouer à l'intérieur.

Mais je me lève tout de même.

– D'accord, allons voir ça !

Je suis Lael à travers la grande porte menant dans le studio à musique. Ici, les murs et la porte sont très épais. C'est comme pénétrer dans un bunker. Je tape dans mes mains pour profiter de l'écho.

– Génial. Tout bonnement génial !

Je marche dans le studio et contemple le mobilier. Dans un coin se trouve un gros fauteuil en cuir qui jure un peu avec le reste. Lael remarque mon expression.

– Il ne reste pas, me dit-elle. Il va bouger dans la pièce d'à côté.

Je ricane. Elle prend ce détail tellement à cœur ! En jetant un coup d'œil par la vitre, j'observe l'équipe de techniciens aux cheveux gris s'affairer autour de la Neve.

Être dans une salle insonorisée procure toujours une sensation très particulière. On peut entendre sa propre respiration, ainsi que les battements de son cœur contre les tympans. Mon cœur bat très vite en ce moment. Je n'avais pas prévu que les choses se passent comme ça. Je voulais attendre l'instant idéal mais il aurait peut-être fallu une vie entière pour qu'il se présente.

Lael demande :

– Est-ce que ça va ?

– Oui, ça va. Plus que bien, même.

Je lui prends Emma des bras et l'installe sur le fauteuil.

– Qu'est-ce que tu fais ? demande Lael d'une voix confuse. Elle pourrait tomber ! Je peux la tenir !

– Tout va bien. Je reste juste à côté d'elle.

Je mets un genou à terre et lève les yeux vers Lael. Toute confusion quitte son regard.

Elle sait ce qui va suivre.

Je savoure cet instant, sans griller les étapes. Nous nous regardons amoureusement. Je garde une main contre Emma au cas où elle tomberait. Notre fille sourit bêtement.

Moi aussi, je crois.

Je m'éclaircis la voix et déclare :

– Lael, le jour où tu es venue me chercher à l'aéroport, ma vie a changé du tout au tout. Nous avons fait un sacré bout de chemin, toi et moi. Et quand je vois cet endroit, je me dis que ça ne fait que commencer. Nous allons parcourir le monde et jouer des concerts dantesques, faire de la musique dans notre propre studio et de la manière dont on le souhaitera. Nous serons ensemble, tous les trois. Lael Ramsey, je suis amoureux de toi et je veux briser toutes les règles avec toi. Je voudrais que tu deviennes ma femme. Veux-tu m'épouser ?

Tout en continuant de maintenir une Emma à présent hilare, je mets la main à la poche pour y piocher la bague.

Lael fond en larmes et répond d'une voix étouffée :

– Oui !

Je lui passe la bague au doigt et tous les poils de mon corps se hérissent. Je ne pleure pas mais l'émotion qui me traverse est absolument indescriptible. Lael regarde la bague et me relève sur mes pieds.

– Je t'aime tellement, Brad.

Je prends Emma dans mes bras et embrasse Lael. Notre enfant est entre nous deux. Nous sommes unis. Nous formons une famille.

Soudain, une voix résonne dans les baffles :

– C'est dans la boîte !

Nos regards se portent en direction de la vitre. De l'autre côté, toute l'équipe nous observe. Certains ont ôté leur casquette et l'ont posée contre leur cœur. Assis dans le fauteuil, un type baisse le micro dans lequel il a parlé et toute l'équipe commence à applaudir. Devant la console, un technicien éteint le bouton de retour et se joint à la liesse en applaudissant.

Nous assistons à ces effusions dans le silence le plus complet. C'est un bien étrange spectacle que celui de tous ces gens qui applaudissent et poussent des exclamations sans qu'un seul bruit ne nous parvienne.

Un technicien s'avance et enclenche le bouton de retour. Le bruit des applaudissements nous fait sursauter.

– Félicitations ! dit-il avec un large sourire.

Lael fait un pas en direction d'un vieux micro à l'ancienne trônant au milieu de la pièce. De toute évidence, c'est grâce à ça qu'ils ont entendu ma demande en mariage.

– Merci, les gars, dit-elle. Du coup, j'imagine que la console fonctionne !

Le technicien élève la voix pour couvrir les applaudissements de son équipe :

– Comme sur des roulettes !

★

Ce soir au théâtre, j'assure le son pour le concert d'un groupe débutant. Je les aide à effectuer leurs balances. C'est un simple trio basse, batterie et guitare, facile à sonoriser, mais cela fait un certain temps que je n'ai pas fait ça et ce n'est plus aussi instinctif qu'autrefois.

Plus la soirée avance, plus je prends mes marques derrière la console de mix. Rien à voir avec celle du studio. Déjà, c'est une console analogique et ensuite, mixer en live n'a rien à voir avec le fait de produire. C'est du direct et il n'y a pas droit à l'erreur.

De toute façon, j'ai pris soin de préparer mes réglages. Je m'affale contre le dossier de mon siège et observe la salle se remplir peu à peu.

C'est peut-être un jeune groupe, mais ils ramènent quand même du monde. De derrière la console, je suis à l'endroit idéal pour observer les spectateurs. Devant la scène se trouve un petit jeune, en train de contempler le matériel. Je sais ce qu'il ressent. Autrefois, ce gamin, c'était moi.

Puis j'aperçois un groupe de spectatrices entrer dans la salle. Leurs tenues ne laissent pas indifférent. Elles sont trop jeunes pour le comprendre mais tout ce qui se passe ce soir, c'est pour elles. Je doute qu'elles s'en rendent vraiment compte mais ce sont elles qui nous inspirent. Les filles sont la raison pour laquelle nous faisons du rock !

Un jour, un célèbre guitariste a dit qu'il y a deux types de musiciens : ceux qui font de la musique pour les filles et ceux qui prétendent le contraire. Peut-être même que ce théâtre a été construit pour impressionner une fille ? En tout cas, mes femmes à moi sont dans le studio d'à côté et il a été construit pour les impressionner. Tout ce que je fais dans ma vie a pour seul et unique but de leur en mettre plein la vue.

– Salut, gamin !

Miss Sugar me rejoint dans mon petit espace, accompagnée de son fils Kevin.

– Bonjour Miss Sugar, bonjour Kevin !

Kevin est bien trop timide pour me répondre. Il porte les mêmes vêtements et la même casquette que lors de notre rencontre.

– Il faut que je file, dit Miss Sugar. Dis-moi, *gamin*, tu peux surveiller *mon* gamin ?

Elle sourit de sa propre blague. Elle a beau me la faire tout le temps, j'en ris à chaque fois. Les années n'ont pas été tendres avec Miss Sugar mais je lui suis encore redevable de tout ce qu'elle a fait pour moi.

Je baisse les yeux sur Kevin qui fixe intensément ses chaussures.

– J'ai un concert, précise sa mère. C'est moi qui ouvre la soirée, je te promets que je serai revenue bien avant la fin.

Elle se tourne vers son fils et ajoute :

– Sois sage avec… *monsieur Gamin !*

N'attendant pas ma réponse, Miss Sugar s'en va.

Kevin lève les yeux vers moi et scrute la salle dans mon dos avec une intense curiosité. Il se tient à l'endroit exact où je me tenais autrefois. J'étais plus âgé que lui quand je suis entré ici pour la première fois et je ne crois pas avoir déjà été aussi timide mais il me fait tout de même penser à moi.

Sans pouvoir m'en empêcher, je dis à Kevin :

– Alors ? Ta maman t'a laissé sortir de ta cage ?

Pour la première fois depuis que je le connais, Kevin m'adresse un sourire et la parole :

– T'aimes Dilallo Burger ?

ÉPILOGUE

Lael

Deux ans plus tard…

Arnie me tend ma basse.

– Tu es prête ? demande-t-il.

Je passe la sangle par-dessus ma tête.

– Plus que jamais !

Bon d'accord, c'est un mensonge. Je suis à la fois prête et pas prête du tout.

Ce n'est pas un concert ordinaire.

Ce soir, c'est le premier show de The New Mistakes.

Mon propre groupe.

Mon putain de groupe à moi !

Avec mon guitariste Bryan et April, ma batteuse, nous avons répété pendant des mois. Dans l'intervalle, nous avons également enregistré un album éponyme au Francesca Studios que je gère avec Brad. C'est une autoproduction et il a été acclamé par les critiques. À une époque où il est extrêmement difficile de vivre de sa musique, notre album s'est tout de même hissé dans le bas du classement des charts !

Et voilà que nous allons jouer notre tout premier concert sur nulle autre scène que celle du Francesca Theater, dont le studio fait partie intégrante.

Nous jouons à guichets fermés. Les gradins sont intégralement occupés par la famille et les amis. Christy et mon père sont quelque part dans le coin. Ils ont délaissé les coulisses, préférant vivre cette expérience depuis la salle.

Je stresse.

Pas autant que le soir de mon premier concert avec And Then quand j'ai cru que j'allais gerber partout, mais je me sens comme éclairée de l'intérieur. Mon estomac fait des bonds et mes membres sont solides et mous à la fois.

Pour la première fois, je vais interpréter mes propres chansons devant des fans. Je sais que Brad dit qu'il ne faut leur témoigner aucun respect, mais c'est plus fort que moi. Nos fans sont tout pour moi et je veux leur offrir le meilleur des concerts.

Pas de pression, bien entendu.

Et puis il y a ma voix. Je me débrouille plutôt bien et j'ai beaucoup travaillé pour pouvoir carrément faire du chant saturé sur certaines chansons. Mais je ressens une peur étrange, comme dans ces cauchemars où on veut parler ou chanter mais où, au moment d'ouvrir la bouche, aucun son ne sort.

Et si je me retrouve aphone ?

Et si je me trompe de notes ?

Et si la peur prend le dessus ?

De toute façon, je n'ai plus le temps de me soucier de tout ça. Bientôt, les projecteurs seront sur moi. Que je sois prête ou non, je vais devoir chanter et jouer.

Oh mon Dieu : je ne me sens pas prête !

Je jette un œil en direction des coulisses et je croise le regard de Brad.

Il hoche la tête et m'adresse un sourire apaisant. C'est sa façon à lui de me dire que tout va bien se passer. Dans ses bras, tout contre son épaule, se trouve Emma.

Tout sourire, elle me fait coucou, ridiculement adorable avec son énorme casque antibruit. On dirait une minuscule pilote, prête à s'envoler pour une destination fort lointaine.

En plus, ma fille porte un T-shirt taille enfant de The New Mistakes. Mon cœur ne pourrait pas davantage se consumer.

En fait si, car Brad en porte également un.

Ils sont mes deux plus grands fans, mes deux plus fiers appuis.

Après le split de And Then, Brad n'a jamais vraiment cessé la musique. Il s'est impliqué dans une myriade de projets, dont certains avec des artistes inespérés comme Jay-Z ou encore Elton John. Quand il ne travaille pas avec eux, il enregistre d'autres artistes, principalement issus de la scène émergente, pour lesquels il produit de magnifiques albums. Francesca Studios est devenu l'un des meilleurs studios de production du pays et notre planning est saturé !

Il nous arrive parfois de travailler à deux sur nos projets respectifs. Pour l'heure, je n'ai aucune idée du temps que durera l'expérience The New Mistakes mais j'aurai toujours du temps à accorder à Brad, tout comme il m'en accordera. Un jour prochain, quand le moment sera plus propice, ou qu'Emma sera plus grande, nous fonderons notre propre groupe et repartirons sur les routes, comme autrefois.

Mais d'ici là, nous avons amplement de quoi nous occuper.

Mon mari m'encourage en levant les pouces, me ramenant ainsi sur terre et au présent avant de former des mots avec sa bouche :

– *Respire.*

Je hoche la tête, souris et prends une profonde inspiration.

Je sors les épaules.

Médiator à la main, je fais face au public.

Les lumières s'allument.

Et je joue.

PUBLICATIONS DE KARINA HALLE

HUGO ROMAN

Le Pacte, 2016
L'Offre, 2016
Le Jeu, 2016
Entre ciel et mer, 2017
À la poursuite du soleil, 2018

HUGO POCHE

Le Pacte, 2017
L'Offre, 2017
Le Jeu, 2017
Entre ciel et mer, 2018
À la poursuite du soleil, 2019

DÉCOUVREZ LES AUTRES
TITRES DE LA COLLECTION
HUGO NEW ROMANCE®

LAURA S. WILD

UNTIL *the* END

Hugo Roman

hugonewromance

www.festivalnewromance.fr

www.hugoetcie.fr